KB157776

韓國 江陵地域의 說話

杜 鋹 球 著

國 學 資 料 院

序 文

강원도는 오천 년의 역사에 걸쳐 문화의 중심권에서 벗어나 있었기에 문화적 후진성을 지닌 것으로 생각할 수도 있다. 그러나 이것은 표면적 인식일 뿐 개성적·향토적 문화의식이 꾸준히 창조되고 집적되면서 전승되었음을 부인할 수 없다.

강원도 중에서도 영동지역은 영동나름의 문화의식을 갖고 있으며 이 문화의식은 강릉지역을 중심으로 하여 형성되고 파급되었으니 강릉지역 기층민(基層民)의 정서가 함축된 구비문학속에 담겨 있으며 그 중에서도 설화에 구체적으로 들어나 있다.

그런데 최근에 고속도로가 개통이 되고 비행장이 생김에 따라 동해안에 피서객이 붐비는 둥 외지와의 인적 교류가 활발해지면서 강릉지역의 향토적 문화의식은 급격히 중앙문화권에 동화(同化)되고 있다. 이러한 시점에서 인멸되어가는 설화를 수집하는 것은 화급한 과제라 하겠다.

그 동안 영동지역의 설화는 대학 연구소나 문화원, 시·군의 수집과 관심을 가진 향토연구가, 학자에 의해 조사되어 왔을 뿐, 일정한 지역을 단위로 하여 집중적이고 체계적으로 조사된 경우는 별로 없었다. 이런 면에서 강릉지역의 설화 자료조사는 의의가 있을 것으로 믿는다.

금번 조사된 자료는 강릉무형문화연구소와 관동대학교 설화발굴

조사팀이 현장을 방문하여 직접 수집한 것이다. 그런데 설화에 비교적 밝은, 연로한 제보자가 상당히 타계(他界)하였고 이 자료들을 전승받은 제보자들 또한 기억력의 쇠퇴와 물밀듯이 밀려오는 T.V나 신문 등 매스컴의 영향을 받아 비논리적인 설화에는 이제 관심이 줄어들었으며 교육수준의 향상으로 인한 합리적 사고에 의해 일부 설화의 내용이 합리적인 내용으로 변질되는 현상이 나타나고 있으니 유감스럽다.

1980년대에 들어 한국정신문화연구원에서 간행한 『한국구비문학대계』 2-1 강릉시 · 명주군 편은 이 지역 설화 발굴에 방대한 업적을 쌓은 바 있는데 본 자료집에서는 가급적 이 자료와 중복을 피하려 했으며 최근에 구전되는 자료를 위주로 수록하였다. 이는 현대인에게도 정서가 접맥되는 바가 있기에 단절되지 않고 그 명맥이 유지되고 있다고 보기 때문이다.

이 자료는 아직 본격적으로 논의되지 못한 강릉지역 설화의 성격과 특질을 밝히는 작업으로 활용될 수 있기를 기대한다.

본 자료는 강릉시편만을 수록하였는데 차후에도 계속되어 영동의 전 지역으로 확대될 것을 기대한다.

이번 설화조사 작업에 기꺼이 응해준 제보자들과 조사에 참여한 조사보조 학생들 그리고 기꺼히 출판을 맡아주신 정찬용 국학자료원 사장님을 비롯한 출판사 여러분께 심심한 감사를 드린다.

己卯年 光復節에

杜 鎭 球　識

일 러 두 기

1. 이 설화 자료집은 신화 · 전설 · 민담 · 설화를 통괄하여 수록하였다.

2. 이 자료는 강릉지역(구 명주군 포함)에 최근까지 전해 내려오는 100편의 설화를 수집한 것이다.

3. 각 설화마다 조사일자, 제보자 성명(성명, 나이, 성별, 조사장소)를 밝혀 놓았다.

4. 자료의 게제순서는 북쪽에서 남쪽 지역으로, 동쪽에서 서쪽 지역으로 수록하였다.

5. 증거물이나 지역성을 띤 설화일지라도 제보자의 주소 위주로 수록하였다.

6. 독자의 편의를 위해 제보자의 중복된 어투나 내용, 난해한 방언은 알아보기 쉽게 맞춤법에 따라 수정하였다.

7. 조사작업은 현장을 직접 답사하여 제보자가 구연한 것을 녹음한 다음 이를 풀어 정리하였다.

8. 여기 수록된 자료중에는 『강원 어촌지역 전설민속지』(강릉무형문화연구소, 1995), 『관동민속학』 10 · 11,(강릉무형문화연구

소, 1995)에 수록된 자료도 포함되어 있다.

9. 이 자료조사는 관동대학교 강릉무형문화연구소의 설화현장조사 작업과 관동대 국어교육과, 국어국문과 학생, 대학원 국어국문과, 교육대학원 국어교육전공 대학원생, 조교 등이 참여하여 이루어졌다.

10. 본 자료 조사에 참여한 주요 조사 보조자의 이름은 다음과 같다.

이정남. 김숙진. 박강님. 박인숙. 신동진. 조문순. 박은희. 장현숙. 진영하. 김춘희. 김현정. 김효중. 나현심. 정도섭. 정민교. 조수민. 최용준. 최은중. 함승훈. 황재규. 강석. 김대연. 김순찬. 김자영. 김토연. 도경애. 박경숙. 박두철. 박희진. 서은미. 심규성. 안성애. 안성원. 엄정숙. 여철구. 오정은. 이석한. 이우란. 정진구. 정필성. 조혜연. 최삼규. 최용선. 최윤이. 최윤희. 최은영. 최정원. 추용호. 김보민. 박영각. 유경명. 이덕신. 홍일진.

차 례

序文
일러두기 5
강릉 지역 설화 개관 11

강 릉 시 설 화

1. 진이 서낭당 유래 41
2. 제주 솔과 용소 42
3. 향호리와 땅재 지명 유래 44
4. 소돌의 지형과 서낭당신 45
5. 권 장군의 만용 47
6. 초나라 임금의 세 아들 51
7. 말똥바위 53
8. 못된 아내 효부 만들기 55
9. 집안을 일으킨 어린 아들 58
10. 지네 각시와 맺은 가연 63
11. 아기 풍수 선생 67
12. 꾀 많은 사위 73
13. 정승 딸과 혼인한 거지 83
14. 방화하여 얻은 업 90
15. 백정 사위와 정승의 딸 94
16. 시아버지가 된 친정 아버지 107
17. 엉큼한 시아버지 108

18. 소금강 주변의 지명 유래 110
19. 귀신과 육효점 113
20. 호랑이를 혼낸 장사 115
21. 철갑산과 신선바위 117
22. 화재를 예방하는 불금바위 118
23. 사찰 살린 불가사리 119
24. 큰돌바위 129
25. 정승의 양자 131
26. 남의 복으로 누린 부귀 136
27. 외가 정기 받은 허봉 143
28. 강감찬의 안목과 위세 145
29. 대명천자 탄생담 147
30. 새털 우장 때문에 당한 파직 149
31. 떡이 커서 퇴계 떡 150
32. 율곡 살린 나도밤나무 151
33. 독수리가 잡아준 명당 153
34. 원정공의 한 154
35. 즈므 마을 범골 156
36. 김주원의 삼왕릉 158
37. 우물 마셔야 나는 인재 160
38. 송정과 왜군 161
39. 불한당굼과 전주봉 163
40. 영감 덕을 본 청년 165
41. 대관령 여서낭신 173
42. 경포호와 적곡합 175
43. 호랑이 잡은 덕구 177
44. 짝바위 전설 178
45. 용미암의 용 180
46. 호랑이 덕에 얻는 복 181
47. 모기와 짚단 186

48. 재산 불린 며느리 188
49. 위촌리 바위 전설 192
50. 개좆바위 193
51. 대장골의 장수 바위 196
52. 묘자리 이야기 198
53. 뒤바뀐 아내 199
54. 명당자리 훔쳐 쓴 묘자리 202
55. 청렴한 맹사성 204
56. 음행(淫行) 속인 가짜 풍수 206
57. 뱀을 도와 얻은 복 208
58. 할머니 잡아먹은 호랑이 209
59. 대공산성과 칼 212
60. 김주원 묘 찾기와 걱정재 214
61. 보현사의 유래 215
62. 부처 옮겨 부른 재앙 217
63. 무월랑과 연화 218
64. 원수 갚은 혼백 221
65. 맹인과 친구 마누라 224
66. 호랑이 잡은 아이 227
67. 가마골과 삼포암 229
68. 마귀할미 바위의 유래 230
69. 여자에게 속은 호랑이 231
70. 해랑당 신 232
71. 구리바위 234
72. 등명 낙가사 235
73. 기생바위와 선비 238
74. 국사 서낭신과 강릉 단오제 239
75. 우왕과 굴산사 241
76. 범일국사 탄생담 242
77. 제비 마을의 재앙 244

78. 반석 바위와 와룡암 246
79. 탑 쌓아 부자된 마을 247
80. 육발 호랑이의 내기 두기 249
81. 도깨비 장난 250
82. 늑대와 여우의 피해 252
83. 말탄봉과 용마 254
84. 낙풍 마귀할멈 굴 255
85. 낙풍에 얽힌 얘기들 258
86. 쇠바위 전설 260
87. 호랑바위 전설 262
88. 송구봉의 출생담 263
89. 구원병 얻어 온 지혜 265
90. 처녀 원귀의 훼방 270
91. 지장 도깨비 272
92. 도래는 맞는데 질이는 짧다 273
93. 오라버니 한 때 말 한 때 275
94. 시루로 덮는 호식장 278
95. 장모님 장모님 고루고루 색색 279
96. 금진 개평의 물대기 281
97. 도술로 들통난 아내의 위선 282
98. 어머니 찾아 온 효자 288
99. 아이 잡아먹은 부모 291
100. 옥계의 지명 유래 292

강 릉 지 역 설 화 개 관

머 리 말

강릉지역이라 하면 강릉시와 최근에 행정구역 개편에 따라 편입된 명주군을 포함한 지역이다.

강릉지역은 유서깊은 전통을 지녀왔으니 일찌기 예국(穢國)의 도읍지로서 영동지역의 중심을 이루었다. 영동지역은 서쪽으로 험준한 백두대간이 가로막고 있기에 동서간에 유통이 단절되어 영동과 영서 사이의 생활양상이 달랐으므로 이에 따라 생활양식과 문화적 의식이 다를 수밖에 없었다. 이 지역은 험준한 산맥과 동해 사이에 낀 협소한 농토, 그리고 빈약한 어업에 의지하여 살아왔기에 물산이 빈곤하였으며 고르지 못한 기후의 조건은 생계를 유지하는데 악조건이 되어왔다.

따라서 이러한 조건을 극복하면서 살아오는 동안 영동 사람들에게는 영동인 나름의 사고방식과 생활양상이 형성되어 왔다. 자연을 두려워하고 의지하려는 경천의식(敬天意識)과 협동정신은 영동인들의 저변적 전통으로 굳어졌다. 이러한 의식은 위로는 고성에서부터 울진까지 미치고 있지만 그 축은 강릉지역이었다고 해도 과언은 아닐 것이다.

강릉지역이라 하면 강릉시가 중심이 되며 북으로 주문진, 남으로 옥계에까지 포괄되는 지역이다. 삼국시대 고구려의 남진 정책이 강릉지역에 뻗쳤고 신라의 북진정책 또한 강릉을 요충지대로 삼았던 것은 비단 영토의 확장에만 목적이 있었다기보다 강릉지역의 지리적 중요성과 문화적 가치성을 염두에 두었기 때문이 아닌가 한다. 이는 강릉에 이사부와 김유신 장군을 파견하고 도독(都督)이나 강릉도호부(都護府)를 설치한 데서도 강릉지역의 가치성을 추측할 수 있다.

본고에서는 이 지역에 전승되고 있는 설화를 중심으로 강릉지역의 향토적 정서와 문화적 의식을 살펴보고자 한다.

1. 강릉지역의 역사적 배경

강릉의 역사적 배경은 B.C. 2000년경에는 예국(穢國, 蘂國, 濊國)의 도읍지였으며 B.C. 128년에는 군장 남려(南閭)가 위만조선의 우거왕(右渠王)을 배반하고 26만의 인구를 데리고 요동에 항속했을 때 창해군(滄海郡)에 속했다. 108년에는 한사군의 설치에 따라 임둔군(臨屯郡)의 통치를 받았으며 82년에는 임둔군을 파하자 현토군(玄菟郡)의 관할하에 들어갔고 75년에는 낙랑동도위(樂浪東都尉)가 설치되었다. 그러다가 30년에 이르러 한나라의 예속에서 벗어나 동해안 중부지역 읍락(邑落) 사회의 독자적 세력을 지녔던 소국(小國)인 예국(濊國)을 형성하였다.[1)]

---

1) 方東仁, 「溟州郡의 沿革」, 『溟州郡의 歷史와 文化遺蹟』, 관동대 박물관, 1994. P.24.

그 뒤로 후한 말에 이르러 고구려의 영향을 받았으니 A.D. 313년(고구려 미천왕 14)에는 하서량주(河西良, 何瑟羅州)라 하였다. 그러다가 397년(신라 내물왕 42)에는 신라의 영향권에 들어갔으니 가뭄으로 인한 죄수석방과 세금면제[2]가 이를 뒷받침하고 있다. 그 후 512년(신라 지증왕 13)에 신라의 김이사부가 군주로 있으면서 우산국(울릉도)이 하슬라에 귀속되어 매년 바치기로 약속한 토산물을 바치지 않자 계교로써 목우사자를 만들어 배에 싣고 가 어리석은 저들을 위협했던 것도[3] 이곳이 신라의 영역권에 있었음을 입증한다. 그리고 639년(선덕여왕 8)에 북소경(北小京)이라 하여 사신(仕臣)을 두었고, 658년(태종 무열왕 5)에는 이곳 강릉이 고구려와 말갈의 침입으로 백성이 편안치 못하기에 경(京)을 폐지하여 주(州)로 삼고 도독(都督)을 두었다. 그러나 명주(溟州)라는 명칭을 붙인 것은 757년(경덕왕 16)에 이르러서인데 하서주를 명주라 고치고 9군 25현을 영

---

2) 『三國史記』, 卷 3, 新羅本紀 奈勿尼師今 42年條.
42년 7월에 북변 하슬라에서 가뭄과 누리가 있어 연사(年事)가 나쁘고 기근이 일어나매 수도(囚徒 -죄수)를 곡사(曲赦 - 특정 지역의 죄인만 사면시킴)하고 일년간 구실을 면제하였다. (四十二年 秋七月 北邊何瑟羅 旱蝗 年荒 民飢 曲赦囚徒 復一年租調)

3) 『三國史記』, 卷 3, 新羅本紀 智證麻立干 13年條
13년 6월에 우산국이 귀복(歸服)하여 해마다 토의(土宜 -토산품)을 바치기로 했다. 우산국(于山國)은 명주의 정동 해도(海島)에 있어 혹은 울릉도라고도 하는데 지방이 백 리로 험준한 지형을 믿고 귀복치 아니하였다. 이찬 이사부(異斯夫)가 하슬라주의 군주가 되어 생각하기를 우산인은 어리석고도 사나와 위세로써 내복(來服)케 하기는 어려우나 계교를 써서 항복받을 수는 있다 하고 이에 목우사자(木偶獅子 - 나무로 사자형상을 깎음)를 많이 만들어 전선에 나누어서 싣고 그 나라 해안에 이르러 거짓말로 이르기를 '너희들이 만약 항복치 않으면 이 사자를 풀어 밟아 죽이겠다'고 하니 그들이 두려워 곧 항복하였다. (十三年 夏六月 于山國歸服 歲以土宜爲貢 于山國 在溟州正東海島 或名鬱陵島 地方一百里 恃嶮不服 伊湌異斯夫爲何瑟羅州軍主 謂于山人愚悍 難以威來 可以計服 乃多造木偶獅子 分載戰船 抵其國海岸 誑告曰 汝若不服 則放此猛獸踏殺之 國人恐懼則降)

속시켰다. 명주가 처음엔 고구려에 속했다가 신라에 예속된 시기는 4C말로 보고 있다. 그 후 고려가 개국되자 명칭이 자주 바뀌니 936년(태조 19)에 동원경(東原京), 983년(성종 2)에 하서부(河西府), 986년(성종 5)년에 명주도(溟州道)라 개칭하고 도독부를 두었으며 995년(성종 14)에는 삭방도(朔方道)라 하여 화주(和州)와 명주를 합쳤다. 1178년(명종 8)에는 연해명주도(沿海溟州道)라 했고, 1261년(원종 2)에 몽고가 침입했을 때 공을 세운 김홍취(金洪就)의 고향이기에 경흥도호부(慶興都護府)로 승격되었으며 1308년(충렬왕 34)에 강릉부(江陵府), 1356년(공민왕 5)에 강릉삭방도(江陵朔方道), 1366년(공민왕 15)에 강릉도, 1388년(우왕 14)에 교주강릉도(交州江陵道)라 하였는데 1389년(공양왕 원년)에는 강릉부를 강릉대도호부로 승격하고 임영이라 하여 여러가지 명칭이 쓰였던 바 강릉이란 지명이 정착되고 있음을 볼 수 있으니 강릉은 고려 후기에 정착된 지명이라 하겠다.

조선왕조가 들어선 이후 1413년(태종 13)에는 강원도에 예속시켜 강릉대호부는 연곡현과 우계현을 속현으로 두었고, 삼척과 양양의 진을 관할하였으며 평해, 간성, 고성, 통천의 4군과 울진, 흡곡의 2현을 거느리게 했다. 그러다가 1666년(현종 7)에 원양도(原襄道)의 속현으로 강등되기도 하였지만 1675년(숙종 1)에 다시 대도호부로 승격되었으며 1782년(정조 6)에 다시 원춘도(原春道)의 속현으로 되었다가 7년 후에 다시 부(府)로 되었으며 1895년(고종 32)에 강릉부가 되었다가 이듬해에 강릉군으로 바뀌면서 21면(北一里面, 北二里面, 丁洞面, 嘉南面, 沙火面, 連谷面, 新里面, 城山面, 南一里面, 南二里面, 德方面, 丘井面, 資可谷面, 羽溪面, 望祥面, 臨溪面, 道巖面, 珍富面, 蓬坪面, 大和面, 內面)을 두었다. 1916년에는 북1, 북2, 남1리를 합쳐 강릉면이 되고 1931년에는 읍으로 승격했다. 그리고 1929년에

임계, 도암을 정선군에, 대화(大和), 진부(珍富), 봉평(蓬坪) 3개면을 평창군에, 내면을 인제군에 넘겨주었고 1940년에는 신리면(新里面)을 주문진읍(注文津邑)으로 편입시켰다. 1955년에는 강릉시가 승격되었으며 1973년에는 명주군 왕산면 구절리(旺山面 九切里)와 남곡리(南谷里)를 정선군 북면에 편입되었다. 그러다가 1995년 지방행정구역 통합에 따라 명주군의 1읍(주문진읍) 7면(연곡, 사천, 성산, 왕산, 구정, 강동, 옥계)을 강릉시로 통합하였다.[4]

그런데 명주나 강릉이란 명칭은 최근의 명주군이나 강릉시의 지역적 개념과는 달라서 광역적으로 사용되었음을 볼 수 있다. 19세기 말까지만 해도 북으로 주문진, 내면에서 남으로 망상, 서로 봉평·대화·도암 지역을 포함하고 있었음을 볼 수 있다. 그렇지만 명주, 강릉은 영동지역 전체에 걸쳐 정치, 경제, 사회, 문화의 중심권을 이루어왔기에 조선왕조시까지 영동지역 문화권의 주축이 되어왔다. 그러나 인구의 증가와 행정적 편의에 따라 지역이 축소되어 오늘의 강릉지역은 1973년에 강릉시와 이를 에워쌓은 명주지역만으로 축소되었는데 영동정서의 발원지가 바로 이 지역이었음은 누구도 부인할 수 없을 것이다.

2. 강릉지역 설화의 자료조사

강릉지역 설화자료는 최상수가 전국의 설화를 수집하여 간행할 때 소개된 작품이 최초이다. 최상수의 자료집은 1946년에 최초로 간행되었는데 그 자료는 확인할 수 없고, 1958년에 간행된 자료를 보

4) 방동인, 앞의 책. pp. 24~35.

면 전국 총 317편의 자료중 강원도는 23편에 불과하다.[5] 영동지역은 오직 강릉지방만 4편이 수록되어 있어 아주 소략하며 그 후 강릉지역 설화자료 발굴조사 현황을 보면 다음과 같다.

◇『韓國民間傳說集』[6]
江陵郡 (4) (鏡浦臺의 積穀 조개, 月花亭, 二十年 고개, 安仁津의 海娘堂)

◇『韓國口碑文學大系』, 2-1.[7]
江陵市(101)
명주군 성산면(2) 강동면(2) 구정면(10) 옥계면(15) 사천면(1) 주문진읍(1) 계 31편

◇『江原文化硏究』, 3.[8]
江陵 (10)
溟州 (13)

◇『溟洲의 香氣』
溟州郡 (13)[9]

◇『명주의 얼』[10]
명주군 주문진읍(8) 연곡면(1) 사천면(1) 강동면(2) 옥계면(4) 구정면(2) 왕산면(2) 계 20편

---

5) 원래는 24편이 수록되어 있지만 <泗溟大師와 西山大師>는 제보자가 동래구 구포면 금성리 國淸寺 주지 晩山堂 談으로 되어 있기에 제외시킨다.
6) 崔常壽,『韓國民間傳說集』, 통문관, 1958.
7) 金善豊, 『韓國口碑文學大系』, 2-1. 江陵·溟州郡 편, 韓國精神文化硏究院, 1980.
8) 徐元燮,「江原道 東海岸 港浦口 鄕土文化調査報告」,『江原文化硏究』3. 강원대 강원문화연구소. 1983. pp. 133～144.
9) 명주군청,「향토의 전설」,『명주의 香氣』, 명주군청, 1988. pp. 71～82.
10) 명주군청,『명주의 얼』, 명주군, 1994.

◇『강원 어촌지역 전설민속지』[11]

강릉시 (8)

◇『關東民俗學』[12]

강릉시 (7)

최상수가 조사에 착수한 이래 본격적인 조사활동은 한국정신문화연구원의『한국구비문학대계』2-1권에 보고되어 있으니 강릉시 101편, 명주군 31편 총 142편의 설화가 수록되어 있다. 이어 강원대학교의 강원문화연구소, 관동대학교의 강릉무형문화연구소의 발굴조사가 있었고 명주군도 자체적인 조사를 했으나 조직적이고 집중적인 조사는 소원한 편이다. 뿐더러 강릉지역 설화에 대한 경향과 특질의 규명도 본격적으로 논의되지 못했다.

3. 강릉지역 설화의 경향

강릉지역의 설화는 이 지역의 정서에 뿌리를 둔 향토적 의식이 투영되어 있다. 그것은 역사적, 지리적, 환경적 조건에 따라 생성된 현상이며 대관령이라는 지형적 장애물이 동서간의 교류를 차단하였기에 중앙문화의 수용이 더딜 수밖에 없었던 데서 연유된 숙명이기도 하지만 영동지방의 문화를 주도해 온 이 지역 사람들의 문화적

---

11) 杜鎭球,「동해안 어촌지역의 설화」,『강원 어촌지역 전설민속지』, 강원도. 1995. pp. 361~378. 총 11편중 재수록된 3편(주문진 진이서낭, 경포대의 적곡조개, 안인해랑사) 제외

12) 杜鎭球,「동해안 지역의 설화」,『關東民俗學』. 10 · 11. 관동대 강릉무형문화연구소, 1996. pp. 256~286.

자긍심과도 연관된다.

영동지역은 남북으로 광활한 바다와 접해 있다. 그러나 속초나 동해처럼 어업이 발달되지 않았기에 어업문화도 번창할 수 없었고 백두대간의 가파로운 산악지대에 접하였으면서도 산간문화의 꽃을 피우지 못했으며 협소한 농경지에 의지하여 기본적 주식(主食)을 해결해야 했던 여건이었기에 농업문화도 번창할 수 없었다. 이러한 생활터전에 기인된 탓인지 어업, 임업, 농업에 관련된 설화는 별로 나타나지 않는다.

영동지역은 동쪽으로 동해와 접해 있고 서쪽으로 백두대간이 가파르게 솟아있어 동서간 주민의 유통이 소원할 수밖에 없었다. 서해나 남해처럼 해로를 통한 외지인과의 유통도 없어 외지 문화를 접촉할 기회도 없었다. 그러기에 영동인의 교류는 자연 남북으로 이루어질 수밖에 없었으니 그 영역은 함경도 함흥으로부터 경상도 울진에 이어졌다. 이러한 주민의 교류나 혼인으로 인한 주민의 이동은 자연적이어서 설화도 함흥, 속초, 양양, 강릉 · 명주 · 묵호 · 북평, 삼척, 울진 사이에 교섭을 갖고 있다. 따라서 영동권의 설화는 함흥에서 울진에 이르는 지역적 특색을 상정할 수 있다. 강릉지역의 문화적 정서는 양양, 속초, 고성과 동해, 삼척으로 파급되었으며 내륙으로는 정선, 영월, 태백, 횡성으로 번져갔던 것으로 보인다. 경포호 설화의 흔적이 고성 화진포 설화에 드러나고 태백의 황지못 설화와도 접맥되며 안인의 해랑당 설화가 서낭설화의 모체를 이루면서 주문진 진이 서낭당 설화에 영향을 끼치고 삼척 해신당 설화로 파급된 것을 볼 수 있다.

그리고 쇠바위 설화에서 소 형상의 바위가 머리쪽이 향하면 그 마을에 흉년이 들고 꼬리쪽 마을엔 풍년이 든다는 쇠바위 설화 또 한 양양, 동해, 삼척에서도 유사한 내용으로 되어 있다.

또 호랑이에 대한 인식은 대체적으로 부정적인데 낙풍의 육발호랑이가 간교한 꾀로 인간에게 괴로움을 준 것처럼 비우호적 내용이 영동지역에 압도적으로 많이 나타난다. 따라서 의리 없고 우둔하며 조소적인 면모가 부각되어 비우호적 정서가 드러나 있었으며 급기야 강감찬으로부터 매도를 당하는 것으로 귀결된다. 이는 강감찬이 한양의 호환을 퇴치했다는 설화가 특히 호환이 심했던 영동지역에 수용된 것으로 보인다. 이러한 면은 양양에서도 동일한 양상을 보이며 동해, 삼척, 심지어 태백과 같은 산악지대에 이르기까지 파급되어 있다.

풍수에 관한 설화도 산재해 있는데 풍수의 효험에 대한 신이성이 위주가 된다. 강릉지역은 명승지로서 각광을 받아 왔을 뿐더러 사후에도 음복(陰福)을 내릴 수 있는 명당터가 풍부하기에 풍수명당의식이 강하다. 선인들은 전통적으로 명당은 후손들에게 부귀공명을 성취시키는 요인으로 보았기에 전국 도처에 산재되어 있지만 이곳 강릉지역도 명산이 많기에 이에 관련된 설화가 전승되고 있다. 이러한 설화들은 영동지역에 영향을 주었으니 효도를 바탕으로 한 공경사상에서 드러난다. 강릉이 문향(文鄕)으로 평가되어 왔고 정철의 관동별곡에서도 <강릉대도호 풍속이 조흘시고. 절효정문이 골골이 버러시니 비봉가옥이 이제도 잇다홀다>라 했던 것처럼 효와 열을 제일 덕목으로 인식하고 이를 실천해 온 강릉 풍속이 영동지역 전역에 파급되어 갔음을 볼 수 있다.

이처럼 강릉지역의 설화는 영동지역 설화에 지대한 영향을 끼치면서 성장되고 발전되어 왔으므로 영동지역 문화의 주도적 위치를 차지하고 있다 하겠다.

4. 강릉지역 설화의 양상

강릉지역의 설화는 자생적 설화와 외지에서 유입된 설화로 나누어 볼 수 있다. 자생적 설화는 지역적 특수성에 의거하여 지역의 인물이나 사건, 증거물에 근거를 두고 있기에 현실감이 증대되면서 흥미가 유발된다. 반면에 외지에서 유입된 설화는 원형 그대로 전승되기도 하지만 이 지역의 기호와 정서에 따라 전반적, 또는 부분적 변이가 이루어지기도 한다.

그런데 설화의 유통은 강릉지역의 주민교류와 밀접한 관계가 있다. 강릉지역 설화는 통천, 고성, 속초, 양양과 접맥되고 삼척, 울진으로 연결되며 내륙으로 평창, 정선, 영월, 태백으로 파급되었다. 이는 강릉과 이 지역간의 주민의 이주, 혼인, 친교(親交)관계가 활발했기 때문으로 보여진다. 이러한 주민의 교류를 통해 설화가 전파되고 향유되었을 것으로 추측된다.

그러면 강릉지역의 설화의 경향을 살펴보기로 한다.

① 대관령 서낭신계 설화

강릉의 단오제는 서낭신을 모시는 민속축제로 전국적으로 널리 알려진 행사이다. 이 강릉 단오제는 대관령 국사서낭신과 대관령 여국사 서낭신을 모시고 이를 위로함으로써 이 지역의 풍요와 축복을 기원하는 것이 축제의 기본 정신이다.

물산이 풍족하지 못하며 일기조차 고르지 못한 영동지역은 생업의 안정이 당면한 과제였기에 이를 극복하려는 소망은 절실할 수밖에 없었으니 마을마다 신당을 마련해 놓고 일상적 기원을 빌었기에

서낭당이 성행하게 되었다. 서낭당은 전국 어느 곳에서나 널리 분포되어 있으며 예로부터 우리 민족의 민속적 기원장소이지만 영동지역에서는 서낭제가 더욱 번창하였으며 아직도 그 명맥이 성대히 유지되고 있다.

서낭제는 대체로 그 마을 단위로 유지되어 왔기에 마을마다 공동적이며 일상적 소망이 진솔하게 드러나 있다. 대체로 서낭신은 신성성이 강조되어 있어 서낭제에 대한 주민의 경외심이 증대될 수 있었던 것이다.

강릉단오제의 주신인 범일대사는 이 지역의 인물로 지역적 정서를 융합시키는데 충분했다. 범일대사(헌강왕 2, 810. ~진성여왕 3, 889)는 학산 출신으로 속성은 김씨이며 품목(品目)이라고도 했다. 홍덕왕(826~835) 때 김의종(金義琮)을 따라 당나라에 유학갔다가 문성왕 9(847)년에 귀국하였으며 문성왕 13(851)년에 백달산에서 수도를 한 뒤 굴산사(掘山寺), 심복사(尋福寺) 등 절을 창건하고 40여년간 지냈는데 경문왕(861~874) 헌강왕(875~885) 정강왕(886)이 국사로 삼으려 하였으나 사양하고 80세에 죽었다. 그런데 김선풍은 그가 15세에 중이 되었으며, 20세에 서울에 가서 비구계를 받은 것으로 보았다.[13)]

이곳에서 태어난 범일대사는 15세에 출가하여 20세에 계를 얻고 20대초반에 입당(入唐)했으며 38세에 귀국하여 백달산에서 지내다가 40대 후반부터 말년까지 강릉에 살면서 굴산사를 짓고 굴산사, 심복사와 삼척의 삼화사, 신흥사, 영은사 등을 창건했음을 알 수 있다.[14)]

---

13) 金善豊, 『韓國詩歌의 民俗學的 硏究』, 螢雪出版社, 1981. P. 35. 윤허용하,「불교사전」 再引.

14) 『진주지』, 梵日祖師往唐 到明州開國寺 得法於馬祖弟子‥‥本郡 三和寺, 新興寺靈隱寺 亦師之所創建云

범일대사는 학산 처녀의 몸에서 태어난 것으로 되어 있다. 학산의 어느 양가집 처녀가 아침밥을 지으려고 석천 우물에 와서 바가지로 물을 떴더니 해가 그 물에 비치길래 그 물을 마신 뒤 임신을 하여 14개월 뒤에 옥동자를 낳았다는 것이다. 이에 부모는 딸이 아비없는 아이를 낳은 것을 망신스럽게 여겨 뒷산 학바위 밑에 갖다 버리도록 했다. 그런데 아이를 낳은 딸이 그래도 모정을 느껴 삼일 후에 그곳에 가보니 학이 날라가길래 덮어놓았던 덤불을 헤치니 그 아이가 굶어죽기는 커녕 살이 포동포동 쪘고 입에는 학이 물어다 준 붉은 구슬같은 것이 물려 있더라는 것이다. 그런데 이 아이는 8세가 되도록 말을 하지 않기에 벙어리인 줄 알았는데 어느날 갑자기 말문이 터지면서 아버지가 누구인지 물었고 가출하여 경주에 가서 공부를 하고 중국에 가서 불도를 닦은 뒤 돌아와 굴산사를 세웠고 죽은 뒤에는 대관령 서낭신이 되었다는 것이다.

이 신화는 지명의 현실성이 가미되어 현장감이 강조된 설화이다. 따라서 해로 인한 임신과 학의 보호로 14개월이란 회임기간과 붉은 구슬로 연명한 비현실성에 대한 거부감을 해소해가면서 우히려 범일대사의 신이성을 자연스럽게 고양시켰다. 범일(梵日)을 햇빛이 물에 비쳤다 해서 泛日이란 명칭을 쓰기도 하는데 학의 도움을 받았다 해서 학산(鶴山), 석천(石泉)의 우물은 범일이 의심할 나위 없이 이 곳 출신임을 방증하고 있다.

범일대사의 기이한 행적은 『삼국유사』에 드러나 있다.

뒤에 굴산조사 범일이 태화년간에 당나라에 들어가 명주 개국사에 이르렀더니 왼쪽 귀가 끊어진 한 중이 여러 중들의 말석에 앉아 있다가 범일에게 말하기를 "나 또한 우리나라 시골 사람으로 집은 명주 익령 덕기방에 있습니다. 대사께서 뒤에 본국으로 돌아가시게 되면 모름지기 나의 정사를 지어주시오."했다.

범일이 두루 총석에 노닐다가 염관에게서 불법을 얻고 [그 일은 본전에 갖추어 실려있다] 회창 7년 정묘에 귀국하여 먼저 굴산사를 세우고 교를 전하였다. 대중 12년 무인 2월 보름날 밤 꿈에 옛날에 보았던 중이 들창 아래에 이르러 말하기를 "옛날 명주 개국사에 있었을 때 대사와 약속이 있었으니 대사가 허락하셨음에도 어찌 이렇게 늦습니까?"했다. 범일이 놀라 깨어 곧 수십명을 거느리고 익령 경계에 찾아가 그가 기거했다는 곳을 찾아보았다. 한 여인이 낙산 아랫마을에 살고 있기에 그 이름을 물었더니 '덕기'라 했다. 그녀에게는 한 아들이 있었는데 겨우 여덟살이었다. 늘 마을 동네 남녘 돌다리에 나가 놀고 있었는데 그 어머니에게 "제가 함께 노는 아이들 중에 황금빛이 나는 동자가 있답니다."라고 하니 그 어머니가 범일에게 고하였다. 범일은 놀라면서도 기뻐서 그 아들과 함께 놀던 다리밑을 뒤져 물속에서 돌부처를 찾아냈는데 왼쪽 귀가 끊어진 것이 흡사 전에 만났던 중과 같았으니 곧 정취보살의 상이었다. 이에 간자를 만들어 절터를 점쳐보았더니 낙산의 윗쪽이 좋으므로 곧 불전 세 칸을 세워 석상을 봉안하였다.15)

---

15)『三國遺事』, 卷 三, 洛山二大聖 觀音 正趣 調信
後有崛山祖師梵日 太和年中入唐 到明州開國寺 有一沙彌截左耳 在衆僧之末 與師言曰 吾亦鄉人也 家在溟州界翼嶺縣德耆坊 師他日若還本國 須成吾舍 既而遍遊叢席 得法於鹽官(事具在本傳) 以會昌七年丁卯還國 先創崛山寺而傳教 大中十二年戊寅二月十五日夜 夢昔所見沙彌到窓下曰 昔在明州開國寺 與師有約 既蒙見諾 何其晚也 祖師驚覺 押數十人 到翼嶺境 尋訪基居 有一女居洛山下村問其名曰 德耆 女有一子 年歲八歲 常出遊於村南石橋邊 告其母曰 吾所與遊者 有金色童子 母以告于師 師驚喜 與其子尋所遊橋下 水中有一石佛舁出之 截左耳 類前所見沙彌 即正趣菩薩之像也 乃作簡子卜其營構之地 洛山上方吉 乃作殿三間 安其像

범일대사가 당나라에서 불법을 닦으면서 정취보살을 만났고 귀국하여 그 불상을 찾아내어 불당을 짓고 봉안한 경위를 밝히고 있다. 이는 범일이 탁월한 법력을 지녔음을 시사하고 있는 바 그가 세 차례나 국사로 권유받았던 것이 이를 입증한다.

범일대사는 굴산파를 열고 굴산사, 심복사, 삼화사 등 사찰을 건립하여 영동지역의 불교 발전에 크게 기여하였다. 그러므로 사후에 대관령 국사서낭신으로 정착하여 주민의 정신적 지주로서 신봉될 수 있었다.

그리고 대관령 여국사서낭신은 정씨의 딸의 혼백이다. 정씨 집에 과년한 딸이 있었는데 아버지의 꿈에 대관령 서낭신이 딸을 아내로 달라고 했지만 사람을 귀신에게 출가시킬 수 없다면서 거절했다. 그러나 며칠 후 딸이 단장을 하고 앉아있는데 서낭신이 보낸 어마(御馬)인 호랑이한테 잡혀가자 대관령으로 찾아가니 딸은 이미 죽어 있었다. 정씨는 딸의 사신을 가져오려 했지만 움직이지 않으므로 화상을 그려놓은 뒤 시신을 데려와 장례를 치루었다는 것이다.

강릉단오제는 5월 5일이다. 그러나 며칠간의 단오제를 치루기에 앞서 4월 15일 대관령에 가서 서낭신과 여서낭신을 모셔오는 것은 그날 어마가 와서 정씨 딸을 데려갔기 때문이다.

이 설화에서 볼 수 있듯 정씨 딸은 서낭신의 뜻에 순응하는 여성으로 부각되어 있다. 정씨 딸의 운명은 아버지의 현몽으로 예시를 받았으며 이러한 숙명은 그녀가 어마에게 업혀가기 전에 머리를 감고 얼굴을 단장하며 좋은 옷을 입고 툇마루에 앉아 기다리는 행위를 통해 예정된 운명을 수용할 태세를 보여준다. 산간지역에서 흔히 볼 수 있는 현상이기는 하지만 강릉지역의 경우에도 호랑이를 신성시하였으며 호랑이에 연관된 지명도 많은데[16] 대관령 서낭신이 호랑이를 서낭신의 어마로 설정된 것은 범일의 위상을 높여주고 있다. 그런데 정씨 처녀의 신이성은 죽은 시신이 꼿꼿이 서있길래 데려오려 했으나 움직이지 않았으며 정씨의 현몽에 따라 화상을 그려붙인 연후에야 시체를 가져올 수 있었다는 데서 드러난다. 이처럼 대관령 국사 서낭신 설화는 정씨 딸이 여서낭신이 된 과정이 부연됨으로써 입체감과 역동성을 배가시키고 있다.

② 해(海)서낭신계 설화

강릉지역의 서낭신으로서 해신에 관련된 것으로는 안인 해랑신과 주문진 진이 서낭신이 대표적이며 이 두 신은 신원(伸怨)을 통해 풍어를 성취한다는 공통적 요소를 지니고 있다. 이 두 설화는 비명횡사한 경위는 다르지만 억울한 혼백의 한을 해소시켜 줌으로써 주민의 소망을 성취시켜 준다는 점이 같다.

안인의 해랑신에 대한 설화를 보면 400여년 전에 강릉부사가 관기를 데리고 안인 해령산으로 놀이를 가서 관기에게 추천을 하게 했는데 관기가 실족하여 물에 떨어져 죽었다는 것이다. 부사는 이 관기의 영혼을 위로하려고 제단을 마련하고 춘추로 제사를 지내게 했는데 아무리 귀신이지만 짝이 있어야 한다면서 남근(男根)을 깎아 놓고 제사를 지냈더니 고기가 잘 잡혔다고 한다. 그런데 1930년경 이곳의 이장 부인이 갑자기 미쳐 김대부(金大夫)신과 결혼하게 해달라기에 그대로 했더니 부인은 제 정신을 찾게 되었고 이제 짝이 있으니까 남근이 필요치 않아 그런 풍속이 없어졌다고 한다. 그런데 외지에서 고기를 잡으러 온 어부가 이것을 모르고 남근을 바치며 풍어를 기대했다가 횡액을 당했다는 것이다.

---

16) 김선풍, 위의 책. pp. 47~49.

이 설화는 삼척 신남의 해신당 설화와 신분, 재앙의 과정, 행위면에서 전혀 다르지만 여자의 죽음으로 인한 재앙과 신원의 동기, 치제시 봉헌물(奉獻物)에 있어서는 유사성이 있으니[17] 비명횡사한 처녀의 원혼을 위무시킴으로써 풍어를 얻게 된다는 발상이 그것이며 이것이 서낭신으로서의 생명력을 유지 해 온 이유이다. 그러나 치제시 남근을 바치는 풍습은 안인 해랑신의 경우는 중단되었지만 신남 해신당의 경우엔 현재까지 지속되고 있다.

비명횡사한 처녀귀신에게 남근을 바치는 것은 원귀를 위로하는 최대의 성의일 수 있다. 이는 해원과 동시에 풍어라는 주민의 기대를 충족시킬 수 있다. 양과 음의 결합은 생산을 의미하며 이는 특히 성적 결합을 성취하지 못한 여성에게는 절실한 문제이다. 이러한 발상은 출가치 못하고 죽은 여귀(女鬼)들이 성혼할 나이가 되면 영혼결혼식을 시켜주어 한을 풀어주는 민속적 정서와 맥을 같이한다.

안인 해랑신 설화는 이러한 발상이 추가된 것으로 보인다. 추천하다 실족하여 죽은 관기의 신원설화에 1930년대 이장부인의 감신(感神)이 부연된 것은 설화의 성장, 발전을 보여주는 예라 하겠다. 관기의 혼백이 부인의 몸에 의탁되고 부인은 김대부지신과 혼례를 치룸으로써 김대부와 관기의 영적 결합이 실현된 것이다. 이는 뒤에 남근을 바치면 오히려 역효과를 얻게 되는 내용에서 확인된다. 결국 해랑당 설화는 관기의 익사사건에 어촌의 소망인 풍어기원이 남근봉물로 연결되면서 신화적 신비성이 가미되었으며 이장 부인의 행위를 통해 이를 강화시킨 경우라 하겠다.

주문진 진이 서낭설화는 서민의식이 나타나 있다. 바닷가에서 해초를 뜯고 있던 진이를 마침 그곳을 지나가던 현감이 보고 미색에

---

17) 杜鎭球, 「嶺東地域 城隍說話 硏究」, 『江原民俗學』 9. 1992. pp. 24~27.

혹하여 수청을 들기를 강요한다. 게다가 부모까지 현감의 요구를 받아드리도록 권유하니 그녀는 방문을 걸어 잠그고 자살했는데 그 옆에는 어린 아이도 죽어 있었다. 이 아이는 그 처녀가 부모 몰래 정을 통했던 남자의 아이였으며 절개를 지키려 현감의 요구를 거절하다 못해 자결한 것이다. 이런 일이 있은 뒤로 조난사고와 흉어가 계속되자 진이의 영혼을 위로해주니 재난이 없어졌다고 한다. 그 후 정우복이 부사로 와서 진이의 사연을 듣고 나라에 표창을 상신했으며 서낭신으로 모시게 하고 동답을 마련해 주었다고 한다.

주문진 서낭신은 해초를 뜯어먹고 사는 서민의 딸이지만 진(津, 또는 眞)이란 이름이 나와 있으며 현감의 횡포에 희생당한 여자다. 그녀는 비록 천민이지만 장래를 약속한 남자와의 의리를 지키려다 죽은 열(烈)의 사상을 보여주고 있다. 그러나 그녀의 희생은 자연적 재난이 아니라 억울한 인재(人災)였다. 그런데 진이 서낭설화는 정우복 부사의 행위를 통해 현실성이 부각되어 있다. 정우복(鄭愚伏, 1563~1633)은 본명이 경세(經世)이며 51세가 되던 광해군 5(1613)년에 강릉부사로 부임하여 2년 반 동안 선정을 폈는데 사람됨이 근후하고 경술에 널리 통달했으며 또한 문장에도 공교했던[18] 인물이다. 정부사는 강릉에 와서 유교적 교화를 크게 일으켰기에 추앙을 받은 인물로 이곳 사람들이 흥학비를 세운 바 있으며[19] 사당도 건립되었다. 정우복이 이처럼 선정의 목민관이었기에 진이의 갸륵한 절개가 그에 의해 거론된 것은 객관적인 타당성을 보여주고 있으며 열을 바탕으로 한 유교의식 때문에 남근을 바치는 행위는 배제되었다. 진이의 절개는 정우복의 표창상신을 통해 객관적으로 인정을 받았으

18) 『仁祖實錄』, 爲人謹厚 博通經術 且工文詞

19) 瀧澤誠, 『臨瀛誌』 名宦條. 鄭經世號愚伏 萬曆癸丑爲府使 大闡學校 諭以禮制 揭規于鄉校 使之遵行 公之遺惠於江陵不淺矣 後人立興學碑於明倫堂前

며 진이의 혼백은 이 지역의 주민들에게 해난사고를 예방해 주는 수호신으로 신봉될 수 있었다. 이처럼 정우복의 개입은 현실성을 제고시키며 또한 진이 서낭당의 벽화에 정우복을 중심으로 우측에 부인, 좌측에 진이와 그녀가 낳은 아이가 그려져 있는 것도 현실성을 부각시키고 있다.

③ 명주군왕 설화

지역의 설화에서 土姓과 관련된 신이담이 나오는 것이 자연스러운 현상이지만 강릉지역 설화의 경우도 연화부인 박씨의 설화와 명주군왕 김주원공에 얽힌 이야기가 향토설화로 전승되어 왔다.

일찍부터 박씨와 김씨는 강릉에 정착하여 토성을 형성하였다.[20] 이 양 문중간의 교류는 빈번했겠지만 그 중 신화적 유대는 연화부인과 무월랑의 관계에서 찾을 수 있다.

연화부인(蓮花夫人) 박씨는 매일 연못에 있는 물고기에게 먹이를 주었다. 그런데 서울(경주)에서 내려온 무월랑과 눈이 맞았는데 임기가 차서 헤어지게 되었다. 그런데 박씨 처녀가 혼기가 차자 집에서 다른 남자를 골라 시집보내려 하니 박씨 처녀는 자기의 안타까운 심정을 글로 써서 물 속에 던졌다. 그러자 물고기가 이 편지를 물고 서울에 가 잡혀 그 편지를 전했다. 이 글을 읽어본 무월랑은 급히 강릉으로 내려와 막 혼인식을 올리려는 순간에 이를 알리니 비로소 이들의 약속을 알게 된 부모는 정혼한 남자를 돌려보내고 무월랑과 혼인을 시켰다는 것이다.

연화부인 설화는 부전가요 「명주가」의 배경설화로 「고려사」에 소

20) 강릉지역의 토성을 보면 『世宗實錄』 地理志에는 金崔朴郭咸王氏 順으로 되어있고 『新增 東國輿地勝覽』에는 金崔咸朴郭氏 順으로 되어있다.

개되어 있다. 이 기록에 의하면 무월랑이 서생으로 되어있고 연화부인도 양가녀(良家女)로 되어 있다. 서생이 강릉에 유학하러 왔고 처녀는 서생이 탁제(擢第)해야만 부모의 허락을 받을 것이라 하자 서생은 경사(京師)에 돌아가 학업을 닦았다. 서생은 부모에게 드리려고 시장에서 고기를 사 가지고 와서 배를 가르니 그 편지가 나왔으며 비로소 처녀의 입장이 위급함을 알고 강릉으로 달려와 처녀의 부모에게 편지를 보여 서생을 사위로 삼았다 했으니[21] 오늘날 전하는 설화와 일치한다. 그런데 경사에서 유학 온 서생은 『임영지』에 김무월랑(金無月郎)으로 구체화되어 있으며 『彊界志』에 무월랑은 신라의 왕의 아우로 맏아들이 주원이었다[22]는 기록을 근거로 주원의 아버지로 보고 있다. 그리고 「강릉김씨파보」에는 서생이 무월랑(無月郎)으로 되어 있고 진평왕 때 강릉에서 벼슬을 했으며 연화의 집이 남대천 부근에 있고 집 북쪽에 깊은 연못이 있었다 하여 연못의 위치가 드러나 있을 뿐더러 무월랑에게 써 준 편지를 고기가 물고 3일동안 동해를 헤엄쳐갔다[23]고 하여 구체적으로 드러나 있다. 그러나 편지를 입수하는 과정은 무월랑이 직접 고기를 잡아서 얻은 것

---

21) 『高麗史』, 卷 七十一 樂志二
溟州 世傳 書生遊學至溟州 見一良家女 美姿色頗知 書生每以詩挑之 女曰 婦人不妄從人 待生擢第 父母有命 則事可諧矣 生卽歸京師習擧業 女家將納壻 女平日 臨池養魚 魚聞警咳聲 必來就食女食魚 謂曰 吾養汝久 宜知我意 將帛書投之 有一大魚跳躍 含書悠然而逝 生在京師 一日爲父母具饌市魚而歸剝之 得帛書驚異 卽持帛書及父書徑詣女家 壻已及門矣 生以書示女家 遂歌此曲父母異之曰 此精誠所感 非人力所能爲也 遣其壻而納生焉

22) 申景濬, 『彊界志』
新羅王弟無月郎二子 長曰 周元 次曰 敬信 母溟州人 始居蓮花峰下 號蓮花夫人 及周元封於溟州夫人 養於周元

23) 『江陵金氏派譜』, 春 遺事條.
新羅眞平王時 有無月郎 爲江陵仕臣 其時有蓮花女…女家在大川南宅 北有深淵…遂三日不現潛通東海 到新羅

으로 되어 있고 결말에 무월랑이 고기에게 답장을 써주어 연화와 부부의 인연을 맺었다[24]한 것은 우연성과 추상성이 드러나 있어 오히려 극적 감동을 저하시키고 있다.

연화부인 설화는 김씨파보에 의해 구체화되어 있으며 「임영지」에서도 이를 뒷받침되고 있다. 월화정이 남대천가의 연화봉 옛터에 있는데 신라때 연화부인 박씨가 양어(養魚)하였으며 그 고기로 김무월랑에게 글을 전했기에 그 후손인 김씨가 양어지 암상에 새로 건물을 지어 이를 기념했다는[25] 것은 연화부인의 설화의 신빙성을 입증하고 있다. 즉 연화부인 박씨가 물고기를 길렀고 김무월랑과 사랑을 나누었는데 물고기의 도움으로 부부의 연을 맺을 수 있었기에 무월랑과 연화부인의 이름을 따 월화정(月花亭)이란 정자를 지었다고 하여 역사적 사실성을 제시하였다.

그런데 여기서 무월랑이 과연 누구인가 하는 것이 문제인데 김선풍은 강릉김씨의 시조인 김주원 공의 아버지로 보았다.[26] 그는 강릉김씨의 족보에 근거하여 이를 입증하고 있는 바 무월랑은 강릉김씨의 20세 손으로 유정(惟靖), 또는 위정(爲靖)이며 시중을 지냈고 부인은 명주 연화부인인데 공의 아들이 명주군왕이며 강릉김씨의 분계라 했다.[27] 그런데 이들 사이에서 태어난 주원은 신라 29대 태종무열왕의 5세 손인데 선덕왕(780~784)이 죽자 상재(上宰)로 있으면

---

24) 앞의 책
無月郎之捕所 郎得神魚 魚吐信書 郎作書與魚 遂迎其女爲夫婦

25) 『臨瀛誌』 樓亭條
月花亭在邑南川邊蓮花峰舊址 新羅時蓮花夫人朴氏 有養魚 傳書于金無月郎之古蹟今 其後孫金氏 新搆于養魚池岩石上以爲紀念

26) 김선풍, 위의 책. pp. 130~131.

27) 『江陵金氏派譜』, 春, 遺事條, 二十世子惟靖 一曰爲靖 侍中 妃溟州蓮花夫人 公之子爲溟州郡王周元 江陵金氏之分系

서 왕위에 오를 뻔 하였으나 북천의 물이 불어나 대궐에 갈 수 없었기에 경신(敬信)이 자리에 오르니 이가 원성왕이며 왕위에 오르지 못한 그는 외향인 명주에 와서 살았다는 것이다.[28] 그렇다면 원성왕(784~798)이 즉위한 이후 강릉에 와서 거주한 뒤 명주군왕으로 봉해진 것이다. 이런 역사적 사실을 바탕으로 하여 김주원에 관련된 단편적 설화가 있다.

김주원은 갑자기 쏟아져 알천의 시냇물이 불어났기 때문에 왕이 될 기회를 놓쳤으며 대신 원성왕이 왕위를 차지한 사실은 역사적 기록 그대로 설화가 된 셈이다. 김주원이 묻힌 성산면 보광리 삼왕동(三王洞)의 지형과 지명에 관련된 설화는 김주원의 일화에 관련되어 있는 바 명주군왕의 묘를 잃어버렸다가 나무꾼의 대화를 듣고 다시 찾게 된 내력도 있으니 주원멧골이란 지명이 단서가 되었으며 후손이 찾으러 다니다가 피곤해서 잠깐 졸고 있을 때 조상이 현몽하여 걱정하기에 걱정재라 했다는 것은 명주군왕과 연관된 설화라 하겠다.

④ 인물설화

인물설화에 있어 주인공은 이 지역 인물과 외지 인물이 등장되고 있는데 이 지역 인물로서는 허봉, 이율곡, 권장군이 보이며 외지 인물로는 강감찬이 있다.

허봉(篈)은 허엽의 아들로 형 성(筬), 동생 균(筠), 누이동생 난설

---

28) 『三國遺事』, 卷 2 元聖大王.
伊湌金周元初爲上宰…未幾 宣德王崩 國人欲奉周元爲王 將迎入宮 家在川北 忽川漲不得渡 王先入宮 郎位 上宰之徒 衆皆來附之周元 退居溟州
『三國史記』, 卷 第十 元聖王
宣德薨 無子 群臣議後 慾立王之族子周元 周元宅於京北二十里 會大雨閼川水漲 周元不得渡 或曰 卽人君大位 固非人謀 今日暴雨 天其或者不欲周元乎

헌(蘭雪軒)과 함께 오문장가(五文章家)로 이름이 드날린 인물인데 그가 사천면 진리에 있는 외가인 애일당(愛日堂)의 정기를 받고 태어난 것으로 전해 내려온다. 외할아버지인 김광철이 명당의 기운을 빼앗기려 하지 않았는데 동생 광진이 위독하자 간병하기 위해 집을 비운 사이에 딸과 허엽이 합방하여 잉태된 것이 허봉이며 호를 하평리(荷坪里)란 마을 이름에서 따 하곡(荷谷)이라 했다는 것이다. 이러한 정기를 타고 태어났기에 문장가로서 명망을 받았고 율곡은 이원수공과 신사임당 사이에 태어났지만 액운이 끼어 있었으므로 액을 모면하기 위해 도사가 알려준 대로 밤나무 천 그루를 심었는데 잘못 세어 999그루밖에 안 되자 범이 물어가려 하니 그 옆에 있는 다른 나무가 '나도 밤나무'라 하여 죽음을 면해서 훌륭한 인물이 될 수 있었다는 것이고 그래서 호를 율곡(栗谷)이라 했다는 것도 호랑이와 설화를 연관시켜 신이성을 강조하였다.

인물설화로 초인적 능력을 보여주는 이인설화가 권장군 설화이다. 권장군은 연곡면 퇴촌리에서 살았던 인물로 권성두(權星斗)이며 호는 학암(鶴岩)이다. 권장군은 장사였는데 밤에 나막신을 신고 뒷간에서 대변을 보다가 호랑이 꼬리를 잡아당겼으며, 호랑이 뒤를 따라 축지법으로 충청도 주천까지 가서 죽을 운명의 처녀를 구해준 뒤 돌아오는 길에 평창에서 초립동이로 변신한 산신으로부터 호랑이를 시켜 먹이감으로 처녀를 잡아오게 했는데 훼방을 놓았다고 곤욕을 당했다. 그리고 근처에 있는 스님과 이[虱]를 바위위에 올려놓고 손으로 쳐 죽이는 내기를 했는데 권장사는 바위만 깨뜨렸으며, 널리뛰기 내기에서는 나막신을 신고 뛰다가 바위를 걷어차 큰 바위가 엇비스듬하게 넘어졌다는 것은 권장군의 힘을 강조한 것이다. 권장군의 힘에 대해서는 머리를 감고 있는 처녀를 해치려는 호랑이를 들러메쳐 구해 주었다든지[29] 밤재를 지나다가 호랑이한테 화살을 쏘았더니 울진까지 다라나서 죽었고 원통 통방아에서 물을 뽑아 오죽헌 연당물에 이었다는 것은[30] 권장군의 초인적 힘을 강조함이다.

권장군의 힘의 위력은 양양의 탁장군과 대결구조로 나타나기도 하는데 양양과 강릉의 중간지점에 있는 큰 소나무를 서로 자기들 것이라고 주장하다가 양양의 송천에 사는 탁장군과 도끼로 나무베기 내기에서 졌고, 밧줄로 끌고가는 내기에서도 졌다고[31] 했는데 이는 양양쪽 설화이기에 귀결된 결론이다. 양양쪽의 설화는 인접지역과의 경쟁담 설화에서 흔히 나타나는 우월의식이 변이된 것이다. 그리고 호랑이가 신방에 들어가는 것을 퇴치하고 하룻밤에 보리밭 서마지기를 갈았으며 인절미 다섯 말을 한꺼번에 먹고 승려의 호색을 막은 것은[32] 권장군의 용맹을 과시함이며 말미에 칡넝쿨을 없앤 것은 이와 다른 권대감의 설화가 삽입된 것[33]으로 보여진다.

외래 인물 설화로서는 영동지역에서 자주 나오지만 강감찬의 설화가 있다. 강감찬이 어렸을 때 잔치집에 가서 여우로 둔갑한 신부를 퇴치한 것과 강감찬의 명성을 빌어 호랑이를 쫓은 이야기는 신통력을 지닌 강감찬의 기이한 능력이 이 지역 설화에 수용된 것이라 하겠다.

---

29) 김선풍, 『한국구비문학대계』, 2-4. 속초시 양양군편, 한국정신문연구원, 1981. pp. 780~782.

30) 김선풍, 『한국구비문학대계』, 2-1, 강릉 명주군편, 한국정신문화연구원, 1980. pp. 213~214.

31) 두창구, 「동해안지역의 설화」, 『關東民俗學』, 10 · 11. 관동대 강릉무형문화연구소, 1996. pp. 247~249.

32) 장정룡, 「제9차 학술답사보고서-강원도 명주군 일대 『江陵語文學』, 6. 강릉대 국문과, 1991. PP. 129~134.

33) 장정룡, 「嶺東地方 人物神話의 內容考察」, 『臨瀛文化』, 16, 강릉문화원, 1992. p. 24.

⑤ 장자못 설화

경포호의 유래에 관한 설화는 장자못 설화의 대표적 예이다. 경포에 부자가 있었는데 시주를 얻으러 온 스님에게 쌀 대신 똥을 퍼주니 이를 본 딸이 몰래 아버지의 잘못을 사죄하며 대신 쌀을 주었다. 그러자 스님이 즉시 따라오라기에 스님을 따라가자 뒤에서 갑자기 뇌성벽력이 일면서 집에 물이 잠겨버렸다는 것이다. 그리고 그 증거물로 부잣집 곳간에 쌓여있던 곡식이 조개로 변했기에 지금도 그 기왓장이 호수속에서 나온다고 한다.

이러한 설화은 태백의 황지못 설화에서도 볼 수 있고 고성의 화진포나 동해에서도 유사한 내용이 전해 내려온다.

경포호는 그 규모가 아주 큰 호수였다고 한다. 이러한 넓은 터전을 농지로 가진 부자라면 재산 규모가 상당했을 것으로 짐작할 수 있다. 그러므로 이 설화에서는 경제적 능력을 가진 자가 가난한 사람에게 베풀면서 살아야지 제 욕심만 채우려다가는 필경 멸망에 이른다는 것이 설화의 요지이다. 이러한 의식은 산간지역에서 식객들이 모여드는 것을 귀찮아 며느리가 스님에게 이를 못오게 해 줄 것을 부탁했다가 패가한 축객패가(逐客敗家) 설화와 접맥되어 있는 바[34] 장자못 설화는 부자→시주를 받으러 온 스님 박대→가장(家長)의 몰인정을 대신 사죄하는 여자(아내, 며느리)의 시주→따라오며 뒤를 돌아보지 말라는 스님의 당부→뒤에서 뇌성벽력이 울리며 집이 물속에 잠겼다는 구조로 되어 있어 인색한 부자의 패망과 뉘우치는 여자를 구제하는 주체가 스님으로 되어 있는데 축객패가 설화도 부자집에 식객의 모여듬→식사 준비에 지친 며느리가 스님에게

34) 두창구, 「嶺東 中南部地域 說話考」, 『關東民俗學』, 12. 1997. pp. 106~109.

절객(絶客)의 비방(秘方)을 요청→스님의 만류→거듭 요구→발복(發福)을 일으키는 바위를 파손토록 함→패가하는 것으로 되어 있는데 여기서는 반대로 부자는 인자하지만 며느리(또는 아내)가 많은 식객에게 베푸는 것이 귀찮아서 발복의 근원을 없앴다가 망하는 것으로 되어 있어 차이점이 있으나 역시 가진 자가 어려운 자를 도와가면서 더불어 살아가야 한다는 장자못 설화의 의식이 변이되어 형성된 것이라 할 수 있다.

⑥ 암석 설화

암석에 관한 설화는 어느 지역에서나 흔히 볼 수 있듯 강릉지역에서도 흔히 나타나며 지역적 특색과 주민의식이 직접적으로 드러나 있다.

암석설화는 대체적으로 암석의 형태와 관련하여 설화화되기도 하고 암석에 얽힌 유래가 설화화되기도 하는데 어느 경우이건 이곳 주민의 소망이나 정서가 설화속에 강하게 투영되어 있다.

짝바위는 나란히 서 있는 두 바위에 관한 설화이다. 배 다른 오누이가 서로 사랑하다가 이루어질 수 없는 운명을 비관하여 자살해서 된 바위라는 것이데 이는 윤리와 사랑의 갈등에서 비롯된 비극으로 이 지역 주민의 유교적 정서가 투영되어 있다. 위촌리에는 남자 성기 모양과 여자 성기 모양의 바위가 있는데 여자의 음부 모양의 바위틈에 물건을 넣고 쑤시면 마을 여자가 바람이 난다는 것은 바위의 형상에서 비롯된 발상이다. 또 선비들이 모여 앉아 글공부를 익히고 학문을 닦는 연구암 설화도 있으며 장수가 태어날 때 용마가 나오게 되어있지만 왜놈들이 혈을 질러 장수는 나오지 못하고 용마만 나왔다가 가마솥에 빠져 죽었다는 설화는 일반적으로 볼 수 있는 애기 장수 계통의 설화로 말탄봉의 명칭 유래가 되었다. 또 마을 사람들이 신성시했던 바위를 깨어버렸기에 재앙을 받았다는 불금바위(火禁岩)은 화재의 예방을 기원하는 주민의 소망이 담겨 있다.

그리고 늙은 장수가 철갑을 벗어 철갑산에 걸어놓았다는 이래석, 투구를 벗어 놓은 괘석이 있고, 대장골의 장수 바위에는 장수가 딛고 간 발자국의 흔적이 남아 있으며 건너다닐 다리를 놓아달라는 마귀 할머니의 요청을 거절하자 심통이 나서 손가락으로 바위를 찔러 바위에 구멍이 났다는 할미바위 설화도 있다. 쇠바위 설화는 소 모양의 바위의 앞쪽을 자기 마을 쪽으로 돌려놓으면 풍년이 든다는 것으로 농업에 대한 기원을 엿볼 수 있다. 호랑바위 설화에서 바위 때문에 호랑이의 재앙을 입으니 범 주둥이 쪽 바위를 파손시켜 호환을 벗어났다는 것은 호랑이의 피해를 고발하려는 정서가 드러나 있으며 단경골의 기생이 선비를 그리워하다 떨어져 죽었다는 절개를 내세운 기생바위 설화도 있다.

이처럼 바위에 얽힌 설화는 이 지역 주민들의 사고방식과 일상생활을 통해 형성된 다양하고 다정다감한 일상적 정서를 표출하고 있다.

⑦ 해학담 설화

흔히 강원도민의 정취를 암하노불(岩下老佛)로 보는가 하면 심리학적 측면에서 온후(溫厚), 착실(着實), 신중(愼重), 평정(平靜)으로 보기도 했지만[35] 강릉지역의 정서는 투박하고 진솔하며 단선적(單線的)인 면이 강하다. 따라서 유연하거나 번뜩이는 기지가 별로 드

35) 김선풍, 위의 책. p. 19. 再引.
金泰午, 『民族心理學』, 東方文化社, 1950. p. 358.

러나지 않으나 평면적 진지성을 보여주고 있다.

이런 성격의 탓인지 강릉지역 설화의 경향은 직설적이고 꾸밈없는 면모를 보여주고 있는데 간혹 해학적 면모를 지닌 설화도 있다.

홀아버지만 두고 시집간 딸이 시아버지의 조석(朝夕)이 걱정되고 역시 홀로 된 시어머니의 처지에도 고심하다가 두 사람을 맺어주어 친정아버지가 시아버지가 되었다는 설화는 효와 연민의 갈등을 파격적으로 극복한 새로운 해결책을 보여준다. 이 설화는 해학적 내용이지만 결코 해학으로만 규정할 수 없는 현실적 타개 방법이 제시되어 있다. 그러나 상투를 틀어주는 며느리의 젖을 빤 엉큼한 시아버지가 아들이 항의하자 어려서 어미의 모유를 먹인 일을 빙자하여 합리화하려 한 행위는 논리적 비논리성에 대한 고발이며 친구 아내를 탐낸 장님이 그의 아내한테 속아 대낮에 발가벗고 도망친 것은 지각없는 우자(愚者)에 대한 경계이다. 또 친정아버지의 상고를 당하여 친정으로 가다가 호랑이의 위해(危害)를 모면하기 위해 치마를 머리까지 올려 뒤집어 쓰고 가자 달거리 중인 여자의 음부를 처음 본 호랑이가 오히려 괴물인 줄로만 알고 속아서 달아났다는 것은 성적 상황을 보여주는 해학이지만 효심의 지극함이 드러나 있고 남편이 들에서 성기를 벌에 쐬어 돌아오자 아내가 다음날 떡을 해가지고 나가 벌에게 주면서 둘레는 굵게 해 주어 좋은데 이왕이면 길이까지 늘려달라고 빈 것은 성적 관능성을 암시하고 있으면서도 솔직한 여성의 소망이 투박하게 드러나 있다. 그리고 처가에 간 신랑이 식혜를 몰래 먹으려고 부엌에 나갔다가 장모가 누는 오줌에 손을 씻으면서 고루고루 뿌려달라는 설화는 성적인 상징성을 띤 해학담이다. 그리고 부사가 선정을 하지 않고 탐색질만 하다가 새털 우장을 착취해가지고 임금 앞에 가서 선정을 베푼 것처럼 과장했다가 오히려 벼슬을 박탈당한 것은 위정자의 위선의 풍자이다.

해학담 설화는 일상적인 생활 속에서 인간사에 대한 야유와 경계를 재치롭게 표출하고 있는 바 성적인 내용이 해학적으로 전개되는 가운데 일상적인 교훈성을 보여주고 있다. 그런데 남성보다는 여성이 자주 등장되어 효와 열의 정서를 보여주고 있을 뿐 음난한 여성의 행위나 남녀간의 불륜이나 패륜적 행위는 별로 나타나지 않는다.

이상에 논의한 설화외에도 사찰, 풍수, 충신, 효자, 원귀, 복수, 사물에 관한 설화가 자주 등장하고 있다.

결 어

위에서 강릉지역에서 최근까지 전하고 있는 설화에 대해 살펴 보았다.

강릉은 일찌기 영동지역의 중심지로서 정치, 경제, 사회, 문화의 분야에 걸쳐 영동의 중심적 역할을 감당하여 왔다. 강릉이라 함은 명주를 포괄한 개념으로 1995년에 행정구역 개편에 따라 통합된, 북으로 주문진읍에서 서쪽으로 연곡면, 왕산면과 남으로 옥계면 안에 있는 지역의 명주군과 강릉시를 통합한 지역만을 대상으로 하였다.

이 지역의 문화는 영동지역에 많은 영향을 끼쳤으니 설화에 있어서도 그 영향력은 결코 경시될 수 없다.

강릉지역의 설화의 경향은 서낭신계 설화의 면모를 체계적으로 보여주고 있으니 단오제의 민속 축제는 대관령 서낭신 설화의 입체적 체계성을 보여주며 해서낭신계 설화도 안인, 주문진의 설화가 신남을 비롯한 어촌에 상당한 영향을 끼쳤을 것으로 볼 수 있다. 그리고 역사에 근거한 명주군왕 설화는 이 지역 주민의 주체적인 자긍심을 보여주고 있으며 허봉, 이율곡, 관련된 설화는 비범한 인물의 신비성을 과시하고 있다. 권장사 설화는 투박하고 진솔한 이 지역 주민의 정서를 표출하면서 장사로서의 의협적 면모가 부각되어 있다. 경포호 설화는 전국 장자못 설화의 전범(典範)이 되고 있으며 산간지역의 축객패가 설화로 변이되었다. 암석 설화는 일상적인 주민 정서를 투박하게 노출하면서도 여성의 도리를 각성시키고 있으며 농업에 대한 관심, 호랑이에 대한 조소를 보여준다. 해학담 설화는 주로 여성의 성적 풍자를 다루면서도 여성의 음란성이나 패륜적 행위가 보이지 않은 것은 이 지역 주민정서가 효와 열에 뿌리를 두고 있기 때문이다.

강릉 지역의 설화는 최근에 주민의 관심에서 벗어난 설화도 포함시켜 논의할 때 그 양상이 입체적으로 드러날 수 있을 것이다. 그러나 본고에서는 최근 자료를 중심으로 하여 강릉지역에 연면히 흐르고 있는 주민정서의 양상이 설화에 어떻게 드러나 있는지 하는 점에 중점을 두어 논의를 전개했음을 밝혀둔다.

강 릉 시 설 화

1. 진이 서낭당 유래

주문진에 진이라는 아릿다운 처녀가 살고 있었대.

주문진 동쪽에 바다가 있는데 이곳 사람들은 바닷가에 난 해초를 뜯어 먹고 사는 사람이 많았거던.

어느 화창한 봄날 물가 진(津)자, 진이라는 처녀가 마을 처녀들과 함께 바닷가에서 해초를 뜯고 있는데 마침 현감이 이곳을 지나가다가 아름다운 진이의 모습을 보자 그만 넋을 잃었대. 관아에 돌아온 현감은 관원을 시켜 진이를 데려와 성과 이름을 물었지만 진이는 아무 대답도 하지 않더래. 그러니 현감은 더욱 마음이 타서 그날 밤 당장 수청을 들라고 졸랐지만 진이는 한사코 그 청을 받아들이지 않았대.

진이의 아버지는 어부였는데 자기 딸이 현감의 수청을 거절했다는 말을 듣고 민망해서 딸한테

"네가 현감의 말을 거역하면 미움을 받아 우리 집안이 망하게 되니 제발 현감의 말을 따르거라."

하고 달래기도 하고 강요도 하여 보았지만 자기는 이미 장래를 약속한 사람이 있다면서 골방에 들어가 문을 잠그고 밖에서 부모가

아무리 문을 열라 해도 열지 않더래.

이러기를 4, 5일간 계속하다가 화가 난 아버지가 문을 부수고 들어가보니 딸이 이미 스스로 머리를 자르고 죽어있고 딸 옆에는 웬 아이가 죽어 있더래. 이게 웬 아이냐 하면 진이가 부모 몰래 장래를 약속한 남자의 아이라. 그래 절개를 지키려니 어쩔 수 없이 스스로 목숨을 끊었던 게지.

그 뒤로 주문진에서 고기를 잡으러 나가기만 하면 풍랑이 일어나 고기를 잡을 수 없고 배가 뒤집혀 어부가 죽는가 하면 마을에 괴상한 전염병이 돌아 많은 사람들이 재앙을 당했대. 사람들은 이런 재난이 억울하게 죽은 진이의 원귀 때문인 것을 알고 서낭당을 만들고 진이의 영혼을 위로하는 제사를 올리니 비로소 이런 재난이 없어졌고 고기도 풍어가 되었다 해.

조사일자 : 1999. 4. 24.
제보자 : 설증범 (71세, 남, 주문진읍 주문진리 용소골)

2. 제주 솔과 용소

저게 가면 지금을 아파트가 들어서서 흔적이 없어졌지만 옛날엔 논이었어. 그 근처에 소나무가 우거져 있었는데 그걸 제주 솔이라 했지. 제주 솔이란 제주도에서 가져온 솔이란 말이야. 이 제주 솔이 이곳까지 오게 된 것은 사연이 있어.

저쪽에 가면 영해 이씨 산소가 있는데 그 후손이 제주도에서 목사를 지냈대. 그러다가 임기를 마치고 고향으로 돌아올 때 솔방울 3

개를 가져와 산 비탈을 제방 막듯 땅을 정리하고 그 솔방울을 심었대. 솔방울을 심은 곳은 원래 용소라는 연못이 있었는데 그게 풍수지리적으로 보아 좋지 않다고 해서 이걸 메우고 그 자리에 나무를 심으려 했대.

목사가 제주에서 솔방울을 가져와 연못가에 심은 것은 사연이 있어서 그랬대. 목사가 제주도에 있을 때 어느날 밤에 꿈을 꾸니 폭우가 내리고 천둥과 번개가 치며 용이 승천하려고 용틀임을 하는데 그 곳이 아무래도 용소같은 생각이 들어서 용을 위해 솔방울을 가져와 심은 거래.

그런데 과연 이 부사의 짐작대로 이 용소에는 이무기가 용이 되려고 몇 백 년간 사람의 눈에 띄지 않게 살았는데 승천할 때가 되자 용이 연못 밖으로 나와 막 승천하려 했대. 그런데 이 때 갑자기 날씨가 사나워지며 천둥 번개가 요란하니 어느 농사군이 논의 물코를 살피러 나왔다가 이걸 보자 큰 소리로

"아, 용이 승천한다."

이렇게 소리를 치니 승천하던 용이 갑자기 힘이 빠져 다시 연못 속에 떨어져 버렸대. 그래 그곳을 용소라 부르게 된 게야.

제주 솔밭에는 기념비가 흙속에 비스듬히 넘어진 상태로 뒹글고

있지.

조사일자 : 1999. 4. 24.
제보자 : 설증범 (71세, 남, 주문진읍 주문진리 용소골)

3. 향호리와 땅재 지명 유래

향호리에 호수가 있는데 거기 가면 '땅재'라는 곳이 있어. 여기 사람들은 땅재라고 부르지만 원래는 '당치'라고 했어. 그것은 중국 당나라 때 사신이 이곳을 지나가다가 쉬어간 곳이라 해서 그렇게 불렀다고 해.

옛날에 연곡은 이곳보다 사람이 많이 살았거던. 그렇지만 길이 비좁고 소나 말도 귀하니 그런 걸 타고 갈 수는 없고 걸어서 다녔지.

한번은 당나라 사신이 개나리 봇짐을 지고 산 길을 넘어가다가 호수가에서 쉬게 되었대. 앉아 쉬면서 호수를 보니 마침 청둥오리가 한가롭게 헤엄을 치고 있더래. 그런 호수의 모습이 너무 아름다워 호수 이름을 향호라고 지었대. 그리고 사신이 돌아간 뒤 여기 사람들의 그 사신이 앉아 쉬었던 꼬댕이를 당치라고 했는데 그 당치를 뒤에 땅재라 불렀어.

조사일자 : 1999. 4. 24.
제보자 : 설증범 (71세, 남, 주문진읍 주문진리)

4. 소돌의 지형과 서낭당신

우리 동네는 지형의 형상이 소의 형국을 갖췄다 해서 소돌이라고 하지. 한자로는 우암(牛岩)이라 하지만 보통 소돌이라고 부른단 말이야.

다리를 건너가면 큰 길이 마을의 가운데로 나 있는데 그 길의 이 쪽 산은 황소같고 저 쪽 산은 암소같이 생겼어. 이 쪽 산이 저 쪽 산보다 크고 또 머리 부분에는 돌이 많았어. 그리고 예전에는 사람 키의 두 배쯤 되는 우뚝한 돌 두 개가 촛대바위처럼 있었는데 마치 소의 귀 같았어. 해변을 향한 능선이 소의 머리와 몸통에 해당되고 능선 서쪽의 우물은 소의 젖에 해당되지.

서낭 건너편에 있는 뾰족뾰족한 돌을 소뿔이라 했고, 바다쪽에 옛날에 어항으로 쓰였던 물이 고인 곳을 소 구유(소 죽그릇)라고 했는데 이곳으로 어부들이 고기를 잡아가지고 들어오니까 소가 항상 배가 불렀다고 하거던. 또 맹물탕이라고, 바위 틈 아래로 물이 깊숙히 고인 곳을 소가 먹는 물이라 해서 그렇게 불렀단 말이야. 그

리고 이 산기슭을 돌아가면 우푹한 곳이 있는데 그곳은 소의 앞다리이고 고개를 넘으면 소똥골, 우분곡(牛糞谷)이라고 하니 이 지역을 소돌이라고 부르는 것은 근거가 있단 말이야.

그리고 우리 마을에는 토지지신, 서낭지신, 여역지신의 3위를 모시고 서낭제를 지내지만 서낭당은 없어. 바위 꼭대기 거기에다 서낭당을 지어 놓으면 하룻밤 사이에 없어지곤 했대. 갑자기 폭풍우가 쳐서 부서져버린대. 이런 일이 수 차례나 반복되니 서낭당을 짓는 일을 포기했기에 서낭당이 없고 왜정때 쯤 약간 담을 쌓아 놓은 게 있을 뿐이야. 그 당 안에는 아무것도 없고 해당화만 우거져 있는데 그 해당화를 섬기거던. 이렇게 해당화를 섬기는 데에는 그럴 만한 까닭이 있어.

옛날에 이 마을에 예쁜 처녀가 있었는데 이웃 마을에 사는 총각과 눈이 맞아 부모 몰래 만나다가 마을 사람들에게 발각이 되었대. 그래 눈총을 받게 되자 처녀 총각이 거기 동대라는 바위에 가서 물에 빠져 죽었는데 그들이 빠져 죽자 이 동네가 망하기 시작했대. 그런 일이 있은 뒤 고기도 안 잡히고 농사도 되지 않으니 마을 사람들이 다른 곳으로 하나 둘씩 떠나갔대. 그러니 동네 사람들이 모여가지고 의논을 했대. 총각은 다른 마을 사람이지만 처녀는 이 마을 사람이니까 처녀의 혼백을 위로하는 제를 올리자고 의견을 모은 뒤 제사를 지내는데 제사를 지내기 시작하면 어디서 오는지 봉황새 한 마리가 날아와서 쭉 지켜보고 있다가 제사가 끝나면 어디론지 가버리더래.

이런 일이 제사 때마다 일어나자 사람들이 생각해보니 그 청년 이름이 봉(鳳)자가 들어 있었고 처녀의 이름엔 해(海)자가 들어 있었더래. 해마다 제사 때면 이런 일이 일어나면서 돌 바위에 이상한 나무가 생기더라는 게야. 이 나무에 가시가 돋아나고 잎사귀가 나고 꽃이 피고 열매를 맺었는데 열매가 처음엔 파랗다가 나중에는 빨갛게 되어 바람이 불면 바다 쪽으로 날아가 버리더래. 그런 뒤부터 동네가 다시 일어나기 시작했대. 그야말로 육해풍년(陸海豊年)이야. 고기도 잘 잡히고 농사도 잘 되니 다른 곳으로 떠났던 사람들이 다시 돌아와 마을이 번성해졌대.

그런데 이상한 것은 그 뒤로 봉황새가 오지 않는 게야. 그러니 동네 사람들이 또 모여서 봉황새가 오지 않으니 제사 때 봉황새 대신 닭을 쓰기로 하고 장닭을 썼대.

마을 옆 바닷 속에 칠성바위가 있는데 북두칠성 같이 생겼어. 언젠가 여기서 처녀, 총각이 칠성님께 소원을 빌었더니 용왕님이 바위로 만들어 준 거래.

조사일자 : 1998. 5. 16.
제보자 : 이춘섭 (83세, 남, 주문집읍 소돌)

5. 권 장군의 만용

연곡에서 퇴곡으로 올라가다 보면 상산이라는 데가 있어. 그 상산이란 곳에서 옛날에 권 장군이 살았거던.

하루는 권 장군이 저녁에 뒤를 보러 갔거던. 옛날에는 뒤를 보고 나서는 벼 지푸라기로 엉덩이를 닦고 그랬지. 권 장군이 나막신을 신고 뒷간에 쪼그리고 앉아 있다가 뒤를 닦으려고 지푸라기 더미를 쥐니 그 속에 뭐가 잡히는데 그게 어두워서 보이지는 않지만 무슨 짐승의 꼬리 같더래. 이 짐승이 꼬리를 잡히니까 그만 달아나는데 비록 권 장군이 힘이 세지만 그 짐승도 권 장군의 나막신이 덜렁덜렁 움직일 만큼 기운이 세더래.

아침이 되자 권 장군이 동네 사람들을 끌어 모아서 칡덩쿨을 꼬아가지고 나막신을 신은 뒤 그 뒷간에 가 쪼그리고 앉아서 한 끝을 잡은 뒤

"자네들이 힘껏 줄을 당기어 보게."

했는데 대여섯 명이 당겨도 꿈쩍 하지 않고 칠팔 명이 당기니 그제서야 나막신이 움직이더래. 그러니 굉장히 기운이 센 짐승의 꼬리를 잡았던 게야.

그리고 한번은 권 장군이 툇마루에 앉아 있는데 호랑이가 진고개 쪽으로 해서 대관령을 올라가고 있더래. 그러니 권 장군이 글자 몇 자를 쓰더니 축지법을 써서 그 호랑이를 따라가 보니 충청도 주천 땅까지 갔단 말이야. 거기까지 갔더니 호랑이가 대밭에 들어가서 꼬리를 척 늘어뜨리고 앉아서 마을을 내려다보고 있더래. 그래 권 장군이 보니까 어떤 기와집에서 음식을 만드느라고 사람들이 법석대는데 기름 냄새가 거기까지 풍겨오더라는 게야. 그런데 그 집에 머리를 곱게 딴 처녀가 얼씬거리니 이 놈의 호랑이가 그 처녀를 보고 입을 쩍쩍 다시고 있더래.

권 장군이 이걸 보고 요놈 호랑이를 혼을 내려고 뒷다리를 덥썩 잡아가지고 냅다 던지니까 그 처녀 앞에 척 떨어지니 처녀가 고만 까무러쳤거던. 권 장군이 그 집에 쫓아가 기절한 처녀를 주물러 피를 통하게 하니 그 처녀가 눈을 뜨고 정신을 되찾더래. 그래놓고 그 집 주인한테

"오늘이 무슨 날이기에 음식을 이리 장만하고 법석이오?"

하고 물으니

"아, 오늘이 내 아내가 호랑이한테 물려가 죽은 날이오. 그래 제사를 지내려고 그럽니다."

그러더래. 이 놈 호랑이가 그 처녀 어머니를 물어 갔었는데 이번엔 그 집 처녀까지 잡아 가려고 왔다가 권 장군한테 혼이 나서 그만 삼십육계 도망을 친 게야. 그래 권 장군은 그 집에서 제사 음식을 실컷 얻어 먹었대.

권 장군이 후한 대접을 받은 뒤 방림, 대화를 거쳐 평창을 넘어오는데 어떤 초립동이가 나타나더니 이 쪽으로 가려면 이 쪽 길을 막고, 저 쪽 길로 가려면 저 쪽 길을 막아 가는 길을 훼방 놓으니까 권 장군이

"이놈아, 어른이 행차하는데 버릇없이 왜 길을 막느냐?"

하고 호통을 치니 이 놈이 손으로 초립을 제끼며 권 장군의 손목을 잡는데 손목이 끊어지게 아프더라는 게야. 그러니 권 장군이 워낙 아프니까

"아, 제가 잘못했습니다."

이랬더니 그제야 손목을 놓더래. 그 초립동이가 산신이었는데 그 호랑이를 시켜서 그 처녀 아이를 잡아오게 했다가 그만 권 장군이 훼방을 놓았을 뿐더러 제사 음식을 음복까지 하고 오니까 혼을 내려고 이랬던 게야.

권 장군이 초립동이한테 혼줄이 난 뒤 집에 와서 있는데 하루는 가리터의 중이 찾아와서

"권 장사, 집에 있는가?"

하고 찾더래.

"누가 날 찾아 왔는가?"

"아, 날세. 아무 절에 있는 대사야."

집 근처에 절이 있었는데 그 중하고는 서로 가깝게 지내는 터이니까 가끔 서로 왔다갔다 하며 지냈단 말이야.

"어서 들어오시게."

"우리 심심하니 막걸리 내기나 하세."

"무슨 내기를 하나?"

"저 앞개울에 가면 큰 바위가 있지 않은가? 그 바위 위에 이를 한 마리 얹어 놓고 이걸 주먹으로 쳐서 죽이는 사람이 술을 얻어먹기로 하세."

그래 개울로 갔다 이게야. 가서 중이 몸 속에서 더듬더듬 하더니 이를 한 마리 잡아가지고 바위 위에 올려 놓으며

"자, 이걸 주먹으로 쳐서 죽여보게."

하니 권 장군이 주먹으로 냅다 치니까 이는 안 죽고 바위가 부서져 버렸다 이게야. (하하) 그래 그 넙적 바위가 깨진 게 지금도 있어. 그런데 이가 죽지 않고 기어다니니 대사가 손톱으로 이래 누르니까 칵 죽어버리거던. 그러니 권 장군이 술을 샀어. 술을 사면서 생각해 보니 분하거던. 그러니 권 장군이 다시 내기를 한번 더 하자고 했네.

"무슨 내기를 또 하잔 말인가?"

"이 쪽에서 저 쪽으로 뛰기를 해서 덜 뛰는 사람이 술을 사기로 하세."

그러니 좋다고, 그래 둘이서 뛰었어. 뛰는데 중은 짚신을 신었으니까 펄쩍 뛰었는데 권 장군은 나막신을 신고 뛰다가 그만 바위에 나막신 앞 부리가 닿으니까 바위가 미끄러져 엇비스듬하게 밀려 쳐 박혔대. 그 바위가 지금도 거기에 삐뚜름하게 박혀 있어.

[그게 어디 있어요?] 퇴곡이지. 소금강 들어가는 곳이야.

조사일자 : 1997. 5. 20.
제보자 : 김일준 (77세, 남, 주문진읍 교항리)

6. 초나라 임금의 세 아들

옛날에 중국에 초나라하고 한나라가 있었는데 초나라는 국토가 좁고 한나라는 국토가 넓단 말이야.

그런데 초나라 임금이 아들 삼 형제를 두었는데 이 삼 형제가 서로 자기가 다음번 왕을 하려고 하니 아버지가 꾀를 내어서

"한나라에 가면 숨겨진 보물이 있다. 그러니 너희들 중에서 누구든지 한나라에 가서 그 보물을 알아오는 사람한테 왕의 자리를 물려주겠다."

했단 말이야. 그래 세 아들이 첫 날 한나라로 보물을 찾으러 갔다가 돌아오니

"그래, 누가 보물을 찾았느냐?"

하고 물으니까 첫째가

"못 찾았습니다."

하고 둘째도

"못 찾았습니다."

하고 셋째도

"저도 못 찾았습니다."

이런단 말이야.

다음날에도 왕은 또 아들 삼 형제를 보냈는데 아들들이 돌아오니

"이번엔 누가 보물을 찾았느냐?"

하니 이번에도 첫째가

"못 찾았습니다."

둘째도

"못 찾았습니다."

셋째도

"못 찾았습니다."

한단 말이야.

왕은 이번에도 아들 세 명이 다 헛탕을 치고 오니 마지막으로 한 번 더 보내봐야겠다고 생각하고

"이번이 마지막이니 반드시 찾아와야 한다."

이렇게 단단히 명령을 하니 세 아들이 또 갔다왔대.

"그래, 이번에는 찾았겠지?"

왕이 이렇게 물으니 맏이가

"이번에도 못 찾았습니다."

하고 둘째도

"저도 못 찾았습니다."

하는데 셋째는

"저는 찾아 놓고 왔습니다."

이러거던. 그러니 왕이 반가워서

"그게 무엇이었드냐?"

하니까

"초나라는 국토가 좁고 한나라는 국토가 넓으니 우리 초나라가 한나라를 쳐서 우리 땅으로 만들면 우리 초나라가 더 잘 살 수 있을 것이니 한나라 땅이 보물로 보였습니다."

이런단 말이야. 이 말을 들은 왕은

"네가 보물을 바로 찾았구나. 우리 초나라한테는 한나라의 넓은 땅이 가장 큰 보물이니 네가 왕이 되면 이 보물을 차지할 수 있을 것이다."

이렇게 기뻐하면서 임금자리를 셋째 아들한테 물려주었다고 해.

조사일자 : 1997. 5. 20.
제보자 : 조규정 (85세, 남, 주문진읍 교항리)

7. 말똥바위

천마봉(天馬峰)은 연곡면하고 주문진읍 일대에서 제일 높은 봉우리래요.

주문진은 원래 새말인데 이걸 새 신(新)자, 마을 리(里)자로 바꾸었지요.

그런데 새말이란 이름은 다른 곳에도 많아요. 평창에도 있고 횡성에도 있고. 그러니까 혼동을 피하려고 아예 주문진이라 바꾼 거래요.

신리천(新里川)이 흐르는 곳을 교항리라 해요. 이 냇물을 건너는 다리가 있는데 이 냇물을 경계로 하여 저쪽 마을을 양지마을이라 하고, 이쪽 마을을 음지마을이라 부르지요. 그런데 옛날에 하늘에서 저쪽 마을에는 청룡을, 이쪽 마을에는 백마를 내려보내 다스리게 했더니 말하고 용하고는 성질이 다르니까 항상 싸움질만 했대요. 우두머리가 되는 말과 용이 항상 싸우기만 하니 부하인 백성들도 서로 싸워서 불화가 많고 나쁜 돌림병이 돌고 사람이 자꾸 죽어나가고 게다가 흉년까지 계속되니 살 수가 없더래요.

그런데 하늘에서 조물주가 내려다보니 청룡보다 백마에게 잘못이 많으니까 백마를 불러 올렸대요. 그런데 백마는 청룡과 싸우며 제가 힘이 더 세니까 항상 이기는데 하늘에서 불러 올리니 화가 났대요. 화가 잔뜩 나가지고 올라가는데, 왜 하늘로 올라가려면 높은 산봉우리에서 올라가야 하니 이 근처에서 제일 높은 천마봉에서 하늘로 오르다가 분통이 터져 생똥을 쌌대요. 말이 하늘로 올라간 봉우리라 해서 하늘 천(天), 말 마(馬), 봉우리 봉(峰)인데 가기 싫은 걸 억지로 가게 되니까 된 똥이 나오지 않고 물 똥을 쌌는데 그 똥이 굳어 가지고 바위가 되어서 말똥바위가 되었대요.

그런데 하늘에서는 이쪽 마을의 말을 불러 올렸으니까 대신 다스릴 자를 보내야 되겠거던요. 그래 생각해보니 저쪽이 용이니까 이쪽도 용을 보내면 싸우지 않을 것 같아 금룡(金龍)을 내려보냈대요. 그랬더니 같은 용이니까 성질이 비슷해서 서로 사이 좋게 지내며 마을을 다스렸대요. 이렇게 우두머리가 화합이 잘 되니 그 밑의 부하인 백성들도 화합이 잘 되어 전염병도 없어지고 해마다 풍년이 들어 다 잘 살았대요. 청룡이 다스리던 곳이 청룡골이고 금룡이 다스리던 곳이 금룡골인데 여기가 주문진의 원 바닥이지요.

조사일자 : 1999. 5. 4.
제보자 : 김현기 (82세, 남, 주문진읍 교항리)

8. 못된 아내 효부 만들기

어느 마을에 시어머니하고 아들하고 며느리가 살고 있었는데 이 며느리가 마음씨가 아주 좋지 않았대요. 항상 시어머니를 구박하고 못된 짓을 하니 아들이 아내의 버르장머리를 고쳐야겠다고 마음을 먹었대요. 그래 하루는 아내한테

"여보, 우리도 좀 잘 살아야겠으니 내가 중국에 한번 가서 잘 살 방도를 찾아 봐야 하겠소."

이러니 아내가 남편이 잘 살 방도를 찾기 위해 중국에 갔다오겠다 하니 좋고 또 남편이 없으면 마음 놓고 시어머니를 구박할 수 있으니까 좋으니 입이 짝 벌어지더래요.

"그럼 며칠이나 걸릴 것 같소?"

"한 달쯤 걸릴 것 같소."

남편이 중국에 다녀오는 동안 아내는 시어머니를 실컷 괴롭히니 기분이 좋거던. 남편이 돌아오니 기분이 좋아서

"그래 잘 다녀왔소?"

이러면서 애교를 떨더래요. 아들은 그동안 아내가 어머니한테 못된

짓을 했을 줄 뻔히 알면서도 시침을 뚝 떼고
"중국에 가보니 우리가 잘 살 수 있는 방법이 있읍데다."
이렇게 말하니 아내가 귀가 번쩍 뜨여 달려들더래.
"잘 살 수 있는 길이 무엇이오?"
"내가 중국에서 어떤 사람을 만났는데 그 사람이 노파를 사겠다고 했소. 그러면서 살이 많이 찌고 풍채가 좋은 노인이면 값을 많이 주겠다고 합디다."
"그러면 얼마나 준다고 합디까?"
"사람을 데리고 가서 흥정을 해봐야 하겠지만 못 받아도 만 냥은 넉넉히 받을 것 같소."
이 말을 들은 아내는 입이 쩍 벌어지며 남편한테
"그럼 우리 어머니를 팝시다. 어짜피 어머니는 우리보다 일찍 죽을 것이고 우리는 재산이 넉넉하지 못하니 어머니를 팔면 그 돈으로 우리가 평생 부자로 살 게 아니오?"
이러면서 바짝 조르더래. 그러니 남편은 못 이기는 체하고 아내 말에 따르는 척 했거던. 그러면서 다시 중국에 가서 그 사람을 데려오겠다는 게야.
"이번엔 며칠이 걸리겠소?"
"스므날쯤 걸릴 것 같으니 그 사이에 어머니를 잘 먹여 돈을 더 받을 수 있게 하시오. 살찌는데는 생두부가 좋을 게요."
남편이 단단히 당부를 한 뒤 집을 나서 가지고 경치 좋은 곳을 찾아 유람을 갔대요.
아내는 남편이 떠나자 한 푼이라도 더 받을 욕심에 어머니에게 두부 파는 집에 가서 생두부를 사다가 매일 먹였대요. 며칠간 실컷 먹이니 얼굴에 주름살이 펴지고 살도 통통하게 오르더래요. 얼굴에 화기가 돌고 윤기가 도니 마을 사람들이 모두가 의아해 하면서도 며느리를 칭찬을 하더래요.

"이 집 시어머니가 요즘엔 얼굴색이 저리 좋아졌으니 웬 일이요?"
이렇게 만나는 사람들마다 말을 하니 며느리는 차마 사실대로 말을 할 수는 없으니까

"남편이 일이 있어 나가면서 어머니를 잘 먹이라고 당부하길래 남편 말대로 했을 뿐이요."
이렇게 둘러대더래요.

매일 시어머니 얼굴이 좋아지고 살이 자꾸 찌니까 며느리는 더욱 신이 나서 생선을 사오고 육고기를 사와서 배가 터지게 먹이니 이 소문이 마을에 쫙 퍼졌대요.

며칠 전까지만 해도 며느리는 못 돼 먹었다는 평판을 들었는데 남편이 나간 이후로 갑자기 착한 며느리라는 칭찬이 자꾸 퍼져 온 고을에 모르는 사람이 없더래요.

남편이 돌아와보니 제 아내가 효부라는 평이 자자하니 기분이 썩 좋아서

"나 없는 사이에 당신이 효부가 되었으니 이게 어찌 된 일이오?"
하고 묻더래요. 그러니 아내가 자기도 온 고을에 효부라는 칭찬이 자자한 줄 아니까

"당신이 시키는 대로 생두부도 먹이고 고기도 매일 먹였더니 그런 소문이 난 게요. 그런데 왜 어머니를 사갈 사람을 안 데려 왔소?"
남편한테 까맣게 속은 줄도 모르고 이상해서 묻더래요.

"일이 안 되려니까 아, 그 어머니를 살 사람이 갑자기 급살을 맞아서 할 수 없이 그냥 왔소. 그런데 와보니 당신이 효부가 되어 있

으니 얼마나 다행이오? 우리 팔자가 부자가 될 팔자는 못되는 모양이니 이대로 삽시다."

이러니 아낸들 별 수 있나? 중국에 갔다 왔다는 남편의 거짓말에 속은 줄도 모르고 효부란 칭찬에 홀딱 빠져 그 이후로는 시어머니를 잘 모시고 살았대요.

조사일자 : 1999. 5. 29.
제보자 : 명경남 (72세, 남, 주문진읍 교항리)

9. 집안을 일으킨 어린 아들

어느 집에 아버지, 어머니, 형, 형수 그리고 8살이 된 둘째 아들, 이렇게 다섯 식구가 함께 살았단 말이야. 아주 가난하게 살았거던. 옛날에는 조반석죽(朝飯夕粥)이랬잖아? 아침에는 밥을 먹고 저녁에는 죽을 먹는다 이랬는데 조반석죽도 못할 지경이야. 어찌나 가난했던지 배가 고파 산에 나무하러도 못갔대. 옛날에는 울타리를 낭그(나무)로 했거던. 낭그가 없으니 울타리까지 다 뽑아서 불을 땠단 말이야. 그러니 바람이 불면 춥고 뭐 형편 없지.

그래 하루는 조반석죽도 못 하니까 8살 먹은 애가 하는 말이

"아부지, 남들은 아침에는 밥을 먹고 저녁에는 죽이라도 먹는데 우리는 왜 이렇게 가난하게 사오?"

"아, 그것은 팔자 소관이니 난들 어떻게 할 수 있겠느냐. 남의 것을 도둑질 해서 먹을 수도 없고 팔자대로 사는 거지."

그러자 애가 불만을 털어 놓더래.

"도대체 우리 집은 대장이 틀렸소. 대장이 틀렸기 때문에 우리가

이렇게 가난하게 사는 게요."

"그렇다면 어찌 해야 잘 살게 되겠느냐?"

"나를 대장으로 시켜주면 우리 집이 잘 살 수 있게 하겠습니다."

"그래, 그럼 좋다. 너를 대장으로 시켜 줄 테니까 네가 대장을 맡아 우리 집이 잘 살도록 한번 해 봐라."

"아버지, 참말이요?"

"그렇다."

그러니 이놈이

"그러면 어머니, 잘거(자루) 하나만 주시요. 쌀 넣는 잘거를 하나 주시오."

그러니 어머니가 쌀푸대를 주었더니 받아가지고 어디로 가거던. 그러더니 한낮이 조금 지나니까 쌀을 두어 말을 가지고 집에 온단 말이야. 부모가 대장할 적엔 쌀이라고는 구경도 못했는데 쌀을 두어 말 가량이나 가지고 왔으니

"이걸 어디서 가져 왔느냐?"

하고 모두들 놀라서 물었단 말이야.

"저라고 거저 얻어 올 데가 있겠습니까? 윗 동네 김동지 집이 부자로 잘 살고 있지 않소? 내가 그 집에 가서 간청을 해가지고 쌀을 얻어 가지고 왔습니다. 그러니 앞으로는 대장 말에 복종해야 됩니다."

8살 먹은 걸 대장을 시켰더니만 하는 일이 범상치 않거던. 이제부터는 집안 형편이 좀 달라질지 모르겠구나 하고 식구들이 주목하게 되었대. 며칠간 기름진 밥을 먹으니까 모두들 힘이 생겼지. 그러다가 식량이 떨어질만 하니까

"오늘부터 형님하고 아버지하고는 산에 가서 낭그를 해 오시오."

라고 명령을 하더래. 그래 그 말대로 낭그를 해 오니

"이 낭그 넉 짐을 지고 장에 가서 팔아가지고 쌀을 사가지고 오시오."

하거던.

"야, 지게가 둘밖에 없는데 어떻게 넉 짐을 장에 가져가 파느냐?"

옛날에는 장이 멀거던. 그 집이 산중에 있었으니까 시장이 멀었단 말이야. 그러니

"그 먼 데까지 어떻게 넉 짐을 가지고 가라 하느냐?"

고 그러니까 아버지와 형은 머리가 틀렸다 이거야.

"아버지가 먼저 한 짐을 지고 저만치 가서 내려놓고 다시 집에 와서 또 한 짐을 더 지고 가고 형도 그렇게 하면 되지 않소?."

이러더래. 아버지와 형이 각기 지게로 한 짐씩 가져다 중간쯤 가서 내려놓고 다시 와서 또 한 번씩 지고 가면 결국은 넉 짐을 장에 가져 갈 수 있지 않느냐 이게야. 애가 그만큼 영리했단 말이야. 영리하니 대장을 시켜달라 했단 말이야.

아버지와 형이 이 애가 시키는 대로 지게를 가지고 와서 중간 지점에 한 짐 져다 내려놓고 빈 지게로 와서 다시 한 짐씩 지고 그 곳에 가져가니 결국은 넉 짐을 장에 다 가져갔단 말이야. 넉 짐을 팔아 쌀을 사가지고 집에 오니 먹을 식량이 충분하더래. 이처럼 매일 일을 시키니 계속하여 산에 가서 낭그를 해왔단 말이야. 그러던 어느 날엔

"아버지나 형이나 다리가 아플 테니 오늘은 다른 일을 하시오."

하더래 그러니 아버지하고 형이 이번엔 또 무슨 일을 시키려나 궁금해 하니까

"논이나 밭에 나가서 흙을 져와야 해요."

이러는 거야. 그런데 전에 밖에 나갔다 돌아올 때는 마을에 굴러다니는 돌을 반드시 가져오게 했거던. 그렇게 모은 돌이 이미 울타리 옆에 잔뜩 쌓여 있었대. 돌도 많이 쌓였지 나무도 넉넉하지 이런데도 또 흙을 가져오라니까

"도대체 흙은 뭐하려고 그러느냐?"

이렇게 불평을 하면서도 할 수 없이 흙을 져오니까 울타리를 걸어내고 그 흙으로 담을 쌓으라 하더래. 그러니 해마다 울타리를 만드는 수고를 덜게 되었어.

일이 끝나니 김동지를 찾아가서

"논을 한 댓마지기만 빌려 주시오. 우리가 농사를 한번 지어 보겠습니다."

하니 김동지는 그 애가 하도 영특한 줄 아니까 제일 좋은 논으로 열마지기를 빌려 주었지. 이 논으로 농사를 짓게 해서 그해 가을 추수때 벼를 논 한 평에 몇 근씩 논 빌려 준 값을 쳐서 받는단 말이야. 평당 얼마씩 결정을 했으면 추수를 해서 논을 빌린 값을 갚고 그 나머진 자기가 먹는 소작농이야.

아버지하고 형은 대장 말을 반드시 들어야만 하니까 시키는 대로 부지런히 일을 했어. 수확을 할 때 보니까 딴 사람이 지은 농사보다 곡식이 훨씬 잘 되었거던. 가끔 김동지가 소작을 맡긴 자기 농토중에서 누가 곡식을 잘 지었나 돌아다녀 보았거던. 보니 그 집 농사가 제일 잘 됐단 말이야. 대장의 명령대로 식구들이 열심히 일을 했으니까 잘 될 수밖에 없지. 거름도 많이 주고 김도 자주 매주니까 곡식이 잘 됐어.

어느날 대장이 또 김동지네 집에 가서

"영감님, 우리가 오늘 타작을 하는데 집에 오셔서 술도 드시고 구

경도 하세요."

그래 애가 그렇게 얘기를 하니까 김동지도 자식 키우는 사람이라

"그래 내가 점심 때 가마."

하며 선선히 응락하더래.

그날 점심 때쯤 김동지가 오니 점심 준비를 잘 해 가지고 대접했지. 그 때는 형편이 좀 넉넉해졌으니까 대접을 잘 하면서 김동지한테 달라 붙더래.

"지난 번에 논 빌린 값을 한 평에 두 근씩 받기로 했지만 우리가 형편이 좀 어려우니 한 근 반씩으로 좀 깎아주시오."

어린 애가 그 영감님한테 간절하게 깎아달라니까 자기도 자식을 키우는 사람이라 안 깎아 줄 도리가 없단 말이야. 처음에는 한 평에 두 근씩 주기로 했지만 한 근 반씩으로 깎아 주더래. 김동지를 초대해 극진히 대접을 잘 해가지고는 결국 반 근씩 깎았단 말이야.

신분이 변변치 않는 사람이 벼슬을 하려면 유사 벼슬이 있는데 유사만 되어도 양반 행세를 한단 말이야. 김동지는 그 애가 하도 영특하니까 출세를 시켜주고 싶었지.

"내가 너에게 성현들 제사를 모시는데 심부름하는 유사를 시켜 줄 테니까 매년 제사 때 여기에 와서 조역을 해라."

이렇게 되어 어린 아들은 양반으로 행세하였으며 그 아들의 지혜로 집안이 부자가 되었다고 해요.

조사일자 : 1997. 4. 28.
제보자 : 이학수 (85세, 남, 연곡면 영진 3리)

10. 지네 각시와 맺은 가연

옛날에 벼슬을 사려다가 집이 망한 사람도 많단 말이야.

어떤 사람이 돈을 잔뜩 가지고 벼슬을 사러 한양에 올라가서 정승한테 다 바쳤는데도 말단 벼슬 한 자리도 안 주거던. 그러니 집에서 또 논도 팔아 보내고, 밭도 팔아 보내고, 자꾸 올려 보냈단 말이야. 몇 년간 이러다 보니 결국 그 집 재산은 바닥이 났지.

그러던 중 어느날 집에서 편지가 올라 왔더래.

<이제는 내 속옷하고 달비, 가락지까지 다 팔아보내니 이제부터는 당신 맘대로 하오. 이게 마지막 재산이오.>

남편이 편지를 받고 가만히 생각하니 그 좋던 살림을 정승한테 다 바쳐도 벼슬 하나 얻지 못했지, 집에서는 식구가 굶주리고 심지어 아내가 달비까지 팔아서 올려 보냈는데도 벼슬을 얻지 못했으니 속이 뒤집힌단 말이야. 칼이라도 들고 들어가 그 놈의 정승을 죽이고 싶도록 밉더래. 그러나 한편으로는

'그래도 다음에 혹시 벼슬을 줄 지 알 수 있나.'

실오라기 같은 기대를 걸고 일단 집으로 내려오는데 자기 집까지 가려면 아직도 이삼십 리가량 남았거던. 집에 들어가봐야 식구들을 볼 면목이 있어야지. 그 좋던 살림을 다 팔아가지고 정승에게 바쳤는데 벼슬하나 못하고 망해서 내려오는 판이니까 식구들을 볼 면목이 있느냔 말이야. 생각할수록 속이 상해서 남은 돈을 몽땅 털어 술을 먹었단 말이야. 술에 대취해 가지고 오다 보니 낭떠러지가 있는데 여기서 떨어지면 죽겠단 말이야 그러니 그 사람이

'내가 차라리 여기서 떨어져 죽는 게 낫지. 어떻게 거지가 된 이 꼴을 식구들에게 보여줄 수 있나. 그 좋은 살림을 다 팔아서 벼슬 하나 할까 했더니 벼슬은 커녕 집안을 망쳐버렸으니 이런 꼴로 어찌 집에 들어갈 수 있겠나? 차라리 죽어 버리자.'

이러면서 거기서 뛰어 내렸어. 그런데 얼마 후에 정신을 차려보니까 어떤 여자가 옆에서 간호를 하고 있거던. 그 사람은 자기가 떨어져 죽은 줄 알았는데 이게 어떻게 된 곡절인지 모르겠단 말이야. 그런데 그 여자가

"이제 정신이 좀 납니까? 당신은 아무데 사는 사람 아니오? 여기서 한 20리 쯤 되는 곳에 당신 집이 있잖소? 인제 집에 가지 말고 나랑 여기서 삽시다. 집 걱정은 마시오."

그러면서 이 여자가 집에 돈을 보내 식구를 먹여 살린단 말이야. 이렇게 되어 그 여자와 함께 사는데 하루는 이 여자가

"여기서 이렇게 살아가지 말고 저 평양이 번화하니까 거기에 나가서 장사나 합시다."

인제 평양으로 갔단 말이야. 평양에 가서 집 하나 사가지고 술집을 차렸는데 이 여자가 아주 잘 생겼거던. 그래 술집을 차리니 평양의 건달이라는 건달들은 다 모여들더래. 와서 한잔 걸치고 여자가 아주 싹싹하니까 술값도 넉넉히 주고 해서 돈을 굉장히 벌었지.

하루는 여자가 남자보고 하는 말이

"여보, 우리가 돈을 잔뜩 벌었으니 이젠 멋지게 쓰시오. 당신은 풍류를 좋아하지 않소? 이 곳 기생들은 노래와 가무를 잘 하니 부벽루에 가서 마음껏 노시오. 멋진 기생이 평양에 많으니까 기생들하고 실컷 놀다가 집으로 내려오우."

하며 매일 돈을 몇 백 냥씩 준단 말이야. 그래 그 돈으로 일류 기생

을 데리고 부벽루에 가서 술도 마시고 노래도 하고 시도 짓고 이래 잘 놀았지. 이러면서 한 사나흘 지냈는데, 하루는 집으로 오려고 하니까 뒤에서

"아무개야, 아무개야,"

하고 부르는 소리가 나는데 죽은 자기 아버지의 목소리라. 그래 돌아보니까 정말 자기 아버지란 말이야.

"아니, 아버지 어떻게 된 일입니까?"

"아 그래, 그런데 네가 지금 데리고 사는 여자는 지네다. 그러니까 그 여잘 없애버려야 한다. 지네를 없애려면 오늘 저녁에 밥을 먹을 때 첫 숟가락을 입에 넣어가지고 밥을 씹다가 그 여자의 얼굴에다 확 뱉어라. 그러면 그 여자가 죽을 것이다. 어떻게 하든 그 지네를 잡아야지 지네하고 살아서야 되겠느냐?"

그 말을 들은 그 사람은 내려오면서 곰곰히 생각했대.

'아무리 그 여자가 지네라 하지만 날 살려준 은인이고, 또 우리집까지 잘 살게 만들어 주었으니 그 여자한테 죽는 한이 있더라도 어떻게 죽일 수 있겠나.'

이렇게 생각하며 내려갔지. 집에 가서 참말로 그 여자가 지넨가 아닌가 문틈으로 엿봤단 말이야. 보니까 지네가 한 방이야. 방에 가득 찼단 말이야.

'아, 지네가 틀림없구나. 아버지가 말한 대로 지네가 틀림없구나. 그러나 내가 저 여자 때문에 편안히 잘 사는데 어찌 죽일 수 있느냐?'

마음을 고쳐 먹고 들어가니 여자가

"인제 오시오?"

인사를 하며 저녁식사를 차려놓고 앞에 앉아서 술을 한 잔 따라

주더래. 밥 그릇 뚜껑을 열고 첫 숟가락을 떠서 입에 넣고 지근지근 씹으면서 여자 얼굴을 건너다 보니 여자 얼굴이 퍼랬다 빨갰다 변색이 되더래. 한편 그 여자는

'저 사람이 첫 숟가락을 씹다가 뱉으면 나는 죽는다. 죽게 되면 내가 그저 죽을 수 없지. 나도 너를 죽여버리고 죽어야지.'

이렇게 생각했단 말이야. 그런데 남자가 그만 씹던 밥을 그대로 넘겨버리더래. 넘기고 다시 밥을 뜨니까 여자가 남자의 손을 덥썩 붙잡더래.

"여보, 첫 숟가락 밥을 먹을 적에 내가 당신을 보니 당신도 나와 똑같은 생각을 하고 있더군요. 당신 잘 했소. 만일에 당신이 내 얼굴에다 밥을 뱉었으면 난 죽었을 게요. 그런데 내가 죽게 되면 당신을 그냥 놔두겠소? 당신도 죽여버리고 내가 죽지. 그런데 당신 아버지라는 게 누군지 아오?"

"내가 어찌 알 턱이 있겠소?"

"그게 천 년 묵은 지킴이요. 천 년 묵은 구렁이."

이 여자는 천 년 묵은 지네고, 그 남자도 천 년 묵은 구렁이였어. 그런데 지네는 구렁이를 죽여야 되고, 구렁이는 지네를 죽여야 제가 환생한단 말이야. 이렇게 여자가 자기의 정체를 밝히고 나서는

"내가 지네지마는 완전히 사람으로 되려면 별당에 일 주일 동안 들어가 있어야 하니까 내가 들어가거던 문의 틈을 바르고, 나를 아무리 보고 싶더라도 꾹 참으시오. 만약 들여다 보면 난 인간으로 환생을 못하니까 당신은 일 주일 동안만 참고 견디시오."

라며 신신당부를 하더래.

그 다음날 그 여자가 후원 별당에 들어가자 문틈을 다 발랐단 말이야. 첫날은 좀 괜찮았는데 그 이튿날은 마누라가 보고싶어 죽을

지경이라. 그러니 별당 앞에 가서 빙빙 돌다가 제 방에 와서 자고, 다음 날도 그렇게 하여 일 주일동안 보고 싶어도 여자가 시킨 대로 꾹 참았대.

드디어 일 주일이 되던 날 가서 그 문을 열어 보니 지네들이 온 방에 가득 찼는데 여자가 없단 말이야. 일 주일 후면 사람으로 환생한다 했는데 사람이 없으니까 실망했어. 그만 방에 들어가서 대성통곡하고 울었단 말이야. 울고 있는데 문이 비시시 열리며

"여보, 울지 마시오. 내가 여기 있잖소?"

하고 그 여자가 들어온단 말이야. 그리고 남자의 손목을 꼭 쥐며

"내가 인제 인간으로 환생을 했으니 이제부터 백년해로하며 잘 삽시다."

그래가지고 잘 살았다는 얘기가 있어.

조사일자 : 1997. 6. 7.
제보자 : 이학수 (85세, 남, 연곡면 영진리)

11. 아기 풍수 선생

옛날에 글을 하는 학자들은 글밖에 몰랐단 말이야. 세상 일을 모르고 가정도 모르고 옛날엔 그랬다고. 남편이 가정을 돌보지 않으니 학자의 아내는 무얼 하느냐 하면 잘 사는 사람의 집에 가서 품팔이를 해서 식량을 얻어와 가지고 이래 먹고 산다고. 그런데 남편들은 양반이라고 거들먹거렸거던. 맨날 글만 읽으면서 이론만 높았지.

어느 양반집 이웃에 풍수를 잘 보는 사람이 하나 살았는데 그 사

람은 말이야. 글은 몰라도 풍수를 잘 보니 돈을 벌어 식구가 잘 먹고 사는데 옆집에 사는 양반은 그래도 양반이라고 맨날 글만 들여다 보고 있으니 하늘에서 식량이 내려오나, 누가 돈을 가져다 주나? 도둑질 해가지고 살기 전에는 먹고 살 길이 없어. 그러나 도둑질은 선비로서 도저히 할 수 없으니 아내가 있는 집에 가 일을 해주고 식량을 구해올 수밖에 없었지. 항상 이러다가 아내가 참다 못해 어느 날 남편한테 말했대.

"여보, 이웃집 사람은 풍수지리를 잘 보아 큰 돈을 벌어 잘 사는데 당신은 글만 읽어봤자 무슨 소용이 있소? 과거라도 합격해야 벼슬을 할 텐데 맨날 떨어지기만 하면서도 계속 책만 들여다 보니 도대체 어쩔 셈이요? 그러지 말고 내가 당신한테 패철을 사줄 테니 풍수 노릇이라도 해 보오. 당신이 나서서 우리가 살 길을 찾아야지 여자가 이까짓 푼돈을 백 날 벌어봤자 어떻게 살아갈 수 있겠소?"

그 말을 들으니 그럴 듯하지. 벼슬 하나 못하면서 맨날 글만 들여다 보고 있으니 배만 고프지. 아내가 있는 집에 가서 방아를 찧어준다 빨래를 해준다 해서 겨우 입에 풀칠을 해가니 자기도 양심에 가책이 된단 말이야. 그래서

"그럼 그래 보지 뭐."

이렇게 반승낙을 했어. 그러니까 마누라가 곧장 장에 가서 패철, 땅을 보는 패철을 사 왔더래.

"내일 당장 떠나시요. 어디든지 가서 돈좀 벌어가지고 와야 우리 식구도 남과 같이 살지 않겠소?"

그래 보냈단 말이야. 남편이 척 나서서 그걸 허리끝에 차고 나서는데 지리를 어떻게 보는지 좋은 터를 어떻게 잡는지 알 수 있나? 깜깜이지. 글은 들여다 보면 알지만 풍수지리에 대해선 전혀 백지란

말이야.

얼마쯤 가다가 한 동네를 지나게 되었는데 큰 기와집에 사람들이 들어갔다 나갔다 하는데 보니까 초상이 났거던. 그 집에 사람이 들락날락 하니까 사람들한테

"이 집에 초상이 난 것 같은데 사람들이 왜 저렇게 들락날락 하오?"

하고 물어보니

"그 집 주인이 죽었는데 좋은 산소를 잡으려고 저런대요. 여기저기서 풍수쟁이를 많이 불러왔지만 삼 정승 육 판서가 나올 명당자리가 있는 줄은 아는데 그 자리를 찾지 못해서 풍수들이 그 곳을 찾는다고 저런대요."

하더래. 그 말을 듣자 무턱대고 이 사람이 그 집에 떡 들어 갔단 말이야. 들어가니까 상주가

"아, 풍수 선생 오셨소?"

하며 대접을 극진히 하더래요. 방에 들어가니 풍수쟁이들이 여러 명이 들어앉아 있는 거야. 뭐 좌청룡 우백호 하면서 저마다 잘 났다고 떠드는데 이 사람은 좌청룡이 무엇이고 우백호가 무엇인지 뭘 아나? 전혀 모른단 말이야. 다른 풍수들은 풍성하게 채려놓은 주안상 앞에서 술을 마셔가며 명당의 지세에 대하여 제 나름대로 주장을 내세우는데 이 사람은 도대체 뭘 알아야 얘길 하지. 듣고만 있다가 소변이 마려워 변소에 가는데 예닐곱 살 먹은 아이가 뒤를 따라 오더니만 하는 말이

"니 아무데 사는 아무개지?"

이름을 부른단 말이야. 그러니까 깜짝 놀랄 것이 아닌가. 더구나 그 어린애가 어른을 보고 반말을 하는 게야.

"내 이름을 우째 아느냐?"

"내 그것쯤은 다 안다. 패철만 차고 다니면 뭐하나? 내가 시키는 대로 해야지 그렇지 않으면 아무 일도 못한다."

아주 어린 놈이 반말을 하니 기분이 나빴지만 어린애가 아무데 사는 아무개라고 이름까지 알고 있으니 이 놈이 보통 놈이 아닌 것 같아 화를 참았단 말이야.

"그래 좋다. 네가 시키는 대로 할 테니 나한테 할 말이 있으면 말해 보아라."

"여기에 정승 판서 날 자리가 있다. 자리가 있는데도 저 사람들이 아무도 못 찾는다. 그런데 내일 여기에 모여있는 풍수들이 각각 이 집에 있는 말을 타고 명당을 찾으러 나갈 것이다. 말을 태워 보낼 때 말 한 필마다 하인 하나씩 딸려서 보낼 것이지만 아무리 찾으려 해도 그렇게 쉽게는 못찾지. 내일 말이 나갈 때 좋은 말이 다 나가고 나면 끝에 나쁜 말이 하나 남게 될 건데 너보고 그거라도 타고 가라 할 것이다. 그럼 그걸 내가 몰고 갈꾸마. 하인이 없으니까 나보구 하인처럼 널 모시고 가라고 허락할 테니 날 데려가라. 그러면 내가 그 자리를 너한테 알려 주겠다."

이러더래. 그래 인제 선생을 만났으니 안심이 되어 저녁을 먹고 푹 잤어.

그 이튿날 아침에 그 집에서는 풍수들에게 좋은 말을 하나씩 주고 하인까지 딸려서 명당을 찾으러 보내는데 그 사람이 늦게 나와 보니까 제일 좋은 말들은 다 나가서 하나도 없거던. 그러니 주인이

"미안하게 되었소만 나쁜 말이 하나 있는데 그거라도 타고 가시오. 말이 변변치 않는데 하인까지 없으니 어떻게 하면 좋겠소?"

하기에

"그럼 저 아이라도 데리고 가겠소."
이랬어.
"아, 그러면 그리 하시오."
쾌히 응낙을 하거던. 그 애는 얼마 전에 제 발로 들어온 애인데 실은 보통 애가 아니었지. 그 집이 잘 되려니까 그 집에 들어온 인업(人業)이었거던. 삼 정승 육 판서 날 자리를 찾아주기 위해서 들어온 게야. 그 애가 얼마쯤 말을 따라 오다가
"명당자리는 바로 여기야."
알려 주니까 그 사람이 말을 세웠어. 알고 있으니까 선생이고 선생이니까 시키는 대로 따라야지. 말에서 내리면서
"아, 여기가 삼 정승 육 판서가 날 명당이오."
크게 소리를 지르니까 사방에 흩어져 있던 사람들이 모여 들었어. 삼 정승 육 판서가 날 자리를 찾았다고 하니까 사람들이 모여서 보니 과연 거기가 틀림없거던. 그러니 이제까지 제가 제일이라고 떠벌리던 풍수들은 부끄러우니까 슬금슬금 내빼더래. 그 집 주인은 아주 기뻐서
"내 소원을 풀어주셨으니 이렇게 고마울 수가 있소? 자 집으로 갑시다."
그 사람을 데리고 집에 돌아왔어. 그 사람은 그 애가 일러주는 대로 하관할 날짜를 잡아주었지. 그 집은 아주 부자였어. 누구든 삼 정승 육 판서가 날 자리만 찾아주는 사람이라면 자기집 재산의 반을 주려고 했단 말이야. 그런데 다행이 그 사람을 만나가지고 그 자리를 찾았으니까 어마어마한 재산을 주었지. 애가 그 사람 몰래 재산을 받아가지고 그 사람의 아내한테 보내주었어.
한편 아내는 재산이 자꾸 집에 들어오니까 기와집을 짓고 농토도

사고 하인들을 사서 이젠 부자가 되었어. 그러나 정작 그 사람은 이런 줄을 까맣게 몰랐지. 그 집에서 그렇게 재산을 보내준 줄을 몰랐단 말이야. 그저 예전처럼 가난하게 사는 줄로만 알았지. 그 사람은 그 집에서 오래 머물며 칙사 대접을 받았어. 소상, 대상이 끝날 때까지 좋은 음식을 대접하며 계속 붙잡는 거야. 그러다가 어느날 이제 집에 돌아가야겠다고 생각하고 주인한테

"저 애를 하인으로 삼을 테니 저에게 주면 고맙겠소."

하고 부탁하니까 주인은 흔쾌히 허락하거던. 그래서 그 애를 데리고 떠났지. 여러 날 걸려 고향에 도착했어. 그런데 마을 어귀에 이르자 전에 보지 못하던 큰 기와집이 있고 그 집 마당에서 웬 여자가 곡식을 말리고 있는 거야. 그런데 집으로 오는 도중에 사람이 없는 곳에 이르면 그 애가 그 사람을 말에서 내리게 하고

"내가 말을 타겠다. 선생이 말을 타야지."

하면서 호젓한 산간벽지에선 그 애가 말을 빼앗아 타는 거야. 그 애가 그 사람에게는 은인이니까 그 애의 말을 듣지 않을 수 없었지. 이렇게 하면서 자기 동네까지 들어왔단 말이야. 그런데 그 애가 곡식을 말리는 여자를 보더니 갑자기

"저기 곡식을 말리고 있는 여인에게 가서 입을 맞추고 오너라."

하고 시키는 거야. 그 사람은 선생이 시키는 일이니 안 할 수 있나. 하지만 대낮에 여자에게 입을 맞추려다 혹시 맞아죽지나 않을까 하는 생각이 들어 어두워질 때가지 기다렸지. 그래가지고 선생이 시키는 대로 어쩔 수 없이 쫓아가서 그 여자의 귀를 잡고 억지로 입을 맞추니 이 꼴을 하인들이 봤단 말이야. 하인들이 그 사람을 잡으려고 몽둥이를 들고 쫓아오네. 그 사람은 크게 놀라 정신없이 애가 있는 곳으로 도망쳤어. 그러자 그 애가 하는 말이

"그 여인이 누구더냐?"
하고 물으니까
"너무 급하고 두려워서 미처 얼굴을 살펴보지 못했다."
고 대답하니
"애끼, 자기 마누라도 모르느냐?"
하고 꾸짖더니 말만 남겨놓고 갑자기 그 애가 없어지더래. 그때 하인들이 쫓아와서 꽁꽁 결박하여 기와집으로 끌고 가니 여자가 분통이 터져
"저 불한당같은 놈의 얼굴이나 좀 보자."
소리를 치며 나왔다가 그 사람이 바로 남편인 줄 알고는 깜짝 놀라 풀어주면서
"이게 어찌된 일이요? 당신이 나간 뒤 얼마 지나 많은 재산이 왔기에 집도 사고 땅도 사고 하인도 샀소."
이러더래. 그래가지고 평생동안 잘 살았대.

조사일자 : 1995. 6. 7.
제보자 : 이학수 (85세, 남, 연곡면 영진 3리)

12. 꾀 많은 사위

아주 옛날 이야기인데 옛날에 김 정승이 살았어. 이 사람은 말이야, 오직 돈만 아는 사람이야.

김 정승에게는 딸이 있었는데 딸이 시집을 가 사위를 봤거던. 사위가 가난하게 살아도 그런 건 통 무관심했어. 정승의 집에 찾아오는 사람들은 돈을 많이 가져 오거던. 옛날엔 매관매직이 있어 돈을

갖다 바치면 벼슬을 준단 말이야. 돈을 가져와 벼슬을 얻어 가지고 나가는 사람이 많은데도 이 사람은 돈만 알지 딸자식이 잘 살고 못 살고는 아예 모른 체 한단 말이야. 그래 사위가 하는 게 없으니까 벼슬이라도 자리를 주어서 내보내야 할 터인데 그런 생각은 안하고 오직 돈만 긁어모을 생각뿐이란 말이야. 아주 욕심쟁이라. 그래 이 딸이 분해 죽겠거던. 딴 사람이 돈을 갖다 바치면 그저 평양감사다 뭐다 보내는데 사위가 저래 놀고 있어도 벼슬 하나 안 주니 야속하기 짝이 없거던.

그런데 김 정승의 집에는 가장 아끼는 백말이 있었는데 아침에 일어나면 그 놈을 타고 마을을 한 바퀴 돈단 말이야. 그런데 하루는 자고 일어나 보니 말이 없어졌더래. 아무리 하인들에게 물어봐도 모른다는 거야. 그런데 사실은 딸하고 사위하고 둘이 밤에 와서 훔쳐 가지고 하얀 말에다 밤새도록 먹을 갈아가지고 새카맣게 칠해 놓았다구. 말을 새카맣게 만들어 놓으니까 알 턱이 있나. 장인이 말을 잃어버리자 말을 찾으러 이곳저곳에 돌아다니다가 사위네 집까지 찾아왔어. 하인들을 보내 물어도 모른다고만 하니 당신이 직접 왔단 말이야. 오더니만

"간밤에 집에서 말을 잃어버렸다."

하니까 사위가

"그 좋은 말을 잃어버려서 어떡합니까? 제가 어제 마침 일가 친척한테 받은 말이 있으니 이 말을 갖다 타시지오."

능청스럽게 이러거던. 그러니 장인이 좋아한단 말이야. 말을 타보니까 색깔은 검어도 잃어버린 자기 말과 똑같으니 더 좋지. 자기 말을 타니까 똑같을 게 아닌가? 그런데 시커먼 말이니까 자기 말인 줄 모른단 말이야. 그래 가만히 생각해보니

'내가 이 때까지 딴 사람에게는 벼슬을 주면서도 저 사위는 박대 했으니 이번엔 평양감사라도 하나 시켜줘야 되겠구나.'

이래가지고 임금한테 얘기해서 평양감사로 보냈어. 그래서 사위는 관직에 올랐단 말이야. 평양감사가 되니 사위와 딸이 평양에 가서 편하게 잘 살았지.

그런데 어느 날 정승의 자녀끼리 혼사가 있어서 김 정승이 말을 타고 가는데 비가 보슬보슬 내리더래. 비가 많이 오지 않고 보슬비가 내린단 말이야. 가면서 보니까 옷이 자꾸 시커매지거던. 시커매지니 그 옷차림으로 어떻게 남의 혼례에 갈 수 있나? 더구나 정승집의 혼사인데. 그런데 점점 비가 세게 오니까 시커멓던 말이 자꾸 하얘진단 말이야. 그래 자세히 보니 그 말은 검정 말이 아니라 하얀 자기 말이더래. 그제서야 요놈한테 속은 걸 생각하니 분하기 짝이 없더래.

원래 정승에게는 아들이 삼 형제가 있었어. 큰 아들을 불러가지고

"네가 당장 가서 평양감사를 잡아 오너라."

큰아들한테 시켰단 말이야. 당장 잡아 오라고 하니 어떻게 안 갈 수 있나? 그래 다음 날 떠나려 하는데 김 정승 마누라가 그 소릴 들으니까 큰일 났단 말이야. 그래 평양 감사한테다가 편지를 썼어. 옛날에는 편지 품팔이를 하는 사람이 있었어. 편지를 써서 사람을 사가지고 평양 감사한테 밤중에 아무도 모르게 보냈단 말이야. 옛말에 사위 사랑은 장모밖에 없다는 그런 말이 있지 않나?

한편 사위가 그 편지를 받아보니 큰일 났단 말이야. 어떤 묘책을 써서라도 위기를 모면해야 되겠거던. 이러고 있는데 큰 아들은 등에 보따리를 메고 매부를 잡으러 평양으로 간단 말이야. 얼마쯤 가다 보니까 아주 시장해 죽을 지경이어서 음식을 파는 집에 들어갔지.

재를 넘으면 바로 평양이지만 워낙 시장기가 들어 못 참겠으니 그 집에 들어갔대. 그런데 젊은 여자가 음식을 팔고 있는데 그 여자가 아양을 피우며 달라 붙으니 그 사람은 차츰 관심이 쏠렸지.

"남편은 무얼 하오?"

"평양감영에서 감영을 지키는 일을 하고 있소."

"매일 집에서 다니오?"

"하루 걸러 집에 오는데 오늘 아침에 갔으니까 오늘을 오지 않고 내일 올 겝니다."

"그러면 오늘 저녁에 여기서 자고 갈 수 있소?"

"그러시오."

그래서 거기서 하룻밤 쉬기로 마음을 먹고 실컷 먹었단 말이야. 술도 마시고 여자도 농락할 만큼 농락을 했단 말이야. 밤늦게까지 서로 희롱하다가 이제 자려고 남자가 옷을 벗었지. 다 벗고 잠자리에 막 들어갔는데 밖에서

"여보, 내가 왔소."

하는 소리가 난단 말이야. 그러니 여자의 얼굴이 갑자기 하얗게 변하며 당황하더래.

"큰일 났소. 남편이 왔소."

"그럼 이걸 어떻게 해야 되오?"

옛날엔 방에 쌀을 담는 궤가 있었거던. 그 여자가 다급하여

"어서 이 속으로 들어가 있으시오."

밀어 넣고서 자물쇠로 채워버렸단 말이야. 우선 살고 보아야 되니까 그 궤속으로 들어갔어. 그 때 남편이 방으로 들어왔어. 그런데 잠자리를 보니까 베개가 둘이나 있거던. 그리고 미처 치우지 못한 남자의 옷이 있으니 아내를 의심하더래.

"외간 남자와 놀아나다니 세상에 이럴 수가 있는가? 나는 자네를 태산같이 믿고 이런 장사를 시켰는데 자네가 이렇게 나쁜 짓을 하면 자네와 어찌 같이 살 수 있겠나? 그러니 헤어질 수밖에 없소."

"그래 헤어진다면 어떻게 헤어져야 되오?"

"이 쌀 궤는 대대로 내려오는 대 물림이오. 그러니까 이 궤는 내가 가져야 하고 아무데 논 몇 섬지기 아무데 밭 몇 섬지기는 자네에게 주겠소. 그만 하면 먹고 살 수 있을 것이오."

궤속에서 그 말을 들으니까 큰일 났거던. 궤짝이 남자한테 간다면 끝장이 난단 말이야. 필경 발각당하여 저는 죽게 된다 이거야. 그 안에서 이리 생각하고 있는데 여자가 또 하는 말이

"나는 재산은 다 싫고 궤만 가져가겠으니 궤를 주시오."

이러니 둘은 궤 때문에 밤새도록 싸운단 말이야. 밤새껏 싸워도 결말이 안나요.

"자네가 이 궤를 가져가겠다지만 나도 이 궤가 조상물림이니까 가져야 하겠으니 이래서는 우리가 이거를 결정할 수 없소. 그러니 내일 이걸 짊어지고 평양감사한테 가서 재판을 합시다."

"그럼 그렇게 하오."

그 이튿날 아침에 남편이 궤를 짊어지고 가는데 얼마나 무겁겠나? 그러니

"이놈의 궤가 왜 이렇게 무겁나?"

투덜거리면서 두 내외가 평양감사한테로 갔단 말이야.

옛날에는 관에 가서 송사를 했단 말이야. 재판하는 것을 송사라 했거던.

"송사하러 왔습니다."

"그래 무슨 송사냐?"

"저는 여기서 일하는 사람입니다. 제가 생계가 곤란해서 외딴 곳에서 아내한테 목로집을 시켰는데 아내의 행실이 좋지 않아서 헤어질라고 합니다. 그래서 재물을 나눌라고 하는데 이 궤는 조상때부터 내려오는 대물림이니까 이건 내가 갖고 아내한테는 대신 아무데 논 몇 섬지기와 아무데 밭 몇 섬지기를 준다 해도 말을 안 듣고 이 궤를 자기에게 달라고 그러니 어떡합니까? 이 궤는 조상 대대로 내려오는 대물림이니 제가 가져야 되지 않습니까?"

그러니까 사또가 여자에게 묻더래.

"너는 어찌 하겠느냐?"

"저는 아무데 논 몇 섬지기 아무데 밭 몇 섬지기 같은 건 필요 없습니다. 저도 이 궤를 가져야 하겠습니다."

그러니까 감사가 한참 있더니만

"그럼 할 수 없지."

그러면서 이방을 불러

"어서 톱을 가져 오너라. 둘 다 궤짝이 필요하다니 톱으로 갈라가지고 서로 반씩 가져가면 되겠구나."

그러더니 톱을 가져오라 하더니 반을 딱 재어가지고 톱질을 시작하더래. 궤짝 바닥에 엎드려 있는데 톱이 점점 내려온단 말이야. 톱날이 점점 밑으로 내려오니 이젠 피할 데가 있어야지. 곧 톱날에 쓸려 죽겠단 말이야. 궤 속에서 이제 톱날에 쓸려 죽게 되겠으니까 소리를 질렀어.

"그만 멈추시오."

"궤 속에서 웬 소리가 나는 것 같으니 문을 열어봐라."

문을 열어보니까 빨가벗은 남자가 탁 튀어나오네. 그러면서

"아, 감사님. 사람 좀 살려주시오."

하고 막 달라붙네. 옷을 벗은 채로 달라붙으니 그대로 놔 둘 수가 있나? 겨우 앞을 가리게 하고 자기 방으로 들여보냈단 말이야. 정신없이 들어가 보니 자기 누이동생이 거기 있거던. 옷을 내주기에 갈아입고 나니 이젠 살았다 이 말이야. 평양감사 때문에 살았거던. 이리 되어 큰아들은 거기에서 대접을 잘 받게 되니 어떻게 아버지가 데리고 오라고 해도 매부를 데려갈 수 있겠나? 그 매부가 아니었다면 자기가 벌써 죽었단 말이야. 톱날에 잘려서 죽었을 텐데 매부가 그래도 평양감사를 하기 때문에 살았으니 어찌 이 매부를 데려 가겠느냐 이 말이야. 그래 이제 할 수 없이 며칠 있다가 올라 왔거던.

김 정승은 평양감사를 잡아오기만 눈이 빠지게 기다렸어. 얼마 뒤에야 평양에 갔던 큰아들이 혼자서 돌아온단 말이야. 떡 들어오더니 제가 저지른 죄를 이실직고한 뒤에

"아이구 아버지, 평양감사 아니었더라면 저는 벌써 죽었을 겝니다. 평양감사가 저를 살려준 은인인데 제가 어떻게 평양감사를 붙잡아 오겠습니까?"

하고 백배사죄를 하였단 말이야.

일이 이렇게 되니 이번에는 둘째 아들을 불렀어.

"네가 내일 가서 붙잡아 오너라."

그 때 어머니가 옆에서 그 소릴 듣자 또 그냥 있을 수 있나. 밤에 또 편지를 써가지고 평양감사한테 보냈단 말이야. 감사가 편지를 받아보니 둘째 처남이 또 온다 하거던. 그래 모면할 대책을 꾸며 놓았지. 둘째 아들이 찾아가니까 누이하고 매부하고 머리를 모두 풀어가지고 말이야. 방에다가 물을 떠놓고 대성통곡을 하며 울거던. 평양감사를 잡으러 왔더니 대성통곡을 하고 우니 이상하단 말이야.

"왜 우는가?"

이러니까

"아이구 처남, 며칠동안 오느라고 수고가 많았지마는 방금 전에 장인이 돌아가셨다고 연락이 왔으니 도대체 어쩌면 좋겠소?"

그러니 둘째 아들이 자기가 오는 동안에 한양 소식을 어떻게 알 수 있나? 그런 연락이 왔다 하니 저도 같이 그만 대성통곡을 하였어. 둘이서 한참동안 울다가 매부가

"아이구. 이렇게 지체할 수 없으니 당장 올라가시오. 처남이 먼저 올라가고 저는 급한 정사 일이 있으니까 빨리 처리하고 곧장 뒤 따라 올라갈 테니까 먼저 올라가오."

하며 서두르거던. 그래 즉시 출발하여 한양에 올라왔단 말이야. 그런데 집에 들어가니까 아버지가 대청마루에 버젓이 앉아 있단 말이야.

"아이구 아버지, 어떻게 살아 나셨습니까?"

"야, 이놈아. 너 지금 무슨 말을 하느냐?"

둘째 아들이 이제 생각해보니 평양감사한테 속은 게 틀림없다 이 말이야. 그러니 김 정승은 골이 점점 더 났지. 뿔따구가 났어.

'이런 고약한 놈이 이럴 수가 있느냐. 저 놈이 멀쩡한 나를 죽었다고 하며 처남까지 속였으니 이럴 수가 있느냐.'

화가 상투끝까지 올라 이번에는 셋째 아들을 불렀단 말이야. 셋째 아들은 아주 고지식했거던. 이 놈은 서라면 서고 앉으라면 앉는 이런 고지식한 놈인데 이 놈을 불러가지고

"내일 네가 당장 가서 불문곡직하고 평양감사를 잡아오너라."

엄명을 내렸어.

"예, 그렇게 하겠습니다."

그런데 그 날 밤에도 또 장모가 편지를 써 보냈어. 셋째가 내려가

니까 대비하라고 보냈단 말이야. 그러니 앞서 두 번은 모면을 했지만 요번에는 피하기 어려울 것 같아 큰 일이라 이 말이야.

셋째가 길을 떠난 지 며칠만에 큰 형이 술을 먹던 바로 그 동네까지 왔어. 산만 넘으면 이제 평양인데 아주 시장기가 난다 이 말이야. 그래 이제 주막에 들러 점심을 먹고 있는데 신선이 근처에 있는 산속 정자에서 노는 게 보인단 말이야. 하도 이상해서 지나가는 사람하테 물었지.

"저 산 속에서 노는 게 누구인가요?"

"우리는 안 보입니다."

이 사람한테 물어도 안 보인다, 저 사람한테 물어도 안 보인다고 하더래. 그 때 그 곳을 지나가던 백발 노인이 하는 말이

"옛말에 이런 말이 있지요. 저기가 신선이 산다는 신선봉인데 신선이 될 사람이라야 신선이 노는 게 보이지 신선이 안 될 사람은 신선이 노는 것이 안 보인 답니다."

고 한단 말이야.

고지식한 셋째가 가만이 생각하니

'아, 내가 신선이 될 사람인가 보다. 그러니까 내 눈에 신선이 보이는구나. 아무리 부귀공명이 좋다 해도 신선보다야 못하지 않겠나? 그러니 이번에 차라리 신선이 되리라.'

이런 욕심이 치민단 말이야. 그래 떡 올라가니까 허연 노인들이 삼삼오오 앉아서 바둑을 두는데 그 옆에서는 동자가 술을 따르고 있거던. 그래 떡 가니까 한 신선이

"아아, 한양 김 정승 아들 아무개가 왔구나."

하며 이름은 물론 한양에 있는 김 정승 아들인지 누군지 다 알고 있으니 참말로 신선이 틀림없다 이 말이야. 그래 돌아가며 인사를 하

니까 신선이 이렇게 말을 한단 말이야.

"자네는 신선이 될 사람이야. 신선이 되자면 신선주를 마셔야 되는 법이거던. 신선주를 마실 때는 반드시 석 잔을 마셔야 돼."

이 사람은 원래 술을 한 잔도 못 먹는데 그걸 마셔야 신선이 된다니까 술을 먹으니 독해서 죽겠거던. 그렇지만 독하거나 말거나 신선주 석 잔을 먹어야만 완전히 신선이 된다고 하니까 입술을 꽉 물고 그 독한 술을 석 잔이나 먹었단 말이야. 그러니 그만 술에 취해 버렸지. 그래 얼마를 자다 깨니 촛불이 가물가물 다 타버렸거던. 가만이 생각해 보니 세월이 몇 년 아니, 몇 십 년이 흘러간 것 같단 말이야. 옷이 천덕천덕 삭았기에 툴툴 털고 일어나 정자 아래로 내려와 보니 사람이 많던 동네가 아주 한적하게 변했더래. 어슬렁어슬렁 마을로 내려오니 꽤 시장하단 말이야. 그래 노파한테

"배가 고픈데 뭐 먹을 게 없소? 있는 대로 다 가져오시오."

해서 마구 먹었대. 먹고 나서 음식 파는 노파한테 물었지.

"여기 아무개가 지금도 평양감사지요?"

이러니

"아이구 평양감사 아무개는 몇 십 년 전에 평양에 부임했었는데 이미 늙어서 세상을 버린 지 오래되었지요."

이렇게 말을 하더래. 벌써 죽은 지 오래 되었다니까 잡아가기는 다 틀렸거던. 옷이 삭아서 천덕천덕한 것으로 보아서 몇 십 년이 흘러간 게 분명한데 지금 집에 가봐도 이미 몇 십 년이 흘러가 버렸으니까 손자나 살아 있겠지, 아버지는 이미 세상을 떠났을 게 아닌가. 그래서 되돌아 집으로 올라갔다 이 말이야. 평양감사 찾는 걸 그만두고. 굳이 감영에 가봤자 이미 죽었다면 만나질 못할 테니까 평양에 갈 필요가 있나? 그래 되돌아서 남루한 의복을 입은 채로 집에

돌아오니

"아, 이 놈아. 네 놈마저 그냥 오느냐?"

하고 호통을 치는데 그게 손자같이 보이더래. 핏줄은 못 속인다고 후손은 그 조상의 모양을 빼 닮는다더니 과연 그렇구나 하고 감탄했지.

"아, 이 놈아. 내가 네 조부야. 네 조부인 내가 이렇게 신선이 되어서 왔다."

그러니 이 놈이 평양에 갔다 오더니 미쳤다 이 말이야. 김 정승은 너무 기가 막혀 맥이 빠졌다가 그 연유를 알아보니 평양감사가 또 조작을 해가지고 이리 만들었단 말이야. 그러니 김 정승이

"할 수 없구나. 그 놈은 머리가 좋은 놈이니 당할 수가 없겠다."

고 잡아 오는 것을 포기했지. 그래서 사위는 평양감사를 잘 해먹었다고 해.

조사일자 : 1995. 4. 28.
제보자 : 이학수 (85세, 남, 연곡면 영진 3리)

13. 정승 딸과 혼인한 거지

옛날 얘기인데 그 때엔 돈을 주고 벼슬을 사기도 했지. 그렇기 때문에 한양 정승들 집에는 사람들이 돈을 가져와 벼슬을 얻을 때까지 그 집에서 아예 기거를 했지.

그런데 저 함흥에서 올라온 사람이 일부러 거지 노릇을 했단 말이야. 신체가 불구거나 머리가 모자라는 그런 사람도 아닌데 놀고

먹으려니까 거지 노릇을 한 거지. 밥을 얻어 먹으면서 여름에는 응달에 가 자고 겨울에는 뜨신 방에서 놀고 그러는 게 취미라.

그 사람이 함홍에 있을 때 얘기인데 어느날 양반들이 골패를 하고 노는데 개평을 얻으려 하니 이랬단 말이야.

"야, 이 사람아. 여기서 이러지 말고 한양에 가보게. 거기에 가면 좋은 일이 생길 거야. 한양의 아무 정승이 아무 날 밤에 딸을 생매장한다 하니 한양에 가서 꾀를 쓰면 좋은 일이 있을 지 아나?"

옛날에는 여자가 한번 시집을 가면 다시 다른 남자한테 시집을 못 가는 벱(법)이야. 지금은 뭐 개가하는 게 보통이지마는 옛날에 더구나 양반집에서는 한 번 출가한 뒤 남편이 죽으면 다시 시집을 못 가. 수절해야 된다고. 그런데 정승 딸의 시집이 돌림병으로 몰살당하자 딸이 친정에 돌아와 있는데 집에 그냥 둘 수도 없고 개가시킬 수도 없으니까

"저 딸을 아무 날에 공동묘지에 데리고 가서 생매장시켜라."

명령을 내렸단 말이야. 그런 소문을 함홍 양반들이 들었거던. 그런 사실을 아니까 그 사람한테 얘기를 했던 거지.

"아, 참말로 그렇습니까?"

"우리가 무엇 때문에 거짓말을 하겠나? 맨날 얻어먹지만 말고 한양으로 가보게. 그럼 좋은 일이 생길런지 알 수 있느냐?"

"아, 그러면 가보겠습니다."

그래 한양에 올라갔단 말이야. 그래 먼저 공동묘지에 가서 기다리고 있었지. 한참 동안을 거기서 기다리고 있는데 한밤중이 되니까 이제 가메(가마)가 둘이 온단 말이야. 그래 뒤에 오는 가메 문을 열고

"멀쩡하게 살아 있는 사람을 생매장을 해서야 되겠소? 그럴 바에는

차라리 저한테 주시오."

이렇게 말하니

"나는 모르겠소. 그러니 앞에 가는 가메 탄 사람한테 얘기를 하시오."

가마속의 여자가 그렇게 얘기를 한단 말이야. 뒤의 가메는 이제 생매장될 딸이 타고 있었고, 앞의 가메에는 그 딸의 어머니가 타고 있었지. 그 뒤에는 하인들이 구덩이를 팔 삽, 곡괭이를 가지고 따라오고 있었대. 그래 앞에 가는 가메 문을 열고 또 그렇게 얘기를 했거던.

어머니가 가만히 생각하니 딸을 생매장해 죽이기보다는 차라리 저 사람을 딸려서 먼 데로 보내버리면 딸을 살릴 수 있겠고, 영감에게는 가서 묻고 왔다고 하면 되니까 아무리 생각해도 딸을 살리는 게 나을 것 같단 말이야. 그래

"가메를 멈추게."

정승부인이 가메를 멈추라고 하니 하인들이 가메를 내려놓더래. 정승부인이 생매장하러 데리고 가긴 갔지마는 속으로는 그 딸이 불쌍하니 같이 묻어주려고 금은보화를 싸가지고 왔단 말이야. 그런데 이왕 이런 사람이 나왔으니까 그래 고만 딸을 그 사람한테로 맡기는 것이 더 낫겠다는 생각이 들었어. 그래 그 사람한테 딸을 맡긴 뒤 집에 가서 정승에게는 묻고 왔다고 거짓말을 했지.

한편 정승딸을 얻은 함흥 사람은 그 여자를 데리고 함흥으로 가야 되겠는데, 백주에 대로로 다니다 보면 사람들이 수상하게 여길 것 같아 산간벽지 산 줄기를 타 가지고 함흥으로 갔어. 그래 낮에는 쉬고 밤으로 가고 이러는데 가다 보니까 산에 산삼이 꽉 찼단 말이야. 그 사람은 산삼이 뭔지를 몰랐지만 그 여자는 아버지가 정승이

니까 사람들이 산삼을 가져와 바치고 하니 산삼을 많이 봤단 말이야. 그래 그 사람한테

"험한 길을 걷다 보니 다리가 아파 못 가겠소. 얼마간 쉬고 싶으니 여기에다 움막집을 만들고 살면서 더덕을 캡시다."

여자는 산삼이라는 말은 안하고 더덕이라고 그랬지. 그 사람은 산삼이 뭔지 모르니까

"이 더덕이라도 캐가지고 함흥으로 갑시다. 이거라도 캐가지고 가서 팔아야 먹고 살 게 아니오?"

그래 산삼을 캐어 햇볕에 말리느라고 세월이 상당히 흘렀지. 그런데 사방을 돌아보니 산삼이 그렇게 많단 말이야. 이 산삼을 많이 캐가지고 혼자 가져갈 수 있나. 내우(내외)가 한꺼번에 다 가져갈 수 없으니 짐꾼을 여러 명을 사가지고 짊어지게 해서 함흥에 갔단 말이야.

함흥에 가서 큰 객주집 창고에 맡겨 놓고 새 옷을 사 입은 뒤 영감들이 노는 데로 찾아갔단 말이야. 영감들의 말이 맞았으니 고맙다는 인사를 드리려고 골패하는 데로 갔거던. 가니까 마침 영감들이 모여 있다가 그 사람을 보자 장난삼아서 묻더래.

"아, 한양 갔다 왔나?"

"네, 갔다왔습니다."

"그래 한양에 갔다 왔으면 돈은 벌었나?"

"좀 벌었습니다."

"얼마나 벌었나?"

"그저, 집을 살 정도는 벌었습니다."

그 양반들은 골패에 정신을 쓰면서도 그 사람을 놀리려고

"그렇다면 내 집을 살 수 있겠나?"

돈 좀 벌었다니까 한 양반이 농을 삼아 실없이 말을 건넸지.

"내 집을 살 수 있을 만큼 벌었다면 내가 집을 팔겠네."

그 양반은 장난삼아 엉뚱하게 집값을 비싸게 불렀단 말이야. 제깐 놈이 뭔 돈을 가지고 내 집을 살 수 있겠느냐? 이렇게 생각했지.

"파시겠다면 사겠습니다."

"그래, 참말로 사겠느냐?"

"예, 사겠습니다."

"자네가 사겠다면 아무 날까지 돈을 가져와보게."

그래 그 자리에서 약조를 딱 했단 말이야. 약조금으로 돈을 얼마 치루고 약조를 했어.

그런데 이 양반은 장난삼아 약조를 하면서 잘 하면 약조금을 챙길 수 있겠다 싶었는데 날짜가 좀 지나니까 웬지 속이 좀 켕기거던. 저 놈이 정말 그 돈을 가져오면 약조금을 위약금으로 떼어 먹기는 커녕 이 집을 뺏기겠단 말이야. 그 양반은 식구도 많지만 하인도 많은데 만약에 저 놈이 정말 돈을 가지고 오면 많은 식구가 갈 데가 없으니 큰일났다 이 말이야.

그런데 날짜가 빠닥빠닥 다가오자 걱정이 되어 부인을 보고

"여보, 내가 우리 집을 팔았소. 내 운이 말이야, 이 집을 금년 안에 나가야 된대. 만약 내가 이 집에서 그냥 살면 금년 안에 죽는대. 그래서 할 수 없이 이 집을 팔았으니까 이사를 해야 되오."

이렇게 둘러대니 식구들이 그제서야 집을 판 줄을 알았다 이 말이야.

'영감이 죽는다고 하니 어찌 집을 안 팔 수 있느냐.'

이러니 모두 불평없이 따를 수밖에 없었어. 그 사람이 돈을 가져왔으니 집을 넘겨 주었지.

그 사람은 좋은 집을 사가지고 잘 살게 되자 헐벗고 굶주린 거지들에게 옷이 없으면 옷을 주고, 또 굶는 사람이 있으면 밥도 주니 이게 소문이 났단 말이야. 옛날에는 조선이 팔 도라, 지금은 십사 도지마는. 아, 조선 팔 도 각지에 온통 소문이 났지.

"함흥 아무 대가집에서는 없는 사람을 그렇게 많이 도와준대"

이렇게 소문이 자자하게 났어. 그러니 사방에서 거지들이 줄줄이 찾아 왔는데 그 많은 거지들을 항상 후하게 대접했대.

그런데 그 정승 아들이, 그러니까 그 사람 아내의 남동생이 과거 시험에 급제해 가지고 함흥에 암행어사로 내려왔단 말이야. 함흥에 내려와 민심을 조사해 보니까 어느 대가집에서 그처럼 인심을 쓴다는 칭송이 자자하길래 그 말이 참말인지 알아보려고 했대. 저녁먹는 시간이 6시라면 일부러 두어 시간 늦춰가지고 8시쯤 그 집에 찾아 들어갔단 말이야. 어사는 신분을 속이려고 일부러 헌 옷을 입고 거지같이 차려가지고 다닌단 말이야. 저녁 먹을 시간이 한참 지나서 갔는데 그 집 주인이

"아, 어서 오시오."

이러면서 뜨끈뜨근한 밥을 상에다 잘 차려가지고 찾아온 거지 손님에게 웃는 낯빛으로 갖다 준단 말이야. 부인이 직접 밥상을 들여다 놓고 나가면서 얼핏 보니까 자기 동생과 같은데 거지 옷차림을 하고 있으니까

'내 동생이 저렇게 거지로 올 턱이 있나?'

이렇게 생각을 하면서도 한편으로는 아무래도 이상하니까 안으로 들어와서 문틈으로 내다보니 아무리 봐도 자기 동생과 같더래. 그 이튿날에도 그 거지가 돌아다니다가 저녁 먹을 시간이 훨씬 지난 뒤에 오니까 역시 뜨끈뜨끈한 밥에다가 반찬을 해가지고 가져다 주

더래. 그러면서 자세히 보니 어제 왔던 그 사람이야. 그러니 아주 궁금해서 못 참겠더래. 그래서

"당신은 어데서 온 사람이요?"

하고 부인이 물었단 말이야. 물으니까

"나는 한양에서 왔습니다. 그런데 이렇게 시간이 지났는데도 뜨신 음식에 후대를 해주시니 고맙게 잘 먹겠습니다."

하고 인사를 하는데 목소리를 들어보니 동생이 맞거던.

"내가 생각하기에 당신은 아무개 정승의 아들 아무개 같은데 맞습니까?"

부인이 물었단 말이야. 그 부인이 자기 이름을 대니 어사가 깜짝 놀랐지. 이름을 숨기고 어사로 다니는데 제 이름을 부르니까 깜짝 놀랬단 말이야.

"어떻게 내 이름을 아시오?"

"내가 어제부터 당신 모습을 살펴보았는데 아무리 보아도 아무개 정승의 아들이 틀림없는 것 같소."

그러면서 그 부인이 자기 이름을 말하니까 어사가 비로소 그 부인이 누이인 줄 알게 되었지.

"그 때 여차여차해 가지고 내가 이렇게 살게 되었으며 그래서 여기에 와서 살고 있다네."

그래 두 오누이가 만나가지고 지나간 이야기를 나누었지. 동생은 죽은 줄로만 안 누이를 만났으니 얼마나 반가웠는지 며칠간이나 얘기가 끝나지 않았다구 해.

조사일자 : 1996. 6. 7.
제보자 : 이학수 (85세, 남, 연곡면 영진리)

14. 방화하여 얻은 업

내가 얘기를 하나 하지.

아무리 부자라 해도 너무 욕심이 많으면 안 된단 말이야. 왜 그러느냐면 음...

옛날 양반이라 하면 글만 들여다 보지 장사같은 건 할 줄 모른단 말이야. 옛날 학자나 양반들은 상놈이 하는 일은 안 하려고 했거던.

그러니 상놈하고 양반하고 구분이 있었단 말이야. 그런데 어느 양반이 허구헌 날 가난하게 살았는데 마누라는 남의 집에, 부잣집에 가서 품팔이를 해가지구 밥두 얻어오고 식량도 가져오고 해서 식구들을 봉양하지마는 남편은 글만 들여다보고 아예 일을 안 하니 어떻게 하나?

그런데 이웃 사람은 무식한 사람인데 장사를 해가지구 그 식구가 잘 먹고 산다 이 말이야. 그걸 본 마누라가 기가 막힌단 말이야. 그래두 글을 배웠으니 과거를 해서 식구들을 먹여살리면 별 문제가 없는데 과거에 낙방만 하니 이래가지고서야 뭘 하느냐 말이야. 그런데 양반이라고 글만 들여다보지 천한 일을 안 할라 한다 이 말이야. 아내가 하도 딱하니

"여보, 이웃 사람은 장사를 해가지구 식구들을 먹여 살리는데 당신은 글만 드려다보고 있으니 그러고만 있으면 먹을 게 나옵니까? 내가 남의 부잣집에 가가지구 방아도 찧고 빨래도 해주구 품팔이를 해가지구 식량을 얻어는 오지만 그것만 가지고서 어떻게 생활을 하겠소? 내가 이렇게 고생을 하는데 당신은 맨날 그 모양이니 이거 안

되겠소. 차라리 장사라도 하시오."
하고 불평을 늘어놓으니 할 말이 있나?
"그렇지만 내가 무슨 장사를 하겠소?"
"소금 한 가마니를 사 줄 터이니 소금장사를 해 보시오."
장사를 하려니 지금은 여러가지 물건이 많지만 옛날에는 고추, 마늘, 소금 뭐 이런 것밖에는 없거던. 그러니 소금장사라도 해야지. 마누라가 간곡히 부탁을 하니 먹고 살기 위해서 할 수 없이 소금 한 가마니를 사서 지고 나섰단 말이야.
그걸 지구서 온종일 가는데 산 고개를 넘어가니 큰 부잣집이 있단 말이야. 그러니 저 집에 가면 소금을 팔아주겠지 하고 그 집 마당에 들어서며
"소금 좀 사시오."
하니 주인이
"우리집에 소금이 얼마던지 있으니까 일 없소."
하고 귀찮아 하더래.
그런데 마침 저녁을 먹을 때니까 밥이라도 주었으면 좋으련만 인정사정 없이 내쫓았단 말이야. 그러니 그 사람이 그래도 자기가 양반인데 도고를, 옛날에는 장사를 도고라고 했어. 도고를 한다고 박대를 하니 하도 괘씸해서 그날 밤에 그 이웃집에서 잠을 자다가 한밤중에 아무도 모르게 그 부자 집에 불을 질러 버렸다고. 그리고 나서 안동에 가서 숨어 살았어.
몇 년 후에 그 사람이 또 소금을 짊어지고 그 동네로 갔단 말이야. 갔는데 또 마침 밥 먹을 때가 되었으니까 밥이라도 한 그릇 주었으면 좋을 텐데
"우리 집은 소금이 많이 있고 잘 데도 없고 하니 어서 나가시오."

하고 내쫓았어. 그래 다른 집에 가서 자다가 밤에 그 집에 또 불을 질렀단 말이야. 그러니 불을 두 번이나 질렀거던. 두 번을 질러도 원체 부자니까 다시 집을 그 자리에 짓고 또 짓고 하네. 그 뒤 한 삼 년 있다가 또 그 집에 가보았단 말이야. 가보니까 또 그 자리에 다 고래등같은 집을 지어가지고 잘 살고 있더란 말이야.

그러니 그 사람이

'에이, 이 놈의 집에 또 한번 들어가 보자.'

들어가니까 먼저같이 역시 괄시를 하거던. 그래 자다가 야밤중에 또 그 놈 집에 불을 질렀네. 불을 질렀는데 탄로가 나면 큰 일이지. 세 번이나 남의 집에 불을 질러 놓고 발각되기 전에 도망을 쳤어. 가슴이 두근두근 하는데 뒤에서 허연 옷을 입은 사람이 따라온단 말이야. 그 사람이 생각해보니 큰 일이 났거던. 세 번이나 불을 질렀으니 붙들리면 어찌 되겠나? 겁이 나서 도망을 가는데 그 사람이 뒤를 계속 따라오더래. 그 사람은 소금을 짊어졌으니 힘이 들어서 잠시 쉬어야 하겠단 말이야. 그런데 이상하게 자기가 쉬면 그 사람도 쉰단 말이야. 가면 따라오고 쉬면 그 사람도 뒤에서 쉬니 이건 쫓기는 셈이지. 이렇게 쫓기다가 소금 짐이 무거우니까 할 수 없이 또 쉬었단 말이야.

그러니 그 사람이

"당신은 누구시오? 같이 가려면 옆에 오던지 하지 왜 뒤만 따라 오시오?"

하고 따졌어.

"야, 이놈아. 니는 참 불한당같은 놈이다. 왜 남의 집에다 불을 세 번이나 질렀느냐?"

이러니 큰일 났단 말이야. 어떻게 그것을 다 알았는지 이리 얘기를 하니 어떻하나? 이젠 꼼짝없이 죽었다 이 말이야.

"네놈 행동이 밉지만 니 정성이 좋아서 내가 니를 따라왔다. 나는 그 집의 업이야."

옛날엔 집에 업이란 게 있었어. 그 집에 복을 내려주는 게 업인데 뱀 업도 있구 사람 업도 있어. 그런데 그 집의 업이 저를 따라온 걸 보니 이젠 좀 살겠다 이 말이야. 이 업이 말하기를

"그 집에 세 번이나 화재가 나서 살림이 거덜났으니 나는 할 수 없이 너를 따라가야겠다."

그러면서 그 사람을 따라오더래.

그런데 그 뒤부터 업이 붙었으니 장사를 하면 배가 남고 또 배가 남고 이래가지고 삼 백 석이나 벌었단 말이야. 가난한 사람이 삼 백 석 지닌 부자가 되니 실컷 호강하며 살았어.

그러던 어느날 업이 나타나가지고

"내가 이젠 다시 그 집에 돌아가야겠다. 너는 이만하면 잘 살 수 있지 않느냐? 그 사람이 너무 불쌍하니 이젠 내가 있던 그 집으로 다시 돌아가겠다."

하거던. 그 말을 들으니 그 집 업이 자기 집에 들어와 그 업 때문에 삼 백 석의 부자가 되었고 또 그 주인에게 세 번이나 화를 끼쳤으니까 미안하더래. 재산이 다 거덜났을 게 아닌가?

그 사람이 지금 얼마나 가난하게 살고 있겠나? 그 사람이 원래 학자니까 미안해서 돈하고 먹을 식량을 가지고 그 집에 가보니 과연 아주 가난하게 살더래. 그래 제가 세 번이나 불을 질렀다고는 할 수 없으니까

"당신이 그때 그렇게 부자로 살면서도 남에게 좋은 일을 않고 너무 인색한 짓을 해서 그런 화를 당한 것이니 다시는 절대로 그런

짓을 하지 마시오. 어려운 사람을 보면 후히 대접해야 복을 받는 법 이요."

충고를 하면서 가져간 돈과 식량을 주니 무척 고마워 하면서 오히려 이 사람한테 백배 감사를 하더래.

그 뒤 그 사람은 이젠 업이 돌아왔으니까 다시 재산이 불어나 잘 살게 되었지.

그러니 사람이 베풀 줄 모르고 너무 인색한 짓을 하면 패가망신 한다 이 말이야.

조사일자 : 1995. 12. 6.
제보자 : 이학수 (85세, 남, 연곡면 영진 3리)

15. 백정 사위와 정승의 딸

어느 시골에 백정이 살고 있었는데 그에게는 아들이 있었어.

옛날에는 상놈은 글을 못 배우고 양반이라야 서당에서 글을 배운단 말이야. 그런데 글을 가르치던 훈장이 우연히 밖을 내다보니까 7, 8세쯤 되어 보이는 아이가 매일 서당 밖에 계속 서 있단 말이야. 그러니 훈장이 양반집 아이들을 집에 돌려 보낸 뒤 그 아이를 불러다가 그 이유를 물었거던.

"너는 어디에 사는 누구인데 날마다 왜 여기에 오느냐?"

그러니 아이가

"나는 아무데 사는 아무개 아들인데 글을 배우는 것이 소원이어서 그럽니다."

한단 말이야.

그 뒤로 며칠을 두고 보아도 역시 아침을 먹고서는 그 놈이 서당 문밖에 와서 온종일 있단 말이야. 옛날에는 상놈한테는 글을 안 가르쳤거던. 양반이 돼야 글을 배워가지고 출세를 한단 말이야. 상놈에게는 글을 안 가르치고 벼슬도 안 주었지.

그래 하루는 양반의 아들들이 다 돌아간 다음에

"얘야, 안으로 들어오너라."

하고 불러들여 시험삼아 천자문을 가르쳐 보았단 말이야.

"하늘 천(天), 따 지(地)"

하고 몇 번 가르치니 이 놈이 금방 다 외우네. 그러니까 이번에는

"글자를 손가락으로 써 봐라."

하니 다 쓴단 말이야. 이 애가 하도 영리하고 총명하니까 훈장이 기특해서 인정을 베풀었대.

"내가 네게 글을 가르쳐 줄 테니 아이들이 다 돌아가거던 그 때 들어오너라. 그러면 내가 다 가르쳐 주꾸마."

그래 훈장한테 승락을 받아가지고 날마다 글을 배웠지. 그런데 양반의 아들들보다 이 아이가 더 월등하단 말이야. 머리가 영리해서 양반의 아들들은 몇 자를 가르쳐 주면 그걸 온종일 외는데 이 아이는 금방 다 외우고 다 쓰고 이렇게 영리하단 말이야. 그래 몇 해 동안 다니는데 사서삼경을 다 떼었어. 논어, 맹자, 중용, 대학 등 좋은 글을 다 뗀 거야. 그래 글 짓는 법을 가르쳐 주니까 오언, 칠언으로 시를 짓는데 아주 척척박사라.

그런데 시간이 흘러 나이가 15, 16세가 되었지. 그래 7, 8년간 글을 배웠으니 이제는 더 배울 게 없거던. 그러자 하루는 훈장이

"난 이제 더 이상 가르쳐 줄 것이 없다. 내가 아는 것은 네가 다 아니까 무얼 더 가르쳐 주겠느냐?"

하면서 한양에서 아무날 과거를 본다 하니 가서 한번 보라고 하거던. 그러나 과거를 보러 가고는 싶지만 상놈이니까 붙어도 써주지 않으니 그것이 문제란 말이야. 게다가 양반의 아들들은 이 애가 상놈, 백정의 아들이니까 상대도 안 하거던. 그래 이제 과거 날자가 며칠 안 남았으니 이 놈이 밥을 안 먹고 속으로만 혼자 끙끙대더래. 이러니까 어머니가

"너 왜 그러느냐? 어디 몸이 아파서 밥을 안 먹느냐, 다른 근심거리가 있느냐?"

하고 자꾸 물으니까

"한양에서 아무날 과거를 본다는데 양반의 아들들은 다 가지만 나는 그 애들보다 더 알아도 상놈의 자식이 돼 놓으니까 내가 어찌 과거를 보러 갈 수 있소? 그렇지만 나도 되거나 안 되거나 일단 한양에 가서 과거를 봐야 되겠소."

이렇게 고집을 부리더래. 그러니 부모가

"아이 이 놈 아야, 네가 과거를 봐서 등과를 해도 상놈의 자식이니까 소용이 없다. 그러니 니가 글을 아는 것만 해도 족하지 않느냐? 가지 마라."

아무리 만류해도 가겠다고 하네. 영감, 할머니는 남의 소를 잡아주고 몇 푼씩 받아 이리 살아가는데 이놈이 자꾸 간다고 하니 할 수 없이 얼마간 노자를 만들어 주었어.

과거날이 돌아오자 양반의 아들들은 5, 6명이 떼를 지어 가는데 그 속에 끼일 수가 없거던. 상놈의 자식이라고 해서 접근을 못하게 하는 거야. 옛날에는 상놈하고 양반하고는 엄청난 차이가 있었어. 같이 갈 수 없으니 양반 아들들 뒤에 저만치 떨어져 따라갔대. 그래 어디쯤 가다가 자면 그 애는 저만큼 떨어진 곳에서 자고 이러면서

한양까지 갔어.

한양에 와보니 집들이 으리으리 하거던. 임금이 사는 곳이니 그럴 게 아닌가? 양반의 아들들은 좋은 여인숙으로 갔지만 저는 초라한 여인숙에 들어갔지. 저녁을 먹고 거리나 구경한다고 장안을 돌아다니다가 시간이 꽤 흘렀단 말이야.

그런데 어느집 담장 위에 배나무가 있는데 배가 주렁주렁 먹음직하게 달려 있더래. 그래 배가 고프니까 월담을 했어. 담을 넘어가 배나무에 올라가서 배를 땄거던. 그 집은 누구 집이냐 하면 김 정승의 집인데 그 집 딸이 후원 별당에서 혼자 공부를 하고 있었어. 김 정승의 친구인 최 정승, 이 정승의 딸들도 늘 그 별당에 와서 놀다 가고 이랬는데 그 날은 그 처녀들이 아직 안 왔어. 아무도 안 오니 딸이 잠시 눈을 붙이고 조는데 나무에서 청룡이 꿈틀거리며 하늘로 올라가는 꿈을 꾸었대. 그래 참 이상해서 나가보니 뭐 허연 게 나무에 앉아 있네.

"당신은 사람이오, 귀신이오? 사람이면 내려오고 귀신이면 사라지오."

그러자

"나는 사람이오."

하니

"그러면 내려오시오."

해서 내려오니까 자기 방으로 데려 갔어.

"왜 나무에 올라갔습니까?"

"과거를 보러 왔는데 배가 하도 고파 배를 따먹으려고 그랬소."

그런데 밖을 내다보니 별당에 들어오려면 연못을 거쳐 와야 되니까 줄배를 타고 와야 하는데 최 정승 딸과 김 정승 딸이 줄배를 타고 오는 게 보이더래. 그러니 어떡하나? 지금은 그 사람을 보낼 수 없으니 할 수 없이 병풍 뒤에 숨겨 놓았어. 친구들이 와서 얘기도 하고 또 글도 논하고 하다가 돌아갔지. 그런데 병풍뒤에서 나누는 말을 들어보니 이 처녀의 아버지 김 정승이 시관(試官)임을 알게 되었지. 아버지가 시험관이니 어떤 문제가 나온다는 것을 알게 되었어. 그래 문제를 알고 나서 여인숙에 와서 잤단 말이야.

이튿날 시험장에 떡 들어가니 과거보러 온 사람이 어찌 많은지 문전성시더래. 그런데 문제를 발표한단 말이야. 그리고 거기에 대해서 글을 지어 바치라고 한단 말이야. 사람이면 사람, 돼지면 돼지, 고기면 고기. 이래가지고 거기에 대해서 글을 지어 바치라는 거야. 그런데 전날 밤에 그 처녀한테서 어떤 글이 나온다는 것을 들었고 게다가 이 놈이 원체 글을 잘 아니까 단숨에 지었단 말이야. 그런데 김 정승은 이번에 급제한 사람을 사위로 삼으려고 마음을 먹고 있었거던.

아버지인 김 정승이 사윗감을 고르려는 것을 눈치 챈 딸이 꿈에 배나무 위로 청룡이 굽이치며 올라가는 것을 보고서 이 사람이 바로 천정배필인가보다 생각하고 그 글 문귀를 미리 가르쳐 준 거야. 문제를 아니까, 또 이 사람이 글을 잘 지었거던. 손가락으로 진흙밭이고 아무데고 마구 연습을 했으니까 그까짓 것 펄펄 날지. 그래 써가지고 일천(一天)에 바쳤다 이 말이야. 제일 먼저 바치는 것을 일천에 바친다 그랬어. 한 일(一), 하늘 천(天)자를 써 일천이라 했어. 자기 이름을 쓰고 주소 쓰고 이래가지고 바쳤어. 김 정승이 보니 남은 아직 글을 짓느라고 야단인데 순식간에 써서 바친다 이 말이야. 그래 글을 들여다보니 이건 아주 훌륭한 인재라. 글씨도 명필이요, 글문귀도 잘 지었단 말이야. 그래서 받아놓았는데 다른 시관들이 그걸 좀 보자고 하니 보여 주었어. 시관들이 보니 참으로 글씨도 잘 쓰고 글도 잘 지었단 말이야. 그래 급제를 했어. 같이 왔던 부잣집 양반의 아들들은 다 떨어지니 곧장 내려가 버리고 이 아이만 여인숙에 남아 있는데 그날 밤에 김 정승이 이 아이를 자기 집으로 불러가지고

"너를 사위로 삼으려 하는데 네 의향은 어떠냐?"

하고 물으니 사위로 삼는다는데 좋고말고지 뭐. 그렇지만 신분이 천하니 난처해서 아무 말도 않고 가만이 있으니까

"도대체 생각이 있느냐, 없느냐?"

고 재촉하더래.

"그게 아니라 너무 과분해서 그럽니다."

"그럼 됐다. 고향은 어디냐?"

"아무 데 아무 곳입니다."

"어머니, 아버지는 계시느냐?"

물으니 그 아이가 속였어.

"두 분 다 안계십니다."

"그럼 됐다. 내 아들 겸, 사위로 내 집에 살거라."

그래가지고 며칠 후에 날을 받아서 혼인을 시켰어.

그런데 이 아이는 원래 상놈의 자식으로 양반이 되어 조정에 드나드니 걱정이 많았어. 이렇게 몇 달간 지내노라니 어머니, 아버지가 걱정이 되거던.

한편 부모는 다른 양반의 아들들은 한양에서 다 돌아왔는데 자기 아들만 안 돌아오니 어디 가서 맞아죽었는지 어쨌는지 주야로 걱정이 되었지. 이렇게 몇 달간 걱정만 하다가 영감과 할멈이 상의를 했어.

"여보, 안 되겠소. 당신이 찾아 나서든지 내가 찾아 나서든지 해야겠소."

"그러지. 당신이 먼저 찾아 나서고 당신이 못 찾으면 내가 찾겠소. 어쨌든 아들을 찾아야 하지 않겠소?"

그래서 인제 어머니가 올라갈 적에 육포(肉脯)라고 소를 잡으면 제일 맛있고 좋은 곳을 도려내어 그걸 말리거던. 그걸 아들에게 주려고 보따리에 싸가지고 한양으로 올라갔어. 집집마다 문전걸식하며 큰 집이고 작은 집이고 사방으로 찾아 다녔어.

하루는 아들이 아침을 먹다가 밖을 내다보니까 제 어머니가 문밖에 서 있단 말이야. 그러니 놀라서 밥을 뜨다가 그만 숟가락을 뚝 떨어뜨렸지. 그러니 이걸 본 부인이 이상해서

"왜 숟가락을 떨어뜨립니까?"

물으니

"아니오."

하고 다시 밥을 먹는 체 했네. 그러나 밥맛이 떠러지니 밥이 목구멍이 넘어갈 턱이 있나? 하인이 밥상을 그대로 가져가자 아들이 옷을 입고 쫓아나갔어.

'어머니가 어디로 갔는지 좀 찾아야겠다.'

이러면서 쫓아가서 어머니를 만났어. 그래 제가 처음 묵었던 집으로 어머니를 데리고 갔지. 그래가지고

"제가 오늘 조정에서 일을 마치고 나서 밤에 찾아 올 테니 아무데도 나가지 말고 이 방에만 있으시오."

라고 일러 놓았어. 그리고 주인을 불러서

"이 분은 귀한 분이니 잘 모시시오."

부탁을 하니 그 아이가 조정에 다니는 사람이고 정승의 사위니까

"예, 정성껏 모시겠습니다."
하며 잘 보살펴 주었대.

그날 조정에서 돌아와 밥을 먹고 나자 전에는 외출을 하지 않던 사람이
"내가 어디를 좀 갔다 오겠소."
하니 부인이 좀 이상하거던. 아침에 밥을 먹다 숟가락을 뚝 떨어뜨리고 또 노인이 온 것을 보고 따라나가는가 하면 전에는 밤에 나가지 않던 사람이 어디를 다녀오겠다고 하니 이상한 예감이 들었단 말이야. 그렇지만
"그럼 갔다 오시오."
해놓고 남편이 나가니까 뒤를 따라갔어. 따라가 보니 어느 집으로 들어가 어머니를 만나가지고 모자간에 이런 이야기 저런 이야기를 나누거던. 그래 정승의 딸은 뒤쪽으로 가서 문에 구멍을 뚫고 엿들었지. 모자간에 이야기를 나누다가 어머니가
"내가 이걸 가져왔다. 쇠고기 말린 것이니 집에 가져가서 꼭꼭 씹어 먹어라."
주거던. 그러나 아들은 양반집에 장가를 들어 그 집이 부자니까 맨날 쇠고기를 먹으니 이런 건 필요가 없단 말이야.
"저는 쇠고기를 맨날맨날 먹습니다. 그러니 그냥 가져가시오."
"그래도 아버지하고 나하고 애써 만든 걸 가져왔으니까 가지고 가서 먹어라."

어머니가 자꾸만 주니까 아들은 이걸 받아가지고 오다가 뒤곁에 몰래 버렸대. 어머니가 자식을 위해서 가지고 왔으니까 이걸 먹어야 하는데 버린다 이거야. 그런데 숨어있던 부인이 뒤에서 이것을 주워 가지고 왔어.

"어머니 이제 시간이 많이 늦었으니까 저는 돌아가야 합니다. 며칠 여기에서 쉬시다가 돌아가세요."

이렇게 인사를 하고 돌아왔지. 그런데 부인은 남편보다 먼저 집에 돌아왔거던. 와서 시침을 떼고 가만히 보니까 남편이 돌아와 의관을 벗고 자려고 하니 부인이

"당신, 오늘 보니까 나한테 숨기는 것이 있는 것 같은데 무슨 일인가요?"

하고 물었지만 아무 말도 하지 않더래.

어머니는 며칠 있다가 내려갔어. 가서 영감에게 얘기하기를

"얘가 어떤 정승의 사위가 되어가지고 지금 조정에 드나들면서 잘 삽디다."

이러더래.

아버지가 생각해보니 세상에 상놈으로서 벼슬을 해가지고 더구나 정승의 딸한테 장가를 갔으니 기가 막힐 일이란 말이야. 그래 아버지가 올라갔어. 올라가서 밥을 얻어먹는 체하고 그 집에 찾아 갔대. 그 집에 밥을 얻어먹으러 갔는데 아들이 보니 이번엔 또 자기 아버지가 왔네. 그러니 어떻게 할 수 있나? 역시 먼저 한 것처럼 했대. 그러니 또 부인이

'참 이상하다. 아버지, 어머니가 없다고 했는데 참 이상하다.'

하고 뒤를 밟았어. 가보니 또 그 집이야. 그 방에서 아버지한테 절을 하고

"제가 정승한테 아버지, 어머니가 없다고 하고 정승집에 장가를 들었습니다. 상놈이라 어쩔 수 없이 숨겼습니다."

자초지종을 말하니 아버지가

"잘 했다."

하면서 아버지도 쇠고기 말린 것을 주니까 가져 가는 체하고 또 밖에 버렸어. 그것도 부인이 또 몰래 주워 왔대.

이번에도 아들이 아버지를 내려보내고 집으로 돌아왔대. 그러니 부인이

"어디를 갔다 이제 옵니까?"

하고 물으니까 남편은 얼굴색이 변하거던.

"당신 아무래도 수상해요. 아버지가 없다고 했는데 오늘 아침에 찾아왔던 그 노인이 당신 아버지가 아닙니까? 이게 당신 아버지가 당신에게 주려고 가져온 육포(肉脯)가 아니오? 그래도 나한테 자백을 안 하겠소?"

몰래 주워온 쇠고기포를 내보이며 이렇게 따지니까 할 수 없이 부인한테 용서해달라고 비니 아내가 말하기를

"부부는 일심동체라 이젠 할 수 없지 않소? 상놈이고 양반이고 간에 당신하고 나하고는 부부가 되었으니 이제부터는 고향에 계신 부모와 서로 왔다갔다 하는 게 좋지 않겠소?"

그러니 남편이 마음이 좀 놓여 옛날에 자기가 어떻게 글을 배웠고 양반은 과거를 볼 수 있지만 상놈은 과거를 못 보니까 자기가 이리이리 속여서 과거를 보았으며 당신한테 장가를 들고 싶어서 당신 부모한테 아버지, 어머니가 없다고 거짓말을 했으니 용서해 달라고 빌었어. 그러니까 부인은

"이제는 다 지나간 일이니 할 수 없으니까 언제 날을 받아가지고 친정 아버지, 어머니를 모시고 잔치를 치룹시다."

고 말하니 남편은 고마워서 어찌할 바를 모르더래.

잔칫날이 되자 어머니, 아버지를 모셔와가지고 잔치를 하는데 정승들이 앉아서 술을 마시며 시를 짓거던. 돌아가며 술을 마시고 시

를 한 수씩 짓는데 백정 아버지는 글을 알아야 짓지. 아는 거라고는 소잡은 것밖에는 모르거던. 그런데 김 정승이

"사돈도 한 수 지으라."

고 하니 사돈은 팔을 내두르며 거절할 수밖에. 그러자 김 정승이 그제야 눈치를 채고

'이놈이 틀림없는 상놈이구나.'

하고 하인을 시켜 내쫓으라고 했어. 그러면서 사위는 물론이고 딸까지 모두 쫓아냈네. 일이 이렇게 되니 장모는

"사위의 벼슬이 이젠 떨어졌으니 무얼 먹고 살겠느냐?"

하면서 몰래 금은보화를 김 정승 모르게 주었단 말이야.

그래 그걸 가지고 함경도로 갔어. 거기 가서 돌아다니다 보니 큰 대궐같은 집이 있거던. 그래 제일 좋은 집을 사서 주위에다 연못을 파고 양어(養魚)를 하며 오는 사람, 가는 사람에게 대접을 한다 이 말이야. 거지가 가면 옷 한 벌씩 해주고 끼니 때가 지나 사람이 와도 밥을 한 상씩 잘 차려준다 이 말이야. 이게 점점 소문이 났네. 함경도 일대에 소문이 났어.

"아무데 가면 거지라도 그 부잣집에서 옷 한 벌씩 해주고 언제든지 가면 뜨신 밥을 꼭 채려 주니 세상에 이런 집은 큰 복을 받을 거야."

이런 소문이 함경도에 퍼졌어. 이때 김 정승 아들이 과거에 등과해 가지고 어사로 함경도로 내려갔어. 함경도에 들어서자 길에서 만난 사람에게

"이 곳에서 어떤 집이 인심이 가장 후하오?"

하고 물었단 말이야.

"아무 동네에 가면 아무 집이 인심이 아주 후합니다. 그 집에 가면

거지에게 꼭 옷을 한 벌씩 주고 시간이 넘게 가도 뜨신 밥을 주고 이럽니다."

그래 그 집에 찾아갔어. 옛날에 어사는 거지같이 옷을 험하게 입고 이래야 신분을 속일 수 있거던. 그러니 인간 취급을 받지 못했지. 거길 가니까 시간이 넘었는데도 뜨신 밥을 해주더래. 그런데 아내가 내다보니까 그 거지가 틀림없이 자기 동생같다 이 말이야. 참 희한하다 생각을 하고 그날 밤을 지냈는데 그 이튿날 저녁때에도 그 사람이 또 그 시간에 찾아오거던. 그러니 밥을 차려다 주었네. 그러니까 어사가

'이 집이 제일 인심이 좋다는 소문은 들었지만 세상에 이럴 수가 있나?'

이렇게 생각하고 있는데 꽃같은 여자가 술상을 채려가지고 와서 술을 권한단 말이야. 이러니 과분하기 짝이 없지. 그래 술을 한 잔 받아먹으니까 여자가 묻더래.

"당신은 혹시 한양의 아무개 자제분이 아니오?"

그러니 어사가 깜짝 놀랐지.

"당신이 어찌 그걸 압니까?"

"나의 아버지는 한양에 사는 김 정승인데 남편이 백정의 자식이라고 해서 쫓겨나 여기까지 와서 살게 되었소. 그러나 실은 시아버지가 상놈이 아니오. 지금 매일 연못에서 고기를 낚고 계신데 원래는 양반의 후손이지만 패가해서 어쩌다가 한때 백정 노릇을 한 겁니다."

이 여자가 시골에서 내려와서 몇 년간 시아버지한테 예절이고 글이고 다 가르쳤단 말이야. 다 가르쳐 놓으니 이젠 양반 행세를 한단 말이야. 이렇게 되니 서로 붙잡고

"내가 어사로 내려와서 이렇게 누님을 만날 줄은 몰랐소."
이러며 서로 눈물을 흘리더래.

얼마 뒤에 어사가 일을 마치고 올라가 아버지한테 사실대로 말했어.

"제가 보니 매일 연당에 나와 고기를 낚고 지내는데 상놈은 아닙데다. 그러니 아버지가 한 번 내려가 보세요."

그 집에서는 어사가 동생이라고 이러니 고을 원쯤은 다 내려다보는 판이라. 정승의 사위니까 사또가 그 집에 와서 굽신거린다 이거야.

그런데 아들의 말을 들은 김 정승이
"내년 아무 달 아무 날에 내가 내려갈 테니 그렇게 알아라."
연락을 보냈대. 옛날에는 사람을 시켜 심부름을 보내는데 하인이 있으니까 하인을 보냈어.

김 정승이 내려올 때 이 집에서는 한 십 리쯤 되는 곳에서부터 꽃을 심고 오 리쯤 되는 곳에 여자 아이들에게 옷을 깨끗이 입혀 물주전자를 들고 군데군데 서 있게 해서 김 정승이 더워 갈증이 나면 물을 바치게 했어. 그리고 집도 잘 치장해 놓았어.

김 정승이 오는데 여자들이 주전자를 들고 있다가 대접을 하고 집도 으리으리 하니 기분이 좋았지. 김 정승이 집에 들어가니 사돈은 연못에서 모르는 척 하고 고기만 낚고 있었어. 김 정승이 와도 끔쩍하지 않고 고기만 낚고 있는데 김 정승이
"사돈은 어디 계시느냐?"
고 묻자
"저기 고기를 낚고 있지 않습니까? 그때 사돈한테 망신을 당했으니 얼굴을 대할 수 없다고 저렇게 있습니다."

하고 말하니까 김 정승이

"그때는 내가 잠시 실수를 했으니 용서를 하시오."

하며 직접 낚시터에 가서 사과를 했지.

그래 그후로 사돈간에 화해를 해서 잘 살았단 말이야.

조사일자 : 1995. 12. 6.
제보자 : 이학수 (85세, 남, 연곡면 영진리)

16. 시아버지가 된 친정 아버지

옛날에 어머니가 죽자 딸하고 아버지하고 둘이 살았대. 그러다가 딸이 시집을 갔는데 시집을 간 지 얼마 안 되어서 시아버지가 죽어버렸대. 그래 시어머니하고 살게 되었더라니.

딸이 시집에 살면서 친정에서 아버지가 혼자 살 걸 생각하니 마음이 아팠지. 그런데 또 시집에서는 시어머니만 있으니 그것도 안됐거던. 친정을 생각하면 홀아비 생활을 하는 아버지가 불쌍하고 시집을 보면 시어머니도 불쌍해 죽겠단 말이야. 그래 하루는 궁리를 했대. 그래 친정에 가서

"아버지. 제가 여자 한복 한 벌을 만들어 왔으니 며칠후에 날이 어두워지면 이걸 입고서 시집으로 찾아 오시오."

여자 한복을 입고 찾아오라 이게야. 그리고 아버지가 아닌 오촌 당숙모처럼 행세를 하라는 게야.

아버지가 어둑어둑할 무렵에 딸이 시킨 대로 여자 한복을 입고 찾아가자 딸이 반갑게 뛰어 나오며

"아이구. 당숙모님. 어딜 다녀오시길래 이리 늦었소? 어서 오시오."
하며 인사를 깎듯이 하더래. 그러면서 안으로 맞아드리더래.

옛날엔 밤에 희미한 등잔불을 켰으니 변장을 한 게 잘 보이겠나? 딸은 아주 반갑게 저녁을 지어 대접을 하면서

"당숙모님. 벌써 밤이 깊었으니 여자가 혼자서 어찌 가시겠소? 험한 밤길을 가다가 재앙을 당할까 두렵소. 그러니 오늘 밤은 시어머니 혼자 주무시는 방에서 같이 주무시고 내일 날이 밝거던 가시오."

한사코 붙잡으니 그대로 주저앉았대. 그런데 아버지를 여자처럼 꾸며 놓았으니 시어머니는 그 사람이 며느리의 당숙모인 줄 알았지 남자인 줄을 꿈에나 알았겠나? 그러니 요와 이불을 펴고 나란히 누었지.

얼마를 자더라니 친정 아버지가 사부작사부작 시어머니한테 접근을 했단 말이야. 접근을 해가지고 어찌어찌 해가지고 그만 그날 밤에 만리장성을 쌓았대. 그래 친정 아버지하고 시어머니하고 밤 사이에 정이 찰싹 들어가지고 같이 살았어. 아주 잘 살았어.

그래 친정 아버지가 시어머니와 그리 되어버렸으니 친정 아버지가 시아버지가 되어 버린 게야.

조사일자 : 1997. 4. 12.
제보자 : 최산규 (72세, 여, 연곡면 행정2리)

17. 엉큼한 시아버지

내가 웃기는 얘기 하나 할까?

옛날에 상투를 틀지 않나? 어느날 시아버지가 며느리한테 상투를 짜달라고 하니 며느리가 시아버지 앞에 서서 머리카락을 허부적허부적 짰다네. 옛날에는요, 여자가 부라자도 안했어. 그러니 손을 올리면 저고리 길이가 짧으니까 가슴이 보일 게 아닌가? 그러니 시아버지가 눈 앞에 젖이, 며느리의 뽀얀 젖이 덜렁거리니 시아버지가 그만 자기도 모르게 그랬겠지. 그만 입을 대고 쫄쫄 빠니 (웃음) 오, 이런 망측한 꼴이 있나? 쫄쫄 빨고 있는데 마침 산으로 나무를 하러 갔던 아들이 들어왔대. 그러니 며느리가 무안해서 남편한테 변명을 하더래.

"여보, 아버님이 상투를 짜 달라 해서 상투를 짜는데 아버님이 그만 내 젖을 빨았어요."

그러니 아들이 기가 막혀 투덜거리더래.

"며느리가 상투를 짜주면 그대로 가만 있지 며느리 젖은 왜 빠오?"

이렇게 불평을 하니까 아버지가

"이 놈아, 넌 내 아내 젖을 3년이나 빨아먹고 자랐으면서 내가 네 아내 젖을 한번 빨았다고 그리 불만이냐?"

이러니 아들이 할 말이 없더래.

옛날에 그런 얘기가 있었어.

조사일자 : 1997. 4. 12.
제보자 : 최산규 (72세, 여, 연곡면 행정2리)

18. 소금강 주변의 지명 유래

요기 올라가다 보면 쇄바우라고 있는데 '쇄'하는 소리가 난다고 쇄바우라 하거던. 그 앞으로 흐르는 물이 쇄하고 소리를 내지. 그전에 그 바위에 가끔 호랑이가 내려와 앉아 있어서 지나가던 사람이 아주 놀랐대.

그 쪽으로 더 올라가면 구룡폭포가 있는데 그 앞에 아미산성이 있어. 어느 때인지는 몰라도 군사들이 훈련을 받던 곳도 있고 처형을 하던 곳도 있지. 그 위가 망운대인데 적군이 쳐들어 오게 되면 거기서 지켰다고 하는 말이 있지.

옛날에 여기 사람들은 소를 길렀지. 소를 몰고 산에 올라가 풀어놓고 제 멋대로 풀을 뜯어먹게 했는데 날이 어두워질 때쯤 소를 끌고 집에 내려오거던. 그런데 어떤 사람이 밤 늦게 돌아왔는데 자기 소인 줄 알고 타고 집에 와서 보니까 그건 소가 아니라 호랭이였다 이거야. 그러니 호랭이가 사람을 물지 않고 태워준 거지.

쇄바우에 앉았던 호랭이 얘긴데 말이지. 어떤 여자가 시집을 왔는데 그 집이 너무 가난해서 살림살이를 하려니까 고생이 많았어. 그래 식구들 몰래 어디로 달아나는데 호랭이가 쇄바우 위에 턱 앉아 있으니 무서워서 도망을 치지 못했대.

구룡연이라고 쓴 전자(篆字)체 글씨는 삼척에 퇴조비를 쓴 허목 선생이 쓴 거야. 그리고 식당암에는 이율곡 선생이 쓴 제인대가 있는데 말발굽 제(蹄)자, 어질 인(仁)자, 집 대(臺)자를 쓰거던. 식당암이 아주 오래 되어서 글자가 아련하게 보이지.

저 고산을 가로 지른 게 고산성인데 거기에 동문이 있어. 그게 어

떻게 생겼느냐면 양쪽 문처럼 생겼어. 지금은 부서진 데도 있고 성한 데도 있는데 옛날에 여기에 봉화재가 있었어. 만약에 적군이 바다로 들어오면 송진 가루를 만들어 가지고 봉화불에 그 송진가루를 치면 저쪽에서도 이제 알았다고 송진가루를 치거던. 그러니까 옛날에는 봉화불로 이렇게 신호를 해서 알렸지.

봉화불이 어떻게 연락되느냐 하면 주문진 뒤에 산부레기 거기서 봉화불을 치면 여기서 알지. 그런데 전하는 말로는 마구할미가 알려주어서 패했다는 말이 있지. 군사들이 거기에 있었고 우룡포, 하유대 이게 다 유래가 있단 말이야.

이 쪽에 왕지골이 있어. 그 왕지골은 왕이 패해가지고 울면서 넘어갔기 때문에 왕지골이라 했대. 이런 유래가 마카 전해 내려오고 또 노인봉이니 학소대니 사문다지니 호령봉에도 쫙 유래가 다 있어. 구룡폭포는 내가 보지는 못했지만 금강산 구룡폭포보다 이게 더 낫다고 해. 이 산은 금강산 다음으로 명산이라 해서 소금강이 됐단 말이야. 그래서 금강산, 쇠 금(金)자, 뫼부리 강(剛)자인데 금강산보다 조금 떨어지니까 소금강(小金剛)이라 했는데 그 전의 이름은 청학동

(靑鶴山)이라 했어. 여기서 쭉 내려가면 이심소니 동치소니 진소니 이런 데가 있고 저 밖으로 나가면 용소가 있어.

[아까 그 마귀 할멈이 어떻게 했다고 하셨죠?] 싸울 때 우리 군사가 진을 치고 있었는데 저쪽 군사들이 뒤쪽에서 내리쳤단 말이지. 이렇게 뒤쪽으로 친 것은 그 마귀할미가

"여기서 쳐들어가면 패하지만 저기 척산에서 습격하면 성공할 수 있소."

이런 식으로 다 알려 주었다고 그래. 그런 유래가 전해 내려 온다고.

[이심소는 왜 그렇게 불렀나요?] 그 소의 밑바닥에 이심이가 살았다고 해. 그 이심이가 여의주를 많이 가지고 있었는데 욕심이 많아서 그걸 다 가지고 승천하려다가 무거워서 승천을 못했다는 게야. 그 놈이 물속에 들어 앉아가지고 여름에 아이들이 소를 끌고 와서 풀을 뜯기면 어린이는 놔두고 소를 물속으로 끌고 들어갔다고 해.

어떤 사람이 그 소에 가서 헤엄을 쳐 밑바닥에 들어가 보니까 시꺼먼 굴이 있더래.

또 극락고개라는 데가 있는데 그게 옛날에는 지도리, 안도리란 말이야. 요렇게 안고 돌아간다고 안도리라 했다는 말도 있어. 옛날엔 해일로 길이 났었거던. 그리로 짐을 짊어지고 돌아간다고 해서 지도리라 했어. 지금은 그 길로 다니지 않고 다리를 만들어 놓고 그 다리를 건너 구룡폭포로 들어가지.

[저 아래 소나무가 길 가운데 있던데 그 소나무를 안 베고 소나무 옆으로 길을 냈던데요?] 거기가 옛날에는 지당이야. 그게 남산골인데 퇴곡 1리거던. 그 밑에 있는 개울에 툭 불거져 나온 바위가 있어. 그 곳을 자세히 보면 반달처럼 패인 데가 있는데 거기에 정자가 걸려 있었어. 그 이쪽 바위는 옛날엔 물 복판에 있었어. 지금은 메

워져서 물이 다 나가는 바람에 그렇지 옛날엔 아주 큰 소였어.

그 개울 복판에 넙적한 바위가 이만한 게 있었는데 길에서 돌을 던져서 그 바위 위에 올라 앉으면 아들을 낳는다 하고 물에 빠지면 딸을 낳는다고 했어. 지금도 가보면 정자각 지둥(기둥)을 세웠던 자리가 반달 모양으로 자국이 남아 있는데 병자년에 그만 물에 채껴 내려갔어.

조사일자 : 1996. 5. 5
제보자 : 최헌식 (72세, 남, 연곡면 퇴곡리)
박동인 (75세, 남, 연곡면 퇴곡리)

19. 귀신과 육효점

[할아버지. 요 동네에 혹시 귀신 얘기는 없어요?]

옛날 귀신 얘기는 별로 없고, 6. 25사변 때 실제로 당했던 귀신 얘기가 있어.

이쪽으로 올라가면 저 꼽짝나라라는 데가 있어. 산 이름이 꼽짝나라야. 옛날 구지리 산 중턱까지 올라가면 함병산 이쪽으로 꼽짝나라라는 데가 있는데, 구지리가 이렇게 있는데 길이 그 중허리로 올라가게 되어 있거던. 6. 25사변 때 공비가 산 위로 올라가다가 이 산에서 동상에 걸렸는지 굶어서 그랬는지 그냥 죽었단 말이야. 그런데 그걸 누가 잘 묻어주나? 댕기는 사람이 그저 뭐 엉덩이뼈이건 무슨 뼈이건 그저 보기 싫으니 허부적허부적 그저 대충 이래 놓고 놔둬 버렸지.

이 동네 아주머니들이 그때 산으로 나물을 뜯으러 갔지. 우리 어머니가 살아 계실 때니까 아주 오래 전 일이야. 어느날 우리 어머니가 동네 아주머니들하고 나물하러 갔었다고. 거기에 올라가서 곰취도 뜯고 뭐 여러가지 나물을 뜯으러 갔었는데 그 날 거기서 나물을 캐가지고 저녁에 집에 와 마당에 헤쳐놓는 걸 내가 보고서 이웃에 놀러 갔다가 그날 밤 거기서 자구 집엘 안 왔단 말이야. 그런데 새벽에 내 동생들이 찾아왔단 말이야.

"아이구, 형님."

"왜 왔느냐?"

"어제밤 어머니가 밤새껏 노래를 부르며 앓았어요."

그래 내가 쫓아가 보니 어머니가 드러누워 앓으면서 노래를 부르는데 신세타령을 불러. 신세타령을 어떻게 하는가 하니

"우리 부모들은 내가 살아있는 줄로만 알지. 난 청천에 산천 고혼이 되어 돌아 댕기는데."

이러면서 운단 말이야. 세상에 이런 일이 있나?

그때 우리 동네에 책을 가지고 운수를 보는 할아버지 한 분이 있어서 그 분한테 육효(六爻)점을 쳤단 말이야.

그분은 솔잎을 뽑아가지고 흔들어도 보고 이래요. 그래 물으니까 그걸 훑어 보더니

"그날 여럿이 거기에 갔지만 네 어머니만 일진이 나빴군. 그래서 저 원혼귀신이 붙었어. 총에 맞은 귀신이 산천에 돌아댕겨도 얻어 먹지 못하니 배가 고파서 달라붙었어."

이런 점괘가 나왔어. 귀신이 붙어왔으니 이걸 떼어내야 하지 않겠나? 그래 그 할아버지한테 그 방법을 물으니까

"세 접시에다가 각각 밥을 담고 소금을 조금씩 놓고 칼 하나를 갖고서 그 칼로 사방을 치면서 '이거나 먹고 멀리 가라.'고 외치고 하

루동안 그 칼을 땅에 꽂아놓아라.”

이렇게 비방을 알려주었어.

그래 집에 와서 서둘러 밥과 소금을 접시에 담아가지고 시킨 대로 칼을 마당에다 꽂고 그 옆에 밥과 소금 세 접시씩 담아서 이래 놓았더니 어머니가 금방 멀쩡해지잖아? 그러니 내 생각에는 귀신이라는 게 있지 않느냐 이거야. 그리고 신통한 것이 그 육효점이란 말야. 이 점은 그날 일진도 보고 또 일 년 신수도 본단 말이지. 선무당들이 떠드는 건 아무것도 아니여.

육효점은 그게 함부로 보는 게 아니래요. 그렇지만 운수를 보면 거의 맞는단 말야.

〔육효점이라는 게 뭐죠?〕

육효라는 건 구멍이 뚫린 쇠돈을 던져 괘를 보아서 운수를 풀어내는 점이야. 그건 생년월일을 따져 가지고 보는 점이야.

조사일자 : 1996. 5. 5
제보자 : 박동인 (75세, 남, 연곡면 퇴곡리 소금강)

20. 호랑이를 혼낸 장사

주문진이 원래는 연곡보다 작았지.

주문진은 예전에 신리면에 속해 있었으니까 강릉군 신리면 향호리였으며 여기서 10~15리 들어가면 한 40~50호의 농가가 있는데 여기가 연곡이야. 거기에 최배꼽이란 사람이 살고 있었는데 그게 최배꼽이 아니라 최백호를 그렇게 불렀던 것 같아. 그 사람은 기골이 아주 장대했대. 이 양반이 힘이 얼마나 센지 호랑이가 이 사람 앞에서는 꼼짝도 못했대. 소리를 한 번 지르면 호랑이가 삼십육계 줄행랑을 칠 정도였다고 그래.

그때는 향호리 사람들이 연곡으로 장을 보러 다녔는데 그게 아마 15일쯤 된 모양이야. 거기 가서 장을 보아가지고 진등이라고 하는, 그러니까 지금 교항리를 지나 아주 첩첩 산길을 가는데 호랑이가 뒤에서 쫓아오더래. 그러자 이 사람이 날쌔게 제 자리에서 뛰는데 장정들 키로 한 길 정도를 뛰더래. 호랑이가 오면 제 자리에서 뛰어서 굵은 소나무를 분질러서 그걸 들고 덤비면 호랑이가 도망을 갔대.

한번은 장에 갔다 오는데 호랑이가 뒤를 따라오더래. 이 사람이 방으로 들어가니 호랑이는 마구간으로 들어가더래. 호랑이가 소를 잡아 먹으려고 마구간으로 들어가니 이 양반이 쫓아나가서 마구간 문을 닫아버렸어. 호랑이가 도망가지 못하게 문을 잠그고 안으로 들어가 양쪽 손가락을 호랑이 코에 집어 넣고 마누라보고

"이놈이 남의 집 짐승을 잡아먹으러 들어왔으니 요놈을 잡아야겠어."

하며 도끼를 가져오라 하니까 아내는 그게 호랑인 줄 아니까 무서워서 도끼는 안 가져오고 통사정을 하더래.

"여보, 집에 온 손님을 해꼬지하지 않는 법이니 그냥 돌려보내요."

호랑이가 얼마나 무서운가? 그러니 모르는 척하고 돌려보내 화를 안 당하려 꾀를 낸 거야. 이렇게 애걸하니까 이 양반이 모르는 척하고

"에라, 모르겠다. 어서 나가거라."

하고 밖으로 둘러치니까 호랑이가 너무 놀라 물똥을 싸며 도망쳤대.

그 사람이 죽은 뒤의 일인데 무덤을 옮기려고 파보니까 뼈가 통

뼈더래.

조사일자 : 1996. 5. 12.
제보자 : 김씨 (65세, 남, 연곡면 신왕리)

21. 철갑산과 신선바위

저 능선을 따라 아래쪽으로 쭉 내려가면 철갑산이라고 있는데 거기에 못 미쳐서 호랑바위라고 둥그런 바위가 있어.

어느날 거기에 호랑이가 나와가지고 사람을 물어갔다고. 옛날에는 호랑이한테 물려가면 굿을 했어. 며칠 후에 그 집에서 굿을 하는데 무당이 굿을 하며 춤을 추니까 그 바위 위에서 호랑이가 무당이 춤을 추는 것을 보고 흉내를 내더래요. 무당이 춤을 추는 대로 바위 위에서 따라서 한단 말이야. 그런데 한 포수가 굿을 하니까 호랑이가 틀림없이 또 올 것이라고 생각하고 이쪽 너머에 숨어서 지키고 있는데 과연 호랑이가 호랑바위 위에서 춤을 춘단 말이야. 그래 포수가 총을 쏘니 총에 맞은 호랑이가 그 포수가 있던 근처까지 와서 죽었다고 해요. 호랑이는 그만큼 빠르단 말이지. 호랑이가 얼마나 날쌘지 총에 맞았으면서도 총을 쏜 사람이 있는 자리까지 와서 죽는다는 말이 있어요.

[그게 최근의 일인가요?] 아니지. 옛날에 화승총이 있었지. 임진왜란 이전에도 있었어.

그리고 옛날에 어느 장군이 여기에 와 가지고

"이제 나는 너무 늙어서 전쟁에 못 나가겠다."

하고 입고 있던 철갑옷을 벗어서 걸어 놓았다 해서 저 산 이름이 철갑산이야. 그리고 이래석이 있는데 거기에다가는 옷을 벗어 놓고, 괘석이라는 데가 있는데 거기에다가는 투구를 벗어 걸어 놓았다고 하거던.

또 이쪽으로 올라가면 폭포수가 있는데 그 앞에 있는 수청봉에는 인가가 있었어. 수청봉 들어가는 입구에 폭포수가 있는데 그 노장이 거기서 목욕을 했대. 지금은 유적이 남아 있지 않지만 폭포수 위에 동그랗게 바위가 패어 있고 그 위에 절터가 있는데 그 노장이 거기서 공부를 해서 신선이 되어 오대산으로 올라갔다고 해서 신선골이라 부르지.

조사일자 : 1996. 11. 20
제보자 : 백남혁 (61세, 남, 연곡면 산삼리 부연동)

22. 화재를 예방하는 불금바위

요 앞에 불금바위가 있는데 그게 불을 금하는 바위라는 뜻이죠. 그러니 화금암이라고 불 화(火)자, 금할 금(禁)자, 바위 암(岩)자를 씁니다. 여기에 가끔 큰 불이 나곤 하니까 화재가 나지 않게 해달라고 이렇게 이름을 지었다고 해요.

이 바위는 원래 아주 큰 바위였는데 축항을 할 때 인부들이 이 바위를 깨려고 폭파를 하자 갑자기 멀쩡하던 하늘에서 뇌성벽력이 치며 비가 내리고 파도가 크게 일어났대요. 그리고 휙 하는 소리가 나며 무슨 짐승이 바위 속에서 나오더니 저쪽에 있는 십리 바위로 날아가더래요.

불금바위는 화강암으로 되어 있는데 이 바위가 화기를 누르고 있기에 이 마을에 화재가 일어나지 않는다고 믿고 있어요.

우리 마을에서 강릉에 나가 학문을 배워 뒤에 크게 성공하신 분이 있어요. 그 분이 어린 시절에 여기서 살면서 매일 강릉으로 학문을 배우러 다녔는데 강릉으로 나갈 때나 강릉에서 돌아올 때는 그 바위에 꼭 절을 올렸대요.

그런데 이 바위를 도로를 만드는 재료로 쓰려고 일본 사람들이 깨버렸거던요. 불금바위를 발파할 때 일어난 일이지요. 그 바위를 발파하던 책임자가 갑자기 비명을 지르면서 쓰러졌는데 강릉에 있는 병원으로 가다가 도중에 길에서 피를 토하며 죽었어요. 그리고 파도가 잔잔해진 뒤에 귀가 있는 큰 짐승(지킴이)이 죽어서 물위에 떠다니던 것을 우리도 분명히 보았어요.

조사일자 : 1994. 6. 23.
제보자 : 홍순남 (61세, 남, 사천면 진리)

23. 사찰 살린 불가사리

고려 말에 신돈이란 중이 있었단 말이야. 원래 신돈은 애를 백 명이나 둘 팔자를 타고 났대. 그렇지만 중이 어찌 애를 갖을 수 있겠나?

그런데 신돈은 불당에 부처를 모셔놓고 마루 밑에 구덩이를 파놓았대. 여자가 부처 앞에 와서 애를 낳게 해달라고 빌면서 절을 하면 마루 밑에 괴어 놓은 것을 넘어뜨려 여자가 구덩이 속에 떨어지도록 만들어 놓고 자기가 임신을 시켰단 말이야. 그리고는 부처님이 영험해서 애 못 낳는 여자가 부처님께 불공을 드리면 틀림없이 아이를 낳는다고 소문을 쫙 내었거든.

옛날엔 아들이 없으면 부모를 모시지 못하고 기제사(忌祭祀)도 못 하니까 여자가 쫓겨나기도 하고 아들을 낳을 때까지 첩을 받아드려야 한단 말이야. 그러니 정승이고 판서이고 대가집 부인들 중에 애를 못 낳은 여자들은 그 절에 가고 싶어 안달을 하더래.

그런데 김 정승이 있었는데 그 부인도 아이를 낳지 못했대. 부인이 그 절에 가서 치성을 드리면 애를 낳는다는 말을 듣고 자기도 거기에 가서 불공을 한번 드려보고 싶거던. 그러니

"여보. 다른 여자들은 그 절에 가서 불공을 드려 모두 아들을 낳았다 하니 나도 한번 가서 치성을 드리고 오겠소."

하며 조르더래. 그런데 남편은 허락을 않는 게야.

"아들 낳을 팔자를 타고 나지 못한 사람이 불공을 드린다고 해서 어찌 낳겠소. 부질없는 짓이오."

그렇지만 아내가 생각해보니 아들을 못 낳아 이 집 혈통을 끊는 것은 칠거지악에 들어간단 말이야. 집에 돈이 없나, 몸이 약하나? 남들은 절에 갔다 와서 애를 쑥쑥 낳는데 가만 앉아서 꿍꿍 속만 태우니 도저히 참을 수 없단 말이야.

"이 집안 손을 끊을 수야 없지 않소? 남들은 다 소원을 이루니 혹시 아오? 제발 소원이니 허락해 주오."

날마다 부인이 간절히 청하니 거절할 수가 없더래.

"부인의 소원이 정 그러하다면 내가 허락을 하겠소. 그대신 장에 가서 가장 얇은 옷감을 몇 필 끊어오시오."

제일 얇은 비단은 명주거던. 하인을 시켜 장에 보내가지고 명주

몇 필을 끊어오니

"절에 가서 빌려면 몸가짐을 단정히 해야 하니까 이 명주로 속옷을 여러 벌 지으시오."

이러더래.

옛날에 여자들이 입는 속옷은 단중의라는 것이 있고 고쟁이도 있었거던. 단중의란 옷은 가닥이 이렇게 넓고 고중의란 옷은 속이 휑하단 말이야. 그래 단중의를 열 벌을 짓고 또 고쟁이를 열 벌을 지으니 모두 20벌을 만든 게야. 그런 뒤에

"사가에서 입는 옷은 깨끗하지 못하니 이걸로 바꿔 입고 가시오."

이러면서 단중의를 입고 그 위에 또 고쟁이를 입으라고 하더래. 이렇게 20벌을 껴입어봤자 웬체 옷감이 얇으니 두터운 바지 한 벌 입은 정도밖에 안되지.

이튿날 정성껏 만든 새 옷으로 갈아입고 절로 갔어. 가서 불당에 꿇어 앉아 애를 낳게 해달라고 빌고 백 번, 천 번 무릎이 닳도록 엎드렸다가 일어나고, 엎드렸다가 일어나고 이러고 있는데 신돈이 구덩이 속으로 들어가 마루를 고여놓은 지주목(支柱木)을 툭 치니 부인이 마루 밑으로 떨어졌단 말이야. 갑자기 떨어지니 정신이 아찔해서 한동안 정신을 잃었어. 기절을 한 게야. 이때 한 쪽 구석에서 기다리고 있던 신돈이가 달려들어 여자의 옷을 벗기고 자기 욕심을 채웠단 말이야. 신돈이란 놈이 애를 백 명이나 둘 팔자니 어떤 여자라도 한번 동품을 하게 되면 아이를 낳게 된단 말이야. 그래 이 부인도 신돈이한테 욕을 당하게 된 게야.

부인이 명주 옷을 스무 겹이나 입었으니까 신돈이 여자의 옷을 벗기려니 미끄러워서 쉽게 벗길 수 있나? 이리저리 옷을 밀치고 여자의 배 위에 올라가서 급한 대로 제 욕심을 채웠어. 이러고 있는데

밑에 깔린 부인이 가슴이 답답하니까 정신을 차렸어. 정신이 들어 위를 보니 중놈이 제 몸뚱이 위에 올라타 있단 말이야. 그러니 부인이 그 중놈한테 욕을 당한 줄 깨닫고 힘껏 중놈을 밀쳐내고 일어나 무릎 밑까지 내려간 옷을 끌어 올리고 나서

"네 이놈. 중놈이 이 무슨 해괴한 짓이냐? 나는 정승의 부인인데 네 놈이 감히 나에게 이런 몹쓸 짓을 하고도 목숨이 성할 것 같으냐?"

하고 호통을 치니 그 중이

"부인의 권력으로 본다면 나같은 사람은 백 명이라도 잡을 수 있겠지만 만약 나를 죽이려 할 것 같으면 저절로 부인의 흠이 들어나게 될 것 아니요? 그러니 이런 일은 부인이 알고 나만 알면 그만이니 입을 다무는 게 이로울 것이요."

이런단 말이야. 부인이 그 말을 듣고 보니 사실 그렇거던. 마음 같아서는 이 중놈을 당장 죽이고 싶지만 그러자면 자신의 치부가 들어날 것 같으니 속으로는 분을 이기지 못하면서도 할 수 없이

"네 놈을 당장 죽이고 싶지만 용서를 해 줄 테니 다시는 이러한 짓을 하지 마라."

이렇게 말하고 돌아왔단 말이야.

부인이 집에 돌아오니 정승이 부인이 타고온 가마를 곧장 사랑으로 모셔오라고 하더래. 그러니 절에 갔다온 옷차림으로 남편이 있는 사랑으로 들어갔거던. 그러자 정승이

"당신이 절에 갈 때 입은 옷은 정결한 옷이니까 집에서 입어서는 안되오. 그러니 옷을 벗어 잘 보관해 두어야 효험이 날 터이니 이 방에서 전에 입던 옷으로 즉시 갈아 입으시오. 옷은 내가 잘 보관하겠소. 그 옷을 안방으로 입고 들어가면 부정을 타니 안 되오."

이러니 할 수 없이 그 방에서 옷을 갈아 입었대. 그런데 명주옷은 물 한 방울만 묻어도 얼룩이 진단 말이야. 더구나 그 옷을 입은 채 일을 당했으니 옷이 성할 턱이 있나? 남자의 흔적이 이곳저곳에 얼룩져 남아 있단 말이야. 이걸 본 정승이

"부인이 절에 불공을 드리러 간 줄 알았더니 어디 가서 바람을 피고 왔구만."

이런단 말이야. 이 말을 들은 부인이 너무 챙피하니까

"그런 게 아니라 여자는 한 달에 한 번씩 달거리를 하지 않소? 그래서 그게 묻어 이런 흔적이 남은 게요."

라고 둘러댔단 말이야. 그러나 정승은 다 짐작을 하고 있으니 속일 수 없지.

대감이 눈을 사납게 뜨고 부인을 노려보면서

"내가 뻔히 알고서 묻는데 왜 거짓말을 하오? 바른 대로 말을 하면 죄를 용서해 주겠지만 끝내 속이려 든다면 가만 두지 않겠소."

이러니 죄진 사람이 무슨 면목이 있겠나? 그래 털어놓더래.

"사실은 제가 치성을 드리고 있는데 그 중놈이 여차여차 해서 욕을 당한 게요."

그간의 경위를 다 이야기하니 정승은

"이번 일은 따지고 보면 내 잘못이 크오. 부인은 애를 낳을 욕심에 절에 간 것밖에 무슨 죄가 있겠소? 나는 그 중놈의 소행을 일찍부터 짐작하고 있었소. 숱한 사람들이 그 중놈의 절에 갔다오면 애를 낳으니 그게 다 그 중놈의 새끼지 부처의 덕이 아니오."

이렇게 안심을 시킨 뒤 나라에 상소를 올렸단 말이야. 어느 절 중놈이 부처님을 빙자하여 애 못 낳는 여자를 꼬여 제 욕심을 채우니 중놈들을 모두 잡아다 없애버려야 한다고 간곡히 상소를 올렸대.

그 상소를 받아본 임금이 중놈을 다 잡아 올리라 명령을 내리니 중들이 다 잡혀들었어. 그래 중들이 거의 잡혔는데 도승 한 사람은 아무리 잡으려 해도 잡히지 않더래. 아무리 잡으려 해도 못 잡으니 나라에서

"양반이든 상놈이든 그 도승을 잡는 사람에게는 천 금(千金)에 만 호(萬戶)를 봉하겠다."

이런 방을 붙이니 사람들은 그 도승만 잡으면 팔자를 고칠 수 있으니까 모두를 잡으려고 애를 쓴단 말이야.

그 도승이 저를 잡으려고 군졸들이 혈안이 되어 있으니까 피해다니다가 그만 지쳤더래. 그런데 제 누이동생이 한양에 살고 있으니까 매제가 군졸이긴 하지만 설마 나를 잡으랴 싶어 누이동생 집으로 찾아갔어. 숨어 다니느라고 여러날 동안 밥을 굶었으니 밥이라도 실컷 얻어먹어 보자고 갔단 말이야. 날이 어둡기를 기다려 누이동생의 집에 가니

"아이 오라버니 오셨소? 어서 안으로 들어오시오. 지금 오라버니를 잡는 사람한테 나라에서 천 금을 주고 만 호를 내린다니까 모두들 오라버니를 잡으려고 야단이니 행여 이웃 사람 눈에 뛸가 두렵소. 누가 보기라도 하면 금방 잡혀갈 것이니 어서 이리로 들어와 숨으시오."

하며 정지에 끌고 들어가 궤를 열고서

"아무에게도 발각되면 안 되니 얼른 이 속에 들어가시오."

이러니 숨겨주려는 줄 알고 그 속에 들어갔더니 궤짝 문을 탁 닫고 열쇠를 잠그더래.

도승이 그 안에서 생각하기를 나를 여기다 숨겨두고 밥이라도 지어오려나 하고 아무리 기다려도 개코도 안 가져온단 말이야. 그런데

얼마 뒤에 매제가 중을 잡으러 다니다가 돌아오더래. 누이 동생이 반갑게 맞으며

"오늘 중을 얼마나 잡았소?"

이러니 매제가

"하, 오늘은 제수가 없어 한 놈도 못 잡았네."

이러거던. 그 말을 들은 누이동생이 기가 돋아서 자랑을 하더래.

"나는 집에 가만 앉아서 한 놈을 잡았소."

"아이, 어떤 놈을 잡았단 말인가?"

"아, 내 오라버니가 중이지 않소? 그 도승을 잡아서 저 궤속에 가두어 두었소."

이러니 매제가 이러더래.

"그렇다면 이제 우리는 천 금 상(賞)에 만 호 봉을 얻게 됐으니 이거 팔자가 쩍 벌어지게 되었군. 그러니 오늘 저녁엔 실컷 배불리 먹어보세. 내가 중들을 잡으러 다니다 보니 배가 얼마나 곯았는지 기운이 다 빠졌으니 우선 배부터 채워야겠오."

매제는 밖으로 나가더니 술 한동이를 가져오고 돼지를 잡아서 잔치를 마련하고 누이동생은 떡을 하고 닭을 잡아 상을 가득 차리더래.

상다리가 휘어지게 채려놓고 음식을 먹으려는데 매제가

"처남은 이제 죽을 사람인데 우리끼리만 이렇게 먹을 수 있나? 그동안 도망다니느라 고생깨나 했을 테니 처남도 같이 먹도록 하세. 아무리 중이라도 배가 고프면 돼지고기, 닭고기를 보면 침이 안 넘어가겠나? 그리고 안주가 좋으니 우리에게는 술이지만 곡차가 제맛이 날꺼네."

이러면서 궤짝 문을 열고 처남을 끌어낸단 말이야.

매제는 술상 앞에 앉혀놓고 시퍼런 칼로 삶아놓은 돼지고기를 숭숭 썰어서 먹으라고 자꾸 권한단 말이야. 중은 이제 나는 죽을 몸이니 그까짓 것 사정볼 것 없고 체면 채릴 것 없이 실컷 먹어보고 죽겠다고 배가 터지게 먹었단 말이야.

얼마큼 배가 부르니 매제가 처남한테

"처남, 내가 할 말이 좀 있소."

이런단 말이야.

"뭔 얘기인가?"

"내 처는 처남과 같은 혈육이지 않소? 이 세상에 혈육보다 더 가까운 게 어디 있소? 그런데 천 금 상, 만 호 봉이 도대체 뭐길래 자기 오래비도 모르고 오래비를 잡아서 나라에 바치고 천 금 상, 만 호 봉을 얻어서 저만 잘 살려고 하니 이게 사람이 할 짓이요? 저는 이런 아내와는 같이 살 수 없소. 이런 여자 뱃속에서 씨를 받는다면 어찌 올바른 자식이 나오겠소?"

매제는 이러면서 칼을 꺼내더니 아내를 찔러 죽이더래. 그러더니

"이젠 우리가 처남, 매부로 살 수 없으니 헤어집시다."

이러더래. 그런데 도승이 술을 먹으면서 손바닥에 무엇을 쥐고서 자꾸 주물럭거린단 말이야. 그러다가 도승은

"우리가 이제 헤어지게 되면 다시는 만나기가 어려울 걸세. 혹시 필요할 때가 있을 테니 그때 이걸 꺼내보게."

손을 비비적거리더니 뭘 준단 말이야. 이건 쥐새끼도 아니고 새새끼도 아닌, 이상한 별처럼 생긴 것을 주거던. 그러더니 흔적도 없이 사라져 버리더래.

매제는 처남이 준 이상한 짐승을 가지고 요리저리 살펴보았지만 도대체 이게 뭔지 알 수 있나? 손끝으로 꾹꾹 찌르면 꿈질꿈질 하는

데 참 희한하단 말이야. 그런데 복판에 바늘 하나 들어갈 만한 틈이 보인단 말이야. 반짇그릇에서 바늘을 꺼내 가지고 이게 뭔 구멍인가 하고 그 구멍을 후비니까 딸각하면서 그 바늘끝을 몽땅 끊어 먹는단 말이야. 바늘을 더 밀어 넣으니까 또 끊어 먹으니 이번엔 못을 가져다가 쑤셔 넣으니 이걸 또 끊어 먹더래. 그러면서 주둥이와 몸이 불어난단 말이야. 그래 또 호미니 낫이니 쇠스랑이니 하는 농기구를 넣었더니 이놈이 몽창몽창 끊어 먹으면서 몸이 불어나 등치가 개만 하고 송아지만 하게 커진단 말이야. 그러더니 밖으로 껑충 뛰어나가서는 쇠붙이만 보면 덥썩덥썩 집어먹는단 말이야. 그게 뭐냐 하면 무엇이든 잡아먹는 불가사리야. 쟁기, 보습이나 솥뚜껑이나 닥치는 대로 집어 먹으니 송도에 쇠붙이란 쇠붙이는 씨가 마르더래. 농사를 지으려니 농기구가 있나, 밥을 지어 먹으려니 솥이 있나? 그러니 나라안이 난리가 났네.

이러니 그놈을 잡아 죽여야 된다고 상소가 빗발치게 올라오더래. 그래 큰 독을 만들어 놓고 그 놈을 잡아 집어 넣은 뒤 벌겋게 불을 달궜단 말이야. 이러면 그놈이 불에 타 죽을 줄 알았는데 웬걸 녹지도 않고 죽지도 않고 기어나와 달아난단 말이야. 그런데 이놈의 몸뚱이가 닿기만 하면 불이 붙는단 말이야. 나무에 닿으면 나무에 불이 붙고 지푸라기에 닿으면 지푸라기에 불이 붙고, 집에 닿으면 집에도 불이 붙는단 말이야. 그러니 송도 전체가 불바다가 되거던.

나라에서 이놈을 없애려고 아무리 애를 써도 어쩔 도리가 없더래. 그러니 또

"저 놈을 없애는 사람에게 천 금 상, 만 호 호를 봉하겠다."

이런단 말이야. 그런데 매제는, 그 도승이 이것을 자기한테 줄 때에

"만약에 이 놈 때문에 급한 일이 생기면 도승이, 도승이 하고 하

고 나를 세 번만 부르게."
이랬던 기억이 난단 말이야. 그래 급하니까
"도승이, 도승이, 도승이."
이렇게 세 번을 불렀어. 그러자 등 뒤에서 처남이 나타나
"왜 나를 부르는가?"
한단 말이야.
"처남, 이거 큰 일이 났소. 처남이 준 그 불가사리의 작폐가 심해서 저놈을 없애면 나라에서 천 금 상, 만 호 봉을 내린다 하니 처남이 저 놈을 없앴으면 하오."
그 말을 들은 처남은 뭐라고 중얼거리며 손가락질을 하니 그 불가사리가 쪼그라들어 죽으면서 갑자기 날이 어두워지며 비가 쏟아져 불에 타던 집과 벌겋게 닳았던 쇠가 금방 식는단 말이야. 그런데 나라에서 저 불가사리를 없애는 사람한테 천 금 상, 만 금 후를 봉하겠다고 이미 약속했으니까 불가사리를 잡은 사람을 들어오라 해서 약속대로 상을 주고 봉작(封爵)을 내리려고 하니
"저는 천 금 상, 만 금 후를 원치 않습니다. 대신 소원 한 가지를 들어주었으면 합니다."
이러니 왕이
"그렇다면 그 소원이 무엇이냐?"
하고 묻는단 말이야.
"나라에는 불교가 있어야 하는데 이제 중들을 다 잡아드리라 하시니 만약 중이 모두 없어지면 어찌 절이 있겠습니까? 그러니 저한테 상이나 벼슬을 내려주시는 대신에 중을 잡는 일을 중단시켜 주셨으면 합니다."
이렇게 사정사정하니 왕이 곰곰 생각해보니 중이 있어야 절이 있

고 절이 있어야 못된 인간을 바르게 교화시킬 수 있겠거던. 절이 있어야 나라에 유익한 점이 많을 것 같으니까

"네 뜻이 그렇다면 네 말대로 하겠다."

이래서 그 중들이 다시 살게 된 게야. 그러니 불가사리 덕으로 절이 다시 살아나게 되었다고 해.

조사일자 : 1999. 5. 27.
제보자 : 김일룡 (82세, 남, 사천면 진리)

24. 큰돌바위

제가 초등학교에 다닐 때 상할머니한테 들은 얘긴데요. 큰돌바위가 있는데 그 바위는 아주 큼직한 바위인데 거북이 등처럼 틈이 나 있어요. 그러니 벌어진 바위 틈 사이로 나뭇가지나 뭐 이런 걸 집어넣고 돌아가며 돌릴 수 있거던요. 틈이 요래 거북이 등처럼 되어 있으니 어느 부분에라도 나뭇가지를 집어 넣으면 건너편 마을 유부녀들이 바람이 난다고 해요.

〔그러니까 작대기 같은 걸로 그 틈 속에 집어 넣는다는 말씀인가요?〕

그렇지요. 벌어진 바위 틈속으로 돌멩이를 집어넣고 흔든다든지 집어넣으면 맞은편 마을 유부녀들이 바람이 난대요. 유부녀만 그런지 처녀도 그런지는 모르지만 하여간 젊은 여자들이 밥을 짓거나 설겆이를 하거나 논 일을 하거나 밭을 매다가 사람들이 바위틈속에 뭘 집어넣고 쑤시면 바로 바람이 난다는 거죠.

〔그럼 어떤 남자들과 바람이 나는가요?〕

그건 잘 모르겠어요. 다른 마을 사람과 바람이 나는지 여기에 혼자 사는 남자와 바람이 나는지 모르겠어요. 하여간 일을 하다가 바람이 나게 되면 갑자기 일에는 정신이 없대요. 그러니 마을 어른들이 이게 걱정이 되니까 그 곳으로 나무를 하러 가는 사람이나 그 곳에서 노는 아이들한테 바위틈에 아무것도 집어넣지 말라고 자주 말하곤 했지요.

그러니 우리 여자들은 망칙해서 그곳에 가질 않았는데 얼마 전에 한번 가보니 무슨 글씨가 바위에 박혀 있데요.

〔예, 『강릉 박씨 세장동』이란 글자 말이군요?〕

그전에는 그게 없었는데 최근에 길을 내면서 다리를 놓던 어떤 사람이 장난삼아 그렇게 새겨놓은 것 같아요. 미노리에는 밀양 박씨만 사는데 어느 강릉 박씨가 일부러 그렇게 써 놓은 것 같아요. 강릉 박씨도 있다는 것을 일부러 알리려고 한 것 같아요. 이걸 본 밀양 박씨가 그걸 깎아내던지 파내라고 법석을 떨었대요.

〔왜 기분이 그렇게 나빴을까요?〕

밀양 박씨들이 볼 때는 자기들 터전에 강릉 박씨란 표시가 새겨져 있는 것도 거슬릴 테고 또 이 마을에 나쁜 전설이 있으니까 그렇지요. 마을 앞에 있는 바위가 여자의 성기 모양을 하고 있으니까 기분이 안 좋은데 강릉 박씨란 표시까지 그 바위에 새겨놓았으니 그걸 깨라고 한 거죠.

조사일자 : 1996. 6. 16.
제보자 : 조복현 (50세, 여, 사천면 하방동리)

25. 정승의 양자

우리나라 풍속에 자식이 없으면 양자를 들이거던.

어느때 정승을 지낸 분이 있었는데 재산은 많으나 아들이 없으니까 양자를 얻으려 했대. 그런데 정승을 할 만한 아이를 양자로 들이려 했지만 서울에는 그럴 만한 아이가 없디래. 그래서 시골에 가서 양자를 얻으려고 종친이 많이 사는 곳으로 찾아 갔더니 이 양반이 한 때 정승까지 지냈고 재물도 많으니까 행세깨나 하는 종친들이 자기 아들을 양자로 주려고 앞을 다투어 잔치를 열고 이 양반을 청하더래.

그런데 어느 종친 집에서 아버지가 죽고 어머니와 아들만 살고 있는데 그 집 형편이 얼마나 어려운지 거지보다 못하게 살고 있더래. 이 아이는 나이가 여나믄 살쯤 되었으니까 매일 산에 가서 나무를 해 왔대. 그날도 나무를 해가지고 마을에 내려와 보니 어느 집에서 잔치집처럼 음식을 잔뜩 채려놓고 웬 손님을 대접하느라고 법석대더래. 거지처럼 누덕누덕한 옷을 입은 아이가 그집 대문 앞에서 기웃거리니 아무도 본 척을 않고 음식도 안 주더래.

그런데 그 양반이 우연히 대문 밖을 내다보니 웬 아이가 밖에서만 빙빙 돌며 꿀꿀거리거던. 마치 돼지처럼 소리를 내면서 돌아 댕긴단 말이야.

옛날에는 청지기가 있었어. 집에서 부리는 종이 있고, 또 글 잘하는 사람을 사랑방에 두고 일을 시키는 사람을 청지기라 했어. 그래 그 양반이 데리고 간 청지기를 불러가지고 그 아이가 누구인지 알아보라 시켰단 말이야.

청지기가 문밖에 나가 떡 보니 어떤 아이가 돌아다니는데 괜찮게는 생겼지만 옷이 원체 남루하게 입었거던. 그래 그 아이를 불러 물었어.

"너 지금 혼자서 무어라고 했느냐?"

"나도 사람인데 저희들끼리만 배가 터지게 먹고 나한테는 아무것도 주지 않으니 그건 돼지나 할 짓이 아니오? 그래 돼지소리를 낸게요."

"네 성이 무엇이냐?"

"아무 성이요."

그러고 보니 그 양반의 성과 같단 말이야.

"그렇다면 너도 이 집안과 같은 종씨가 아니냐?"

"집안 사람이라고 다 사람이요? 저만 잘 먹고 옷만 잘 입으면 그게 사람이요?"

이 아이가 비루한 옷을 입긴 했지만 말을 하는 걸 들으니 보통 아이들과는 좀 다르더래. 청지기한테 이 말을 들은 양반은 그 아이를 안으로 불러들여서 먹을 걸 주어 배불리 먹인 뒤 목욕을 시켜 깨끗한 옷을 입혀보니 인물이 아주 잘 났단 말이야. 그래 이 아이를 양자로 삼았대. 그러자 종친들은 제일 가난한 아이를 양자로 고르는 걸 보고

"정승을 지낸 사람도 별 것 없구나. 하고 많은 애들 중에서 하필이면 저런 거지 아이를 뽑다니."

이러면서 뒤에서 흉을 보더래.

이 양반이 그 아이를 서울로 데려다가 글을 가르치니 처음엔 시키는 대로 착실히 잘 따라 하더니 며칠 후부터는 더 이상 배우려 하지도 않고 글을 외우려고도 하지 않더래. 글자를 가르치면 그걸 외

워야 하는데 당초에 외우려고 하려 않는 게야. 한 이십 여일이 지나도 여전히 그런단 말이야.

그러니 양반이 생각해보니 아무래도 안 되겠다 싶어 다시 돌려보내려 했대. 아예 글을 읽으려 하지 않고 놀기만 하니 커서 정승이 되기는 다 틀렸다 이게야. 그런데 정지기가 보니 양반이 그 애를 돌려 보내려 하는데 일이 좀 딱하게 되었거던. 그래 그 애를 주인이 모르게 반나가시고

"왜서 공부를 안해 쫓겨가려고 하시오?"

물었거던. 그러니 그 애가

"가라면 가고, 오라면 와야지 나로서는 어쩔 수 없지 않소?"

이런단 말이야. 그러면서

"글을 배우면 뭘 하오? 책이 한 두 권이 아니니 그 많은 책을 배우려면 하루에 한 권씩 죽을 때까지 배워도 다 배울 수 없지 않소?"

그 많은 책을 다 배우려면 죽을 때까지 배워도 다 배우지 못하니 배워서 뭐 하느냐는 게야.

"그래도 글을 배워야지 안 배우면 어찌 되겠소?"

"글이란 성명 석 자만 알면 되지 그 이상은 무슨 소용이 있소?"

이 아이가 이러니 청지기가 기가 막혀

"그렇지만 하늘 천, 따 지 하는 천자문은 알아야 하지 않소?"

기본은 알아야 하지 않느냐 이게야.

"하늘 천, 따 지에서부터 온 호(乎), 이끼 야(也)까지는 나도 다 아오."

천자문 맨 끝이 온 호, 이끼 야거던. 그런데 천자문 끝까지 다 안다고 한단 말이야.

그런데 과연 며칠이 지나자 양반이 청지기를 부르더니

"저 애를 제 집으로 돌려보내야 되겠네."

이러니 청지기가

"영감님. 글공부는 않지만 다른 재주는 있을 지 모르니 그걸 한번 시험해보고 나서 보내도 되지 않겠습니까?"

그래 며칠을 더 두고 보기로 했단 말이야.

어느날 정승이 출타를 하려다가 아이를 불러 들이더니

"내가 오늘 조정에 일이 있어 나갔다 올 테니 그때까지 이 담배씨가 몇 개나 되는지 세어 놓아라."

이러면서 담배씨 한 말을 내준단 말이야. 담배씨는 아주 작단 말이야. 그걸 내일 파종할 테니 몇 개인지 세어 놓으라 한단 말이야.

그런데 이 작은 씨를 어찌 다 세나? 그런데 양반이 나간 뒤 이 아이는 아무 걱정 없이 마을 아이들하고 어울려서 글을 가지고 글장난을 치고 원님이 백성들의 송사를 판결하는 사또놀이를 하면서 하루 종일 놀기만 한단 말이야. 양반이 돌아올 때가 되었는데도 장난질을 하며 놀기만 하더래. 청지기가 보니 양반이 시킨 일은 아예 할 생각도 않고 있으니 걱정이 되거던. 그래

"도련님, 도련님."

하고 불렀단 말이야.

"아, 주인께서 아침에 시킨 일은 하지 않고 어찌 하려고 놀기만 하시오?"

"아, 참. 내가 노는데 정신이 팔려서 깜박 잊어먹고 있었소. 그런데 저울 좀 가져다 주시오."

청지기한테 하인을 시켜 저울을 가져오게 하고는 밖으로 나가서 같이 놀던 애들을 일 이 십 명이나 데리고 오더래. 그리고는 담배씨를 한 근을 저울에 달고는 그 담배씨를 아이들한테 나누어주면서

각자 나누어준 담배씨가 몇 개인지 세어보라 하니 금방 몇 개인지 그 숫자가 나오더래. 이걸 모두 합치니까 담배씨 한 근의 개수가 모두 얼마인지 나올 게 아닌가. 그리고 나서 담배씨 한 말이 몇 근인지 달아가지고 그 숫자를 곱하니까 한 말에 담배씨가 모두 몇 개인지 나온단 말이야. 이래가지고 담배씨 한 말이 모두 몇 개라 이게야.

정승이 돌아와서 이 아이를 보고

"그래 몇 개인지 다 세어 보았느냐?"

하고 물으니

"모두 몇 개입니다."

이러거던. 이러니 양반이 이 아이 머리가 보통이 아닌 걸 알게 되었대.

이래서 이 아이는 양자가 되었는데 몇 년이 지나 과거시험이 있었어. 그 때까지도 공부를 하지 않았으니 아이보고 과거시험을 보러 가라고 할 수 없어 망설이고 있는데 그 아이가 자진해서

"이번에 과거시험을 치루러 가겠습니다."

이러더래. 그러니 양반이 과거에 붙을지 걱정을 하면서도 허락을 하더래.

이 아이가 과거시험장에 나가 문제를 보니 친구들과 서당에서 배운 걸 가지고 글장난을 치던 내용이니 이건 다 아는 문제라. 이러니 척 써내니 장원을 했대.

그러자 임금이 이 아이를 불러서 백성 다스리는 방책을 물으니 사또놀이할 때 해 본 일이라 척척 대답하니 감탄을 하더래.

이 아이가 뒤에 정승자리까지 올랐대.

조사일자 : 1999. 5. 1.
제보자 : 최돈춘 (88세, 남, 사천면 덕실리)

26. 남의 복으로 누린 부귀

어떤 양반이 한양에서 살았는데 글은 많이 알고 있었지만 집이 원체 가난해서 먹고 살 수가 없단 말이야. 식구라곤 두 내외뿐인데도 먹고 살기가 힘드니 앞이 캄캄하더래. 그런데 엎친 데 덮친 격으로 부인이 임신까지 해서 해산할 날짜가 임박했으니 살 길이 더욱 아득하단 말이야.

그러던 어느 날 남편이 부인을 보고

"여보, 차라리 시골에 내려가서 삽시다."

그러니 부인이

"우리가 여기서 살아도 돈 한 푼이 안 생기는데 시골에 가서 산다고 무슨 수가 있겠소?"

하고 반대를 하더래.

"그러지 말고 시골에 가서 당신은 바느질 품이라도 팔고 나는 아이들한테 글을 가르치는 훈장이라도 하면 먹고 살 수는 있을 게 아니오?"

남편이 이렇게 말하니 아내는 그 방도밖에는 뾰족한 길이 없겠단 말이야.

"그럼 그렇게 합시다."

그래 내외가 집을 떠나서 시골로 가는데 며칠을 못 가서 몇 푼 안 되는 돈이 바닥이 났대.

그날도 길을 가다가 벌써 해가 저무는데 보니 객주집이 있거던. 배가 고프고 기운도 없어 더 이상 걸을 수 없으니 부인은 안쪽 방으로 들어가고 남편은 남자들이 자는 사랑방에 들어갔어. 그런데 방에는 벌써 어떤 나그네가 먼저 와 있더래.

조금 있으니 객주집 주인이 오더니

"저녁 진지를 드릴까요?"

하거던. 남편은 그 소리를 들으니까 배가 더 고프지만 시침을 떼고

"미안하오. 저녁은 이미 먹고 왔으니 내일 아침만 해 주시오."

이랬어. 객주 집에서는 밥을 팔아주지 않으면 잘 재워주지 않으니까 이렇게 둘러댔지만 실은 점심도, 저녁도 굶었으니 시장하기가 말할 수 없지.

먼저 와 있던 나그네는 심심하니까 이 사람의 눈치를 보며 말을 자꾸 걸어오는데 이 사람은 워낙 배가 고프니 말할 기력이 없더래. 그래

"실례이오만 전 먼저 자겠습니다."

하고 누워서 눈을 감고 자려 했지만 원체 배가 고프니 잠이 오지 않더래.

자꾸만 잠을 자려고 애써도 풋잠만 잠깐 들고 하는데 밖에서 주인이

"손님, 주무시오?"

하고 다급한 목소리로 부르더래. 웬 일인가 싶어 일어나 문을 여니

"당신 부인이 지금 애를 낳았소."

이런단 말이야. 부인이 애를 가졌고 낳을 때가 되었기도 했지만 아직 의지할 곳도 정하지 못했는데 여기서 덜컥 딸까지 낳으니 앞이 캄캄하더래. 그러니 남편이 그 말을 듣고서 자기도 모르게

'둘이 죽는 줄 알았는데 하룻밤 사이에 셋이 죽게 되었구나.'

하며 한숨을 푹 쉬더래. 노자가 떨어져 점심도 저녁도 못 먹었으니 죽을 지경인데 애까지 낳아 놓으니 이젠 셋이 다 굶어죽게 되었다

이게야.

먼저 와 있던 나그네가 이런 사정을 눈치를 채고 주인을 부르더니

"여기는 큰 객주집이니까 미역이 있을 것 아니오?"

이러니까

"예, 있습니다."

하더래.

"그럼 한 단을 가지고 국을 끓이고, 쌀도 한 말을 꺼내서 밥을 지어 산모한테 실컷 먹이고 이 방에도 한 상을 채려오시오."

그래 주인이 시킨 대로 산모한테 미역국과 쌀 밥을 가져다 주고 이 방에도 한 상을 채려오니 이걸 먹으라고 하더래. 그 사람이 미안하면서도 고마워서

"왜 이렇게 나까지 밥을 주시오?"

하니 그 나그네는

"보아하니 밥을 몇 끼 굶은 것 같은데 아무 생각 말고 마음껏 드시오."

이런단 말이야.

이 나그네가 미역 한 단과 쌀 한 말로 식사를 미리 시켜 놓았으니 며칠간은 먹을 수 있거던. 이래 며칠을 지내고 나서 그 객주집을 나서려고 하니 그 나그네가

"내가 돈이 좀 있기에 팔도에 구경을 다니고 있는데 마침 여유가 있으니 당신한테 백 냥을 주겠소. 양반 체면에 남한테 신세를 질 수도 없을 것이고 또 애까지 낳았으니 돈이 아주 필요하지 않소? 내가 구경을 다니면서 쓰는 것보다 당신이 쓰는 게 더 가치가 있을 것이니 걱정 말고 이 돈을 쓰시오."

이러면서 돈을 준단 말이야. 그렇지만 어찌 생면부지의 사람이 주는 돈을 덥썩 받을 수 있나?

"제가 며칠간 신세를 진 것만 해도 고맙기 짝이 없는데 무슨 염치로 이 많은 돈을 받을 수 있겠소?"

한동안 가져가라거니 받을 수 없다거니 하다가 원체 궁하니까 못 이기는 체하고 받기로 했대.

"그렇다면 성명이라도 알려 주세요."

"그런 건 알아서 무얼 하겠소. 아무 소리 말고 요긴하게 쓰시오."

그 사람이 돈을 받고 생각하기를 이렇게 큰 돈이 생겼으니 굳이 시골에 갈 필요없단 말이야. 다시 한양에 돌아가 살면 되겠다 싶어 그 길로 올라왔더래.

한양에 올라와서 그 돈으로 장사를 했더니 그 돈이 복전(福錢)이어서인지 장사를 할 때마다 돈이 불어나고 남한테 이자를 놓아도 떼이지 않고 꼬박꼬박 이자가 들어와 갈수록 재산이 마구 늘어난단 말이야.

이러기를 십 년이 지나고 또 몇 년이 더 지나자 그때 낳은 딸이 시집을 갈 나이가 되었는데 마침 나라에서 왕비감을 구한단 말이야. 그런데 신하들이 모두들 이 집 딸을 왕비로 천거를 하니 왕이 왕비로 삼았다 이거야.

원래 두 내외는 아주 복이 없었는데 딸이 태어날 때 복전의 덕을 입어 복을 타고 나 부자가 되고 왕비가 된 게야. 그러니 아버지는 부원군이 되었고 왕실에서 특별히 전답을 내려주어 아주 풍족하게 되었어. 이리 살면서 아들 복도 있었던지 내리 아들 셋을 두었어.

그러던 어느날 비가 내리고 있는데 거지가 와서 밥을 구걸하더래. 이런 지체 좋은 사람들이 사는 곳에는 거지가 함부로 들지 못하는데 비가 와서 경비가 소홀했던지 어떻게 여기까지 들어와 구걸을 하니 부인이 자기가 딸을 낳을 때 아주 궁했던 일이 생각이 나서

"저 거지한테 후하게 밥상을 차려 대접해라."

하고 하인들한테 명령을 내리니까 푸짐하게 한 상 채려주니 그 거지가 배불리 얻어먹고 피곤해서 문간에서 잠깐 잠이 들었대.

그때 마침 부원군이 장안의 유명한 관상쟁이를 불러서 아들들의 상을 보이는데 첫째 아들의 얼굴을 보여주니 관상쟁이가

"아주 부귀를 누릴 상이요."

이러니 둘째 아들을 또 보여주니

"역시 아주 부귀를 누릴 상이요."

그래 셋째 아들을 보여주니 역시

"이 아들도 역시 부귀를 누릴 상이요."

이러니 부원군이

"거짓말 하지 말라. 팔자가 좋은 놈도 있고 나쁜 놈도 있지, 어찌 세 아들이 똑같이 그렇게 모두 좋은 상이 나올 수 있겠느냐? 이건 필시 네가 내 비위를 맞추려고 일부러 듣기 좋은 말로 꾸며대는 것이 아니냐?"

하면서 오히려 믿으려 하지 않으니

"제가 말씀 올린 말은 사실 그대로 입니다. 이건 제가 백 번 죽더라도 사실입니다."

이렇게 자신을 한단 말이야. 그러니 부원군이

"그렇다면 지금 문깐에 졸고 있는 거지의 상을 보아라."

하고 확인을 하려 했단 말이야. 그랬더니 관상쟁이가

"제가 대문을 들어올 때 벌써 보았는데 오늘 중으로 북평사로 나갈 상입니다."

이러니 부원군이 이상해서 그 거지를 불러들였대. 그런데 거지의 얼굴을 보니 어딘지 낯이 익은 얼굴이거던. 그래 자세히 얼굴을 살펴보니 그전에 객사에서 자기한테 돈을 준 바로 그 사람이란 말이야. 그러니 이렇게 묻더래.

"혹시, 그전에 아무데 객사에서 남한테 적선한 일이 있지 않은가?"

"예, 좀 도와준 일이 있습니다."

그 말을 듣자 부원군이 안방으로 건너가서

"그전에 객사에서 자네가 해산을 했을 때 도와주고 돈 백 냥을 주었던 사람 같은데, 그 나그네가 지금 사랑방에 와 있으니 자네가 확인을 좀 하게."

이러니 부인이 깜짝 놀란단 말이야.

"그 사람이 어떻게 우리 집에 왔단 말이요?"

"아까 문깐에서 밥을 빌던 사람이 바로 그 사람이오."

"그 사람은 잘 살던 사람이라 우리한테 그렇게 많은 돈을 주기까지 했는데 그런 사람이 왜 얻어먹으러 다닌단 말이요? 그런 착한 사람이 남의 집에 다니며 얻어먹는다는 게 말이나 되는 소리오?"

"하, 참. 지난 날 우리도 어려웠을 때 그런 사람의 돈을 얻어 이젠 잘 살고 있지 않소? 어찌 된 일인지는 모르나 그 사람같은 사람이 사랑에 지금 와 있소."

"그래도, 영감님이 아무래도 잘못 본 것 같으니 제가 나가서 보겠소."

그 때는 여자가 함부로 남자의 얼굴을 보지 못하던 시절이니까 가서 문틈으로 이래 보니 그 사람이 맞거던. 남자보다 여자가 사람 얼굴을 더 잘 기억한단 말이야.

"정말 그 나그네가 맞소?"

부인이 문을 열고 다시 확인을 하더니

"분명히 그 사람이오. 그 고마운 사람이 저 꼴이 되었으니 우리가 가만 있을 수 있소? 저 은인한테 무슨 자리라도 하나 마련해 주어 은혜를 갚읍시다."

이러니 남편이

"그러면 당신이 궁궐에 들어가서 왕비한테 부탁을 좀 해보시오."

한단 말이야. 그래 부인이 궁궐에 가서 딸을 만나가지고 지난 날의 사연을 다 말하고 무슨 자리를 주어 은공을 보답해야 할 게 아니냐고 사정을 하니까 왕비가 왕한테 들어가 그대로 말하고 부탁을 했대. 왕이 그 사연을 듣고 대견한 생각이 들어 마침 북평사(北評事) 자리가 비어 있으니까 그 임무를 주기로 약속을 했단 말이야.

부인이 궁궐에서 물러나와 하인을 시켜 그 사람의 거지 옷을 벗게 하게 하고 목욕을 시킨 뒤 새옷으로 갈아 입히니 인물이 훤히 들어나더래. 그래 궁궐에 가서 왕으로부터 북평사 벼슬을 제수받으니 과연 아침에 거지였던 사람이 오후에 북평사가 된 게야.

이 사람이 몇 백 석지기 재운을 타고 나기는 했으나 그 때 돈 백 냥을 준 뒤에는 무슨 일을 해도 일이 꼬이었대. 재복이 백 냥을 줄 때 그 사람한테 넘어갔으니 그 뒤로는 하는 일이 잘 될 턱이 있나? 그래 쫄딱 망해서 몇 해를 얻어먹고 다니다가 그 복을 다시 찾게 된 게야. 결국 백 냥을 그 사람한테 줄 때 복을 빌려 주었다가 그 사람 때문에 벼슬을 하게 되었으니 다시 복을 찾은 셈이지.

조사일자 : 1999. 5. 1.
제보자　 : 최돈춘 (88세, 남, 사천면 덕실리)

27. 외가 정기 받은 허봉

허균과 허난설헌의 아버지는 초당 허엽이고 어머니는 참판공 김광철의 딸이야. 그런데 허난설헌은 초당본가에서 낳았고 허균은 외가에서 낳았어.

애일당(愛日堂)은 허균의 외할아버지인 참판공 김광철의 호이기도 하지만 그 집 당호였거던. 애일당은 참판공이 낙향해서 살던 집인데 이곳은 강릉이 팔 명당 중의 하나이지.

그곳에 집터를 잡을 때 얘기인데 그 터가 너무 좋아서 여기서 집을 지으면 훌륭한 사람이 태어나게 되어 있거던. 그런데 참판공의 딸이 인물이 좋고 도량도 있었단 말이야. 그렇지만 이왕이면 아들한테서 후손을 보아야 하겠는데 아무래도 딸한테 집터의 정기가 갈 것 같더래.

딸이 나이가 차자 사위를 보았는데 그 사위가 초당 허엽이야. 그런데 사위도 역시 비범해 보이거던. 그러니 잘못하면 이 사위와 딸한테 정기를 빼앗길 것 같더래. 그래 딸을 시집보낸 뒤 딸이 친정에 올 때는 사위와 같이 오지 못하게 했어. 딸이 올 때는 딸 혼자만 오게 하고 사위가 올 때는 사위만 오게 했단 말이야. 왜 그랬냐 하면 딸과 사위가 같이 와서 동품을 하여 아이가 생기면 큰 일이라 이걸 미리 막으려 한 게야. 자기 집 쪽에서 아들을 볼 때까지 사위와 딸이 같이는 못 오게 한 게야.

그리고 애일당에서 좀 떨어진 곳에는 동생이 살았는데 그 집 당호가 이설당(梨雪堂)이야. 어느날 동생이 아파서 위중하니 형이 안 갈 수 있나? 그래 참판공 내외가 마침 시집간 딸이 집에 와 있느니 집을 맡기고 문병을 갔어. 사위인 초당 사위가 벼슬살이를 하느라고 집을 떠나 있으니 딸이 친정에 와 있었단 말이야. 그런데 사위가 갑자기 틈이 나서 집에 내려와보니 아내가 친정에 가고 없더래. 그래 말을 타고 처가집으로 찾아온 거야. 아내를 집으로 데려오려고 처가집에 찾아가서 문을 두드렸지만 아무 기척이 없더래. 그렇다고 소리를 지를 수도 없고 해서 계속 문을 두드려도 소식이 없는 게야. 참판공이 종까지 다 데리고 동생집에 갔으니 밤중에 누가 문을 열어주겠나?

허엽이 아무리 문을 두드려도 소식이 없으니 어떻게 하면 집안으로 갈까 궁리하다보니 개구멍이 있단 말이야. 아내가 보고 싶어 죽겠으니 그 구멍으로 들어갔어. 그런데 들어가보니 집에 아내가 깊은 잠에 빠져 있고 아무도 없는 게야. 그러니 밤에 집을 비워놓고 올 수도 없고 하니 에라 모르겠다고 그날 밤 거기서 그냥 동품을 했어.

김광철은 동생이 위급하니 집에 돌아올 수 없어 동생 옆에서 보살피고 있었대. 그러다가 약간 병세가 호전되는 듯하니 마음이 답답해서 밖으로 나온 게야. 나와서 자기 집을 바라보니 어둠속에서 애일당이 불이 났는지 환하게 보이

더래. 그래 정신없이 집에 와보니 그건 불이 난 게 아니고 딸이 자는 방에서 뻗쳐 나오는 서기(瑞氣)더래. 놀라서 딸이 잠든 방에 가보니 사위가 어느 틈에 와서 이미 동품을 한 게야. 그러니 이 집의 정기를 딸한테 이미 빼긴 게야. 이래서 할 수 없이 그날부터 딸 내외가 오는 걸 허락했대.

그날 밤 정기를 이어받고 태어난 아이가 허봉(許篈)이야. 허봉이 어려서부터 영특하니까 이 아이를 사랑하고 글도 가르쳤다고 해. 허봉의 호가 하곡(荷谷)인데 이 하곡의 '하'자를 따서 하평리(荷坪里)란 말이 나왔지.

애일당이 있고 이설당이 있는 그 뒤쪽으로 있는 산이 교산(蛟山)이야. 그 아래쪽 바닷가에 바위가 있는데 그 바위를 교룡(蛟龍)바위라고 불렀지만 우렁바위라고도 했지. 그 바위가 깨지면서 용이 나와 등천을 했대.

조사일자 : 1999. 5. 4.
제보자 : 허추 (78세, 남, 사천면 하평리)

28. 강감찬의 안목과 위세

이건 내가 옛날 어른들한테 들은 얘기야.

어떤 집에서 잔치를 치루게 되니 강감찬의 아버지도 그 잔치집에 구경을 갔거던. 그 때는 잔치를 하려면 마당에 멍석을 깔아놓고 잔치를 벌렸어. 강감찬이 아직 나이가 어리니까 쪼그만데 아버지를 따라가며

"아버지, 나도 잔치집에 가겠소."

이러더래. 그러니 강감찬의 아버지가

"괜히 그 집에 작폐가 되니까 오지 말아라."

아무리 말려도 아들이 듣지 않으니 할 수 없이 데리고 갔대.

강감찬이 그 집에 가보니 마당에 초례상을 벌써 차려놓고 막 예식을 치루려고 하더래. 남자가 먼저 초례상 앞에 와서 기다리고 있다가 색시가 나오니 재배를 하거던. 그러자 강감찬이가 부지깽이를 들고와서

"네 이놈. 당장 사람의 탈을 벗고 본래 모습대로 돌아가지 못하겠느냐?"

하고 소리를 치니 그 남자가 여우로 변신해 가지고 냅다 달아나더래.

이처럼 강감찬이 어렸을 때에도 무슨 짐승이든지 강감찬한테는 꼼짝 못했대.

그리고 또 이런 얘기도 있어.

재를 올라가다 보면 서낭당이 있거던. 강감찬이 그 곳을 지나가려하니 어떤 사람이 오더니 강감찬한테

"우리 여기서 장기나 한번 둡시다."

이러더래. 그러니 강감찬도

"좋소. 그럼 한번 둡시다."

이래 가지고 장기를 두고 있는데 그때 호랑이가 오더니

"한 사나흘 굶었더니 먹을 게 생겼구나."

이렇게 중얼거리며 좋아서 입맛을 쩍쩍 다시더래. 그런데 그 사람은 눈하나 깜짝 하지 않고

"강감찬과 장기를 대국하니 호피 한 장 생겼구나."

이러니 호랑이가 강감찬이란 말을 듣자마자 똥줄을 빠져라 달아나

더래. 강감찬이 이렇게 무서웠던 게지.

조사일자 : 1999. 5. 31.
제보자 : 권용수 (68세, 남, 사천면 하평리)

29. 대명천자 탄생담

금강산 어느 절에 있었던 이야기야.

어느 절의 주지가 어느 날 밤에 꿈을 꾸니 하얀 노인이 나타나서 "오늘 밤 여기에 뱀이 나타날 테니 그 뱀한테 정성을 다 해서 잘 해 주거라."
이리 당부를 하더래. 그런데 꿈을 깨자 과연 누런 뱀이, 구렁이가 절에 나타나 돌아다니니 주지가 꿈이 생각나서 뱀한테
"네가 용이 되어 승천을 하고 싶을 텐데 그렇다면 너를 태워주면 어쩌겠나?"
했더니 구렁이가 머리를 끄덕이더래. 그러니 주지가 장작을 쌓아 놓고서
"이젠 밑에서 불을 지펴줄 테니 저 위로 올라가거라."
이러니 구렁이가 기어서 장작 위로 올라가더래. 주지가 불을 지피니 장작이 타고 구렁이도 탔단 말이야.

그런데 불에 태우면서 보니까 새파랗기도 하고 새빨갛기도 색깔의 구슬 하나가 있는데 불더미 속에서 툭 튀어 나와서 헛간으로 들어가더래. 주지가 이상해서 헛간에 들어가 보니 어떤 여자가 거기서 잠을 자고 있는데 그 여자 뱃속으로 들어간단 말이야. 그래 구렁이

를 불에 태워 얻은 구슬이 태몽이 됐어. 이 태몽으로 금강산에서 잉태해서 얻은 아이가 대국 천자가 되었어. 그 여자가 주대명이를 낳았단 말이야. 주대명이는 조선 금강산에서 잉태되어 가지고 태어나서 중국에 가 천자가 된 게야.

주대명이는 참 잘 났는데 태어날 때부터 왼편 손바닥을 꼭 쥐고 부모도 보지 못하게 펴지 않더래. 그런데 주대명이가 태어날 때 어머니가 죽었대. 이 아이를 낳느라고 애를 쓰다가 겨우 낳아놓고는 죽었어. 그런데 곧 아버지까지 죽으니 아이만 불쌍하게 되었거던. 그러니 다른 여자가 이 아이가 불쌍해서 양자로 삼아 젖을 먹여 키웠대.

이 아이가 자라면서 불도를 닦더래. 그런데 어떤 일이 있어도 왼쪽 손바닥을 펴지 않으니 유모가 궁금해서 이 아이가 밖에서 실컷 놀다가 돌아와 곤하게 낮잠을 자고 있을 때 억지로 아이의 왼쪽 손바닥을 펴보니 붉은 글씨로 <대명천자 주대명>이라 씌어 있더래. 이걸 본 유모가 얼른 손바닥을 쥐게 했어. 그렇지만 아이가 아무리 곤한 잠이 들었어도 손을 억지로 폈으니 잠이 깰 게 아닌가? 깨어보니 유모가 제 손을 펴 보았거던. 이거는 다른 사람이 알면 안되니 천명을 거역한 거야. 이 비밀을 다른 사람이 알게 되면 아무래도 소문이 나게 된단 말이야. 이 말이 절대로 새어나서는 안되지. 유모가 저를 길러준 은혜는 하늘같지만 천명을 거역한 것은 어쩔 수 없으니 칼을 빼서 유모를 죽였어.

그 뒤에 중국에 들어가 대국천자가 되었으니 대국천자 주대명은 금강산에서 잉태해서 태어난 게야.

그후 거기에 당을 짓고 죽은 유모의 신을 모시는데 대명천자의 유모라는 명을 써 놓고 지냈지. 칼을 맞고 죽은 그 날 그 시각에 제사를 지냈대.

조사일자 : 1999. 5. 1.
제보자 : 최복규 (84세, 남, 사천면 방동하리)

30. 새털 우장 때문에 당한 파직

강릉 일대에 있는 산 중에서 사천에 있는 산이 가장 벗겨졌거던. 그게 왜서 그런가 하니 한(韓)가 양반의 머리가 벗겨져서 산 모양도 그렇대. 산의 명기도 한가 양반을 닮아가지고 그렇게 벗겨진 거래.

한가 양반은 사람이 위인이야. 앞 일을 잘 아는 선생님이야. 그런데 강릉부사로 온 황부사가 명산에 쇠말뚝을 박고, 혈을 지르고 나쁜 짓만 하다가 한양으로 올라가게 되었대. 한가 양반이 한양에 갔다가 부사가 퇴임을 하고 한양에 올라오게 될 줄 아니까 새털 우장을 하나 구해가지고 쓰고 내려왔단 말이야. 이걸 본 부사가 욕심이 생겨 자꾸 그 새털 우장을 자기한테 달라고 하니 주었대. 이걸 받아가지고 한양에 올라가서 임금님한테 자랑하기를

"제가 강릉에 갔더니 강릉 사람들이 선정을 해서 고맙다고 이걸 주었습니다."

하고 자랑을 했대. 그런데 임금은 저런 값진 것을 이 사람한테 바칠 리가 없을 텐데 이건 틀림없이 저놈이 백성들한테 몹쓸 짓을 많이 해서 그것을 빼앗았을 게라고 생각하고 벼슬을 빼앗아 버렸대.

한가 양반의 묘지가 미노리 끝에 있거던. 거기에 사은정이라는 정자가 있어. 한가 양반들이 여름 더울 때 놀던 정자야.

그리고 한가 양반이 죽을 때 자기가 죽은 뒤에 개미가 살지 못하게 해서 거기엔 지금도 개미가 없어.

조사일자 : 1999. 5. 1.
제보자 : 최복규 (84세, 남, 사천면 방동하리)

31. 떡이 커서 퇴계 떡

퇴계 선생은 아주 유명한 분이지만 마누라는 천치였대.

한번은 마누라가 여러 동서들하고 정지에서 떡을 하는데 떡을 쳐가지고 절편을 만들었대. 그런데 퇴계선생 마누라는 떡을 만들 줄 모르니까 그 옆에서 동서들이 떡을 만드는 것을 보고만 있었는데 아무도 떡 한 조각을 주지 않거던. 이걸 본 퇴계 선생이 민망하니까 얼른 정지에 가서 고물만 묻혀놓고 아직 칼로 썰지 않는 떡을 큼직하게 짤라다가 자기 부인에게 주었단 말이야. 이걸 본 사람들이 떡이 큰 것을 보면

"이게 뭔 퇴계 떡이냐?"

이랬단 말이야.

이렇게 못난 부인이지만 퇴계선생은 허물을 덮어주면서 끝까지 데리고 살았어.

조사일자 : 1999. 5. 1.
제보자 : 최복규 (84세, 남, 사천면 하방동리)

32. 율곡 살린 나도밤나무

이 율곡선생이 원래 외가집에서 태어나셨어. 율곡 선생의 아버지는 한양에서 벼슬을 살고 어머니는 친정에서 살았는데 하루는 어머니가, 그러니까 율곡선생의 외할머니가 잔치집에 가고 집에는 율곡 선생의 어머니하고 시아버지하고만 있었대. 시아버지가 낮에 툇마루에서 낮잠을 자고 있는데 하늘에서 해가 자기 집 마당으로 뚝 떨어지더래. 그래 꿈을 깬 뒤 생각해보니 건 상서로운 태몽이거던. 자기 부인이 있었으면 좋았을 텐데 부인이 잔치집에 가고 없으니 부인에게 아이를 잉태시킬 수 없지 않은가? 그런데 마침 사위가 왔단 말이야. 그러니 사위하고 딸이 관계를 하까봐 집안에 돌아다니며 자꾸 기침을 한다, 마당을 쓴다 하면서 훼방을 놓더래.

그런데 누가 밖에서 자기를 부르는 소리가 나길래 나가보니 십여 년 전에 헤어진 절친한 친구가 찾아왔거던. 그러니 얼마나 반가운가. 그래서 시아버지가

"너희들은 저 방에 들어가서 잠깐 있거라."

하고 한참동안 얘기를 나누다가 문뜻 사위와 딸이 생각이 나서 그 방에 가 보니 그 사이에 그만 일을 저질렀더래. 그래서 낳은 아이가 이율곡 선생이야.

이율곡 선생이 점점 자라 아홉 살이 되었을 때 일인데 어느날 도사가 지나가다가 율곡 선생의 관상을 보더니

"이 아이는 참 훌륭한 인물이 될 터인데 범한테 물려갈 액운이 끼어있으니 아깝구나."

이런단 말이야. 이 말을 들은 부모가 깜짝 놀라 그 액운을 피할 방법을 물으니

"한 가지 방법이 있긴 한데 참 어려운 일이라서 곤란합니다."
하고 난처해 하더라는 게야. 그렇지만 비록 어려운 방법이라도 있다고 하니까
"무슨 방법인지 제발 알려주십시오."
하며 매달렸단 말이야.
"올 해 안에 밤나무를 천 그루를 심되 이 아이가 자기 힘으로 심어야만 살 수 있습니다."
아홉 살밖에 안된 아이가 스스로 밤나무 천 그루를 심어야 한다 이거야. 그러니 이 아이가 날마다 산에 가서 부지런히 밤나무를 심었대. 그래 그해 섣달 그믐까지 천 그루를 심는다는 것이 실은 한 그루가 모자란 999 그루였거던.
율곡이 천 그루를 다 심은 줄 알고 돌아오는데 범이 앞에 나타나더니
"밤나무 천 그루를 심었더라면 너는 살았을 텐데 한 그루가 모자라니 너를 잡아 먹어야겠다."
이러면서 달려들자 밤나무 비슷하게 생긴 나무가 소리치기를
"나도 밤나무다."
이러니 범이 천 그루를 채운 줄 알고 율곡을 해치지 못하고 물러갔대. 그래 그 나무를 나도 밤나무라 부르게 된 게야.
이래서 율곡은 밤 율(栗)자, 골 곡(谷)자를 쓴단 말이야. 선교장 앞에 아주 오래된 나무가 지금도 있어. 그게 나도밤나무야.

조사일자 : 1999. 4. 26.
제보자 : 조영대 (85세, 남, 사천면 사기막리)

33. 독수리가 잡아준 명당

허씨 집안에서 안주인이 죽자 남편하고 아들이 지관을 데리고 경포대 홍장암 옆에 있는 방해정 근처의 솔밭에 가서 패철을 놓고 묘터를 잡고 있는데 난데없이 시커먼 독수리가 날라오더니 패철을 나꾸어 채어가지고 호수 반대쪽으로 날라가더래. 그러니 아버지와 아들, 지관이 독수리가 날라간 방향으로 쫓아갔더니 나무위에 앉아 있다가 패철을 팽개치고 휙 날라가 버리더래. 그래서 그 자리를 살펴보았더니 이게 참 명당이거던. 그러니 거기에다 산소를 썼어. 그 뒤에 후손 중에서 정승이 나왔단 말이야.

그런데 이 때는 허씨 집안의 세력이 대단했었대. 독수리가 패철을 내던지고 도망친 곳이 지금의 이화해변 근처였는데 그 터는 명당터니까 주인인 강릉 최씨가 거기에다 자기네 조상의 묘를 쓰려고 싸리나무를 엮어 울타리를 만들어 놓았었대. 그런데도 허씨가 당시에는 최씨보다 세력이 강하니까 억지로 이 터를 빼앗아 묘를 썼다고 해.

그런데 묘를 지을 때 보면 횟가루를 물에 버무려서 뿌려놓고 흙을 덮거던. 그래야 땅이 단단해져 시신을 보호할 수 있단 말이야. 최씨네 명당터를 빼앗은 허씨네가 묘를 쓰는데 횟가루를 물로 버무리려고 물을 얻으려 하니 괘씸하게 여긴 동네 사람들이 물을 한방울도 주지 않더래. 이러니 허씨는 물대신 막걸리를 섞어 무덤을 지었대.

이런 일로 최씨와 허씨 사이에 틈이 벌어져 서로 치고 받고 싸웠는데 세력이 약한 최씨가 항상 궁지에 몰렸대. 이러면서 악감정이 점점 더 쌓여졌기에 <허허 말심이 강촌까지 뻗혔다>는 말이 나오게 되었대.

조사일자 : 1999. 4. 26.
제보자 : 최만지 (59세, 남, 초당동)

34. 원정공의 한

원정공이라는 이가 그 전에 벼슬을 살았는데 정승은 못하고 판서 노릇을 했거던. 원정이라는 것은 호란 말이여. 옛날에 지위가 높은 이는 공(公)이라고 했지.

그 양반이 한번은 역적으로 몰리게 되었단 말이지. 나라에 간신이 있어서 원정공이 아주 재주가 특출하고 그러니까 사람들이 먹었다(모함을 당함) 이 말이야. 다른 신하들이 자꾸 먹으니 임금님이 나쁜 놈인 줄 알고 죽이려고 했거던. 그래서 결국 죽고 말았어. 그

능지처참, 아주 뭐 분골쇄신(粉骨碎身)을 했어. 그런데, 옛날에는 방앗간에서 사람을 방아찧듯 내리찧어서 죽이는 그런 법도 있었단 말이야. 그래 죽으니 3일인가 5일인가 아주 해가 없어져 온 세상이 아주 깜깜해지거던. 그러니 임금이

"왜서 날이 이러느냐?"

이러니까니, 어떤 충신이

"원정이 억울하게 죽어서 이렇습니다. 원정공이 무죄한 것은 하느님이 다 내려다 보고 계십니다."

하고 말하니 임금이

"아아, 그때 내가 잘못했구나."

이렇게 후회하면서 사후 벼슬을 주었지만 이미 죽어버렸으니 뭐, 소용이 없지. 그래서 죽은 뒤 벼슬을 했지. 지금도 그 비각에 가보면 그 내력이 다 있다고. 그래 그런 전설이 내려온다고. 죽은 뒤에 그 양반에게 벼슬을 주니까네 그 운무가 그만 없어지더래. 그런 얘기가 어디 역사에도 있다고. 최씨들, 강릉 최씨들 유적에도 나와 있어.

[아까 그 비(碑)가요, 여기 있어요?] 그건 삼현각이라고. 최씨들, 그 왜 최감사 묘라고 저기 뵈키잖아? 거 가봤는지 모르겠는데 이쪽 맞은 편에 크게 지어 놓은 집 앞에 아주 이런 큰 비가 셋이 서 있어. 그리고 원정공이라는 이의 묘는 최감사 묘가 있는데 있지 않고 저 안에 들어가 있다고. 원래는 한양에서 돌아가시자 수원에 모셨는데 그 자리에 비행장이 들어서는 통에 여기로 이장을 했어. 여기가 고향이니까 자손들이 수원에 가서 시신을 여기로 모셔온 거야.

조사일자 : 1996. 5. 18.
제보자 : 김중경 (84세, 남, 대전동)

35. 즈므 마을 범골

저 우에 괘양이라는 데를 가면 범골이라는 곳이 있어. 범골. 옛날에 호랑이가 많아 범골에 갔다가 잡혀 먹힌 사람도 있지.

한번은 이 아래 송암이라는데 살던 여자를 범이 밤에 와서 물어갔는데 말이야. 호랑이가 이 문을 잡아 당겨 떼내구서 여자를 업어갔다고. 그냥 꽉 물고 잡아 먹는 게 아니고 사람이 이래 있으면 문을 확 채켜서 열고는 이렇게 확 내던진대. 사람을 물어가지고 저 마당에 내던지면 대번에 죽을 게 아닌가? 그런면 그 호랑이가 둘러메고 간대.

[남자는 아니고 여자만요?] 아니, 남자도 그렇게 업어가지. 그런데 남자도 약한 사람은 물려가지만 기운이 센 사람은 호랑이를 이긴 사람도 있지.

내가, 옛날에 들은 얘긴데, 저 위로 올라가면 송암이라는 데가 있거던. 그 근처에 안소암이라는 데가 있는데 어떤 여자가 혼자 사는데 말이지. 어느날 밤에 호랑이가 와서 그 여자를 업어가니 동네 사람들이 찾으러 갔단 말이야.

가보니 호랑이가 사람을 물어가서 뜯어 먹거던. 뜯어 먹으니 그걸 빼앗아 오려고 동네 사람들이 모두 쫓아갔대. 쫓아가니까 거 고봉 너머에 가가지고 이 놈이 자리를 잡고 막 뜯어 먹으려고 시작하는 걸 여럿이 가서 뺏었거던. 그런데 그게 화장만 하면, 사람을 끄슬려만 놓으면 그놈이 안 먹는대. 그런 일을 직접 당한 양반이 그 전에 있었는데, 그 양반이 살았으면 나이가 뭐 한 백 살이 훨씬 넘었겠구만. 그때 쫓아가 뺏은 양반들이 100살쯤 되었으니까. 봉옥이 아버지

도 쫓아갔다 왔다는데, 뭐. 그 때 여럿이 떼를 지어가지고 갔는데, 밤이니까 누구든지 뒤에 설라고 안 하더래. 뒤에 섰다가는 호랭이한테 채껴갈까봐 그런 거지. 그래가지고 떼를 지어서 서로 손을 잡고 이래 내려간 일이 있다고. 외줄로는 못 내려간다거던. 그러니까 따로 가면 그 놈의 짐승이 제 밥을 놓쳤으니까 아무 놈이든 잡아 먹을까봐 아주 무서울 게 아닌가? 사람들이 서로 손목을 잡고서 서로 끌고 내려왔대. 송암서 그랬대.

[송암이 범골이예요?] 그 위에 범골이라는 데가 있어. 그런 일이 있어서 이름이 범골이야.

여, 명암정 거게를 우럭바우라 그러거던. 우는 바우라 해서 우럭바우라고도 한다고. 그게 명암정이야. 울 명(鳴)자에 바우 암(岩)자를 써 명암정이지. 고 아래로 내려가면, 식당 고 밑에 내려가면 아주 산부레기에 돌 끝에다가 정자를 지은 게 있어. 아주 잘 지은 기와집이 지금도 있지.

[그게 어떻게 울기에 우는 바위라고 했지요?] 거 가 소리를 지르

면 바우가 저 쪽에 인제 마주 울려가지고 소리가 난단 말이야. 그러니 그게 우는 바우지. 우는 소리를 내면 우는 소리가 들리고 웃는 소리를 내면 웃는 소리가 들려.

그리고 그 위에 높은 봉을 태장봉이라고 그러는데, 그 태장봉이 왜서 태장봉이라 그러는가 하면 옛날에는 임금이, 임금의 집에서 자손을 낳으면 그 태를 그냥 태우거나 물에다 버리지 않고 산에다 갖다가 묻는다는구만. 그래서 그 태를 갖다가 묻었다 해서 그 봉 이름이 태장봉이야. 그런데 어느 임금인지는 모르지만 임금의 태를 여기다 갖다 묻었대.

최감사 묘는 산의 쥐가 들로 내려오는 모양의 산기슭에 있는데 이 쪽으로 큰 바우가 우리 마굿간만한 게 하나 있어. 그게 괘바우라. 그 산의 쥐가 이 들로 내려 오다가 바위가 고양이처럼 생겼으니까 무서워서 못 내려온대. 그 곳에 최감사 묘가 있는데 그 아래로 여기가 대전이거던. 큰 밭, 대전이라는 게 큰 대(大)자 밭 전(田)자인데 쥐는 들에, 큰 밭에 내려와야 먹을 게 있지. 그래, 항상 내려오려고 하지만 고양이가 여기서 떡 노려보고 있으니 무서워서 못 내려온대.

조사일자 : 1996. 5. 18.
제보자 : 김중경 (84세, 남, 대전동)

36. 김주원의 삼왕릉

[강릉 김씨 묘가 여기 있잖아요? 그 얘기를 좀 해주세요.]

신라 때 얘긴데 그 분이 본래 경주에 살았거던. 문무왕이 있고,

무열왕이 있고, 거 뭐 또 알지왕이 있고, 뭐 별 왕이 다 있었지. 그 역사를 잘 알 텐데... 그게 어느 때냐 하면 말이지, 신라 선덕왕 때인데 인제 임금이 돌아가시니, 윗대 왕이 돌아가니 김주원이란 사람을 왕으로 봉하려 했다 이 말이지. 그래 내일이면 들어가 왕 노릇을 할 판인데, 그날은 집에서 자고 다음날 왕궁에 들어가려고 했는데 그날 밤에 왕창 비가 와 가지고 냇물이 강물처럼 불어나서 건너갈 수가 없거던. 그 뭐, 물 속으로 갈 수도 없고 그러니까 입궐을 할 수가 없었지. 그러니 궁궐에서 말이지

"이 자리는 잠시도 비울 수가 없다."

그래가지고 사촌인가 동생인가 그런 사람이 있었단 말이지. 그 양반을 대신 앉혀 놓으니 이 양반이 왕이 못 되었을 게 아닌가? 그 이튿날 떡 가보니 벌써 왕이 들어 앉았다 이 말이지. 그래가지고 밀려서 그만 거기 있을 수가 없거던. 이미 밀려났으니 거기 있어 가지고는 안 되겠다 이 말이지. 그래 가지고 강릉으로, 강릉이 외갓집 고을이라서 여기로 왔단 말이야. 여기로 피신해 와서 몇 년을 있었는데, 있는 동안에 지금처럼 차가 없고 옛날에는 그냥 걸어 댕기니까, 몇 해 동안이나 이 사람을 찾느라고 애를 썼대. 그래 나중에는 찾아가지고 이 명주군이라는 게 지금 강원도 일대, 삼척에서부터 양양 저 고성까지 강릉, 정선, 평창까지 다스리는 명주군의 왕으로 봉했다 이 말이지. 그래서 여기서 왕노릇을 했지. 지금으로 말하면 도지사 정도야. 그래가지고 여기서 오래 있다가 돌아가시니 삼왕릉 거기다가 모셨지. 장사를 지냈어.

[그런데, 왜 거기를 삼왕릉이라고 그랬어요?] 삼왕이라는 거는 산의 형국이 그렇게 생겼다고. 저 우에 가면 산의 형세가 임금 왕 (王) 자처럼 그렇게 생겼어. 그 산에 명주군왕을 모셨거던. 그래서, 삼왕,

삼왕 그래. 이 '왕'자 목이라고 거기에 있는데 이 임금 왕자가 이렇잖는가? 산이 그렇게 된 데가 있단 말이야. 그런데, 그 주령(主嶺)으로 이렇게 내려 오게 되면 그 명주군왕릉이 있거던. 그것이 오늘날까지 내려오는 거지. 묘를 쓴 지가 2천년 아니 한 천 이백 년전쯤 될 꺼야.

거긴 묫자리가 좋지. 옛날에는 그런 형국을 찾아서 쓰고 그랬어. 그 쓴 데는 좌지지. 좌지라는 게 왼쪽 편 여게다 썼다고. 그러고 재실 지은 곳은 우지라고 그래. 이렇게 됐단 말이야. 그리고 안쪽에는 인제 재실을 지었지.

조사일자 : 1996. 5. 18.
제보자 : 김중경 (84세, 남, 대전동)

37. 우물 마셔야 나는 인재

송정에는 소나무가 아주 우거져 있는데 그 솔밭 안으로 들어가면 큰 마을이 있어요. 그런데 그 마을에 우물이 있거든요. 지금은 그 우물 물을 먹지 않고 뚜경을 만들어 덮어 놓았는데 옛날에는 할아버지들이

"이 송정 사람들은 이 우물 물만 먹어야지 절대로 딴 물을 먹지 말아라. 이 우물을 마셔야 인재가 나지 딴 물을 마시면 인재가 나지 않는다."

이랬거든요.

그래 그 물만 마셨는데 세월이 점점 흐르니까 집집마다 우물을 파가지고 먹었거든요. 그래서 그런지는 몰라도 그 후로는 인재가 나지 않았대요. 아무리 노력을 해도 큰 일물이 나지 않으니 할아버지들의 말을 듣지 않은 걸 후회했지만 그게 뭔 소용이 있나?

조사일자 : 1999. 5. 5.
제보자 : 김진용 (79세, 여, 송정동)
심홍자 (87세, 여, 송정동)

38. 송정과 왜군

송정이란 이름의 유래는 고려말에 동원 최씨의 시조 할아버지가 처음 강릉에 올 적에 소나무 여덟 그루를 가지고 와서 심었거던. 그 소나무가 점점 크니 팔송정(八松亭)이라 했는데 뒤에 송정으로 바뀌었다고 해요.

그리고 송정에 대해서 달리 전해 내려오는 말이 있는데 송정, 해운정, 한송정 같이 8개의 정자를 의미한다는 말도 있고 그리고 또 구산, 성산, 왕산, 학산, 병산, 모산, 회산, 운산, 두산 등 10산이 있거던. 그런데 풍수하는 사람들의 말에 의하면 강릉에 팔송정과 10산이 있어서 강릉 사람들이 잘 산다고 하지. 그리고 바다에서 「치」 자가 들어가는 고기가 많이 잡히니까 그걸 먹기 때문에 건강하게 살아간대요.

송정에는 굵다란 소나무가 많이 있어. 이 소나무에 얽힌 전설이 있지.

임진왜란 때 가장 해를 입지 않은 곳이 송정이라고. 왜서 해를 안 입었느냐 하면 왜군 장수인 풍신수길에게 여동생이 하나 있었는데 그 동생이 점을 굉장히 좋아했대. 풍신수길이가 조선으로 전쟁하러 나올 적에 그 동생이 점쟁이를 찾아가서 점을 치니

"조선에 가거들랑 소나무 송(松)자가 들어있는 곳에 절대로 가서는 안됩니다."

이런 당부를 하더래. 그러니 동생이 풍신수길이한테 그대로 얘기를 하니 풍신수길이가 부하들을 모아놓고

"조선에 가서는 소나무 송(松)자가 들어 있는 곳엔 절대로 들어가지 말아라."

이런 엄명을 내렸대요.

조선에 쳐들어온 왜병들이 대관령 말랑이에서 강릉을 내려다 보니까 아주 뾸치레한 군복을 입은 군사들이 매우 많거던. 군사들이 날날하게 서 있으니 왜군 장수가 부하들을 보고

"저게 뾸치레한 것이 무엇이냐?"

물으니 부하들이

"저건 군복을 입은 조선 군댑니다."

하니 질겁해서 모두 도망을 쳤대.

그런데 왜놈들은 그걸 군대로 잘못 본 거지. 이쪽 지방에서 그때 조니 옥수수니 수수니 이런 걸 많이 심었는데 이걸 말릴 데가 없으니까 수수를 베어서 묶어가지고 송정의 소나무에 걸어두었대. 그런데 입새와 대가 마르니까 그게 뿔치레해졌거던. 이걸 본 왜놈들이 그만 그게 군대인 줄 알고 겁이 나서 도망을 친 거야.

그래 송정엔 왜놈들이 침범을 못했기 때문에 피해를 제일 입지 않았다고 해요.

조사일자 : 1995. 11. 11.
제보자 : 김관기 (45세, 남, 송정동)

39. 불한당굼과 전주봉

남대천 물이 동해와 만나는 지점에서 북쪽 편 마을이 안목이다. 안목 마을 끝에 죽도봉에 있는 산 봉우리를 전주봉이라고 부르는데 여기에 전해오는 전설이 있다.

옛날 어느 때 전국에 대홍수가 났다. 이때 전라도 전주에 있던 산이 홍수에 떠나려가니 산 주인이 떠내려간 산을 찾으러 다니다가 안목까지 오게 되었다. 그런데 안목의 죽도봉이 자기의 산과 아주 비슷하게 생겼으니까 이게 자기의 산이라고 주장하며 해마다 세금을 내라고 요구하였다. 이렇게 매년마다 세금을 요구하니 마을 사람들이 회의를 열고 대책을 의논하였다. 과중한 세금을 바치자니 힘들기도 하고 억울하기도 해서 어찌하면 세금을 안 낼 수 있을까 걱정을 하자 어느 집 아이가 "그까짓 걸 가지고 뭘 걱정합니까?"
이런단 말이야. 그러니 사람들이

"네가 뭘 안다고 참견이냐? 시끄러우니 저리 가라."

내쫓으니 그 아이가 쫓겨가면서 혼잣말로

"아니, 돈이 없어서 세금을 낼 수 없으니까 그 산을 도루 가져가라 하면 될 것을 가지고 무슨 걱정을 그리 한담."

이런단 말이야.

이 말을 들은 사람들이 무릎을 치며 감탄을 한 뒤 다음 해 또 세금을 받으러 오니까 그 산을 가져가라고 했다. 전주 사람은 커다란 끈을 가지고 와서 산을 끌어가려 했으나 움직이지 않으니 오늘날까지 그대로 남아 있게 된 것이라고 한다. 이 산이 전주에서 떠내려왔다 해서 전주봉이라고 불렀다.

그리고 이 마을 북쪽에 있는 송정동에는 웅덩이가 두 곳이 있는데 이를 불한당굼이라 부른다.

이 웅덩이를 불한당굼이라고 부르는 것은 불한당(도적패)들이 모여서 술을 마시고 놀던 장소였기에 이런 명칭이 붙게 되었다고 하는데 지금은 웅덩이가 메워져 밭으로 남아 있을 뿐 흔적조차 남아 있지 않다.

또 이 근처에 한송사란 절이 있었는데 이 절에는 금으로 만든 불상이 있었다고 한다. 그런데 임진왜란이 일어나자 왜구들이 이 절에 침입해서 금불상을 가져가려 하니 승려들이 불상을 빼앗기지 않으려고 이 곳에 있는 우물속에 넣은 뒤 메워버렸다. 왜놈들은 그걸 찾으려고 송정 마을에 있던 우물터를 모조리 파헤쳤지만 끝내 찾아내지 못했다고 한다. 이때 파헤친 곳이 웅덩이가 되었으니 이게 불한당굼이 생긴 유래라는 말도 있다.

조사일자 : 1996. 5. 12.
제보자 : 최돈환 (49세, 남, 송정동)
권형기 (61세, 남, 송정동)

40. 영감 덕을 본 청년

옛날에 충청도 공주에 사는 한 청년이 너무 가난해서 이십 세가 되도록 장가를 가지 못했대. 그래 항상 노름판에 가서 개평을 뜯고 남한테 공술을 얻어먹고 하면서 살았더래요. 그런데 그것도 한두 번이지 맨날 그 짓이니 사람들이 그 청년만 나타나면

"야, 저놈이 온다. 빨리 판을 치우자."

하면서 피했어. 이러니 개평도 못 뜯고 술 한 잔 못 얻어먹게 되었단 말이야. 이젠 여기서는 더 못 얻어먹겠으니까 대전에 갔어. 여기서는 굶어죽겠으니 대전에 가서 품팔이라도 해서 먹고 살아야겠다고 보따리를 싸가지고 그리로 갔어.

가다가 다리가 아프니까 주막집으로 들어가서 마루에 턱 걸터 앉으니 배가 고파 죽겠는데 술내가 콧구멍으로 솔솔 들어와 배길 수

가 없더래. 그래

"주모, 술 있소?"

물으니

"술이야 있지요."

하며 술을 주거던. 주머니를 더듬어보니 돈이 한 냥밖에 없네.

"술 한 되 값이 얼마요?"

"반 냥이요."

그러니 에이, 우선 먹고나 보자고

"그러면 한 되를 가져오시오."

술 한 되를 게눈 감추듯 단숨에 벌컥벌컥 들여마셨네. 그까짓 한 되래야 큰 주발로 서너 그릇밖에 안 되잖나? 그래 먹고 가려고 하는데 웬 영감이 오더니

"여보게, 젊은이. 나 술 한 잔 사주게."

이러더라네.

"아, 사주고 싶지만 돈이 없습니다."

"자네, 한 냥 가지고 지금 반 냥어치 술을 마셨으니까 아직 반 냥이 남아있지 않은가?"

이러거던. 아, 그 영감이 주머니 속을 훤히 드려다보고 있으니 기가 막힐 일이야. 그러니 안 사줄 수 있나? 주모한테 술 한 되 가져오라 해서

"저는 먹었으니 이건 영감님이 다 드시죠."

다 먹으라고 하니 영감이

"음식이라는 것은 혼자만 먹는 법이 없어. 그러니 이걸 나누어 먹세."

그래 차려 온 술을 나누어 마시다가 주모를 보더니 영감이

"야, 참 인물이 잘 생겼고 앞으로 돈을 잘 벌 사람이나 단명할 수가 있구먼."

이러거던. 그러나 주모는 술장사를 하다 보면 별 소리를 다 들으니까 그런 말은 고지를 안 들었어. 그저 그러려니 하더래. 그런데 또

"당신 정지에다가 단지를 묻어 놓고 돈을 매일 몇 푼씩 모은 게 이제 삼천 이백 육십 냥이군. 이걸 당신네 식구는 아무도 모르지?"

이런단 말이야. 주모는 자기가 모은 돈이 얼만지 다 알고 있는 걸 보니 참 기가 막히더래. 아무도 모르게 뒷뜰에다가 단지를 묻고 돈을 숨겼는데 이걸 다 아니 귀신이 곡할 노릇이야. 술을 먹는 동안에 단지를 열고 세어보니 삼천 이백 육십 냥이 딱 맞아. 그런데 단명할 운이 있다니 가슴이 덜컹하네.

그러니 영감한테 착 매달리면서

"내가 가진 삼천 이백 육십 냥을 다 드릴 테니 목숨만 살게 해 주시우."

이러니 영감은

"아닐쎄, 내가 남이 피땀흘려 번 돈을 어찌 다 갖겠는가? 그런 말일랑 하지 말고 내가 비방을 알려 줄 테니 꼭 그대로 하겠는가?"

하더래. 그러니 주모는 고맙기 짝이 없을 게 아닌가?

"영감님 말씀대로 하겠습니다."

"그러면 오늘 저녁에 밥을 일찍 해먹고 대문을 꽉 닫게. 그리고 밤중에 누가 와서 아무리 문을 열어 달라 해도 열어주어서는 안 되네."

그래서 주모는 그날 밤에 밥을 일찍 해먹고 일찍 대문을 걸어잠갔어. 그래 영감하고 청년은 행랑채에서 자고 주모는 안방에서 혼자서 자는데 밤에 손님이 와서 대문을 두드리며

"술 좀 먹으러 왔소. 그런데 왜 이 집은 벌써 문을 닫고 술을 팔지 않소?"

술을 달라고 야단이란 말이야. 그래도 모르는 척 했어.

그리고 밤이 깊었는데 누가 또 와서

"나야, 문을 열게."

하거던. 영감은 자는 척하고 청년은 어찌 되나 하고 문구멍을 뚫어 놓고 밖을 내다보며 구경을 하고 있었거던. 그 사람이 문을 열라고 한참동안 졸라도 문을 열어주지 않으니까

"이 사람이 약속까지 하고서 어디를 갔나?"

하면서 그냥 가버리더래. 그런지 한참이 지났는데 또 누가 와서

"문을 여시오."

소리소리를 지르거던. 그래도 문을 열지 않으니까 발길로 문을 콱 차니 빗장이 부러지며 대문이 열리더래. 그러니 그 사람이 마당으로 들어서는데 손에는 시퍼런 칼을 들고 있더래. 그게 누군고 하니 그 여자의 남편이었어. 남편이 다짜고짜 방으로 가서 문을 열으라고 하지만 안 열어주니 방문을 부시고 들어갔어. 들어가보니 마누라가 혼자 자거던. 이게 어찌 되었는고 하니, 먼저 온 사람은 주모를 좋아하던 남자였고 나중에 온 사람은 남편이라. 술집을 하니까 남자들이 드나들고 그러다보면 조금 마음에 드는 사람이 있을 게 아닌가? 그런데 그런 소문은 금방 사람들 입에 오르내리니까 이 말이 남편 귀에 들어갔어. 그러니까 남편이 일부러 며칠간 집을 비운다고 소문을 낸 뒤 자기가 없는 사이에 정분을 내는 것을 확인하려고 밤늦게 들어왔거던. 그리고 사실이라면 두 연놈을 한꺼번에 처단하려고 칼을 들고 왔는데 마누라 혼자서 문을 꽁꽁 걸어 잠그고 아무도 문을 열어주지 않는 걸 직접 보니 자기가 괜히 아내를 의심한 것 같아 무안

하더라네. 그러나 아내가 그 사람과 정분이 있었던 것은 사실이었어. 남편이 출타한다니까 그 사람한테 밤에 오라고 약속했는데 그만 영감의 말을 듣고 나서 겁이 나니까 문을 안 열어준 거란 말이야. 이래서 죽을 운명을 바꾸어 주었으니 고마워서 닭을 잡는다 고기를 굽는다 해서 좋은 술로 배가 터지게 먹이더래. 그러면서

"내 목숨을 이렇게 살려주셨으니 이걸 다 가져가시오. 나는 또 벌면 되니까 부디 받아주시오."

라고 마구 사정을 하니 영감이

"나는 남이 피땀흘려 번 돈은 절대로 안 받네. 정 그렇게 주고 싶다면 나한테 술을 사준 저 청년한테 절반만 주게."

하니까 그 청년한테 그걸 주더래.

두 사람이 그 집에서 나와가지구 얼마를 가다보니 어떤 사람이 행상을 갖다놓고 묘를 쓰려고 하는데 문상객들이 산에 가득하더래. 아주 부자집 초상인 것 같으니까

"여보게, 저기 가서 좀 얻어먹고 가세."

하며 그리로 갔어. 가니까 막 하관을 하려 하거던.

"여보게, 여보게, 조금만 기다리게."

이러면서 영감이 돌을 하나 주워오더니 죽은 사람을 묻으려고 파놓은 곳에다 집어 던지니 땅이 툭 터지면서 물이 펑펑 나오는데 금방 물바다가 되더래. 그러니 상주가 5명이나 되는데 맏 상주가 와서 정중하게 절을 하면서

"아이구, 영감님 참 고맙습니다. 우리 아버님을 명당에 모시려고 했는데 하마터면 낭패할 뻔 했습니다. 영감님께서 제발 좋은 산소를 다시 잡아 주셨으면 합니다."

하고 통사정을 하니까 영감이 묻더래.

"좋네. 그러면 재물을 원하는가, 벼슬을 원하는가?"

"재물도 있어야 되고 벼슬도 있어야 되니 둘 다 이룰 수 있다면 좋겠습니다."

"그렇다면 저쪽 산에 올라 가보세."

그래 같이 산 위로 올라가더니

"여기는 재물도 생기고 벼슬도 생길 자리니 여기다 쓰게."

하고 그곳을 가르쳐 주었거던. 그래 거기다 묘를 썼어. 그런 뒤 떠나려 하니 상주가

"영감님 덕을 많이 입었습니다. 그래 인사를 드리고 싶으니 얼마나 드리면 되겠습니까?"

돈을 주겠다고 자꾸 조르니

"어음으로 천 냥만 끊어 주게."

천 냥을 달라니까 두 배로 그러니까 이천 냥을 주니 그냥 받았어. 그 어음을 받아가지고 오는데 해가 이미 어두어지니 어디 가서 자야 할 게 아닌가? 그래 마침 고래등같이 큰 기와집이 보이니까 그 집으로 들어갔네.

"이리 오너라."

부르니까 어린 종놈이 나오거던.

"지나가는 과객인데 하룻밤 쉬어 갔으면 하니 주인한테 여쭈어라."

종놈이 들어가서 그대로 여쭈니 한 40쯤 된 사람이 눈물을 흘리며 나오거던. 나와 가지고는

"죄송하게 되었습니다. 오늘밤 제 집에서 재워드릴 수 없습니다. 저 고개를 넘어가면 묵을 집이 있으니까 그리로 가셔서 주무십시요."

그런단 말이야. 영감이 이상해서

"왜서 그럽니까?"

하고 물으니

"제 집에 3대 독자가 갑자기 죽었습니다. 이런 변고가 있어서 재워 드릴 수 없습니다."

이러더래.

"그래 무슨 병으로 죽었소?"

"모르겠습니다."

"언제 죽었소?"

"방금 전에 죽었습니다."

"그럼 내가 좀 보겠습니다."

"아, 들어가서 보시지요."

그래 들어가 맥을 짚어보더래. 그런데 아이가 죽긴 죽었는데 어찌 보면 가느다랗게 맥이 뛰는 것 같기도 하고 안 뛰는 것 같기도 하니 도대체 숨을 완전히 거두었는지 붙어 있는지 분별이 안 되더래. 영감이 한참 생각하다가

"장닭 한 마리를 잡아오시오."

하니 부자집이니까 닭이 없나 소가 없나. 종놈이 냉큼 장닭을 잡아 왔네.

"숟가락 두 개만 가져오시오."

숟가락을 가져오니 아이의 입을 크게 벌리게 하고 장닭의 목을 쳐 닭의 피를 아이의 목구멍 속으로 흘려 넣으니 죽은 줄 알았던 아이가 갑자기 '캑'하는 소리를 내더니 목구멍에서 무슨 고기첨이 튀어나오면서 숨을 쉬거던. 이게 참 이상한 일이야. 아이가 몸을 일으키려고 꾸물꾸물 하니 영감이 주인한테

"이 아이가 피리나 퉁소같은 걸 좋아하지 않았소?"

하고 묻더래.

"그런 걸 항상 좋아했습니다."

"그 피리 속에 지네가 침을 빨아먹을라고 들어갔다가 피리를 불 때 목구멍에 들어가서 숨구멍이 막혔기에 그런 것이오."

이리 알려주더래. 왜 지네하고 닭하고는 상극이 아닌가? 그러니 지네를 제압하려니까 닭의 피를 쓴 거란 말이야. 이렇게 아이를 살려내니 그 집에서 떡을 하고 돼지를 잡고 소를 잡고 술을 내어 배가 터지게 대접하더래.

영감이 실컷 대접을 받고 나서 떠나려 하니 주인이 큰 궤짝 두 개를 가져오더래. 그 궤속에는 논 문서, 밭 문서, 산 문서 등 문서들이 가득 들어있는데 언제 그걸 일일이 꺼내 살펴볼 수 있나? 그걸 갖다 놓고

"이걸 가져가시든지 저걸 가져가시든지 맘대로 골라 가져가시오."

3대 독자를 살려주어 고마우니까 그 재산의 반을 갖으라 하더래.

"애 하나 살려줬다고 이럴 필요 없어요."

영감이 아무리 사양을 해도 듣지 않고 계속 고집을 피우더래.

"이거라도 드리지 않으면 제 마음이 불편합니다."

"정 뜻이 그러하다면 천 냥만 주시오."

그러니 천 냥을 내 놓으니까 그 청년한테 주면서

"이 돈도 자네가 받게."

이러면서 가지라고 하더래.

그래 이 청년은 영감의 뒤를 따라다니며 돈을 얻어 잘 살았대.

조사일자 : 1996. 11. 15.
제보자 : 정대학 (78세, 남, 금학동 노인회관)

41. 대관령 여서낭신

강릉으로 들어오는 입구에 최준집씨 집이 있지 않나? 그 집에 옛날에 정씨가 살았거던.

정씨에게는 나이 많이 먹은 딸이 하나 있었는데 사위를 보려고 사방으로 알아보았으나 마땅한 자리도 없고 청혼조차 들어오지 않으니 노심초사했지.

하루는 정씨가 잠을 자는데 꿈에 대관령 서낭신이

"나는 대관령 국사서낭신인데 네가 딸을 시집보내려고 애쓰는 것을 내가 안다. 내가 네 딸하고 결혼을 할 테니 그런 줄을 알아라."

이러니까 정씨가

"국사서낭신이면 귀신인데 어찌 귀신한테 딸을 주겠소? 그건 절대로 안 됩니다."

하니 국사서낭신이

"아뭏든 두고 봐라. 결국을 그리 될 것이다."

이러는데 정씨가 꿈을 깼어. 꿈을 깼는데 아주 신기하거던. 그러나 꿈이 너무 해괴하니 근심을 하고 있는데 그럭저럭 여러 날이 지나갔어.

그러던 어느날 정씨 딸이 머리를 단정히 감고 분을 바르고 좋은 옷을 입은 뒤 툇마루에 걸터 앉아 있었단 말이야. 그런데 바람소리같이 쏴아 하는 소리가 나면서 집채같은 호랑이가 나타나더래. 그러더니 그 처녀를 들쳐업고 갔대. 이래 딸이 없어졌단 말이야.

그러자 그 집에서는 난리가 났지. 정씨는 동네 사람들과 함께 딸을 찾았지만 있나? 그런데 얼핏

'호랑이가 처녀를 데리고 대관령 산으로 가더라.' 하는 소문이 들리거던. 그 말을 들으니 대관령 국사서낭신이 딸을 데리고 간 것을 알았지. 그래서 부근에 있는 청년들을 모아가지고 대관령으로 가니까 대관령 꼭대기에 자기 딸이 뻣뻣하게 서 있는 거라. 그래서 앞에 가보니 이미 죽어 있단 말이야. 그걸 본 아버지가

"자, 이젠 딸의 시신이라도 찾았으니 데려가야 하겠다."

하며 데려 갈려고 하니 아주 꼼짝도 않는단 말이야. 다른 사람들도 달려들어 끌었지만 전혀 움직이지 않으니 어쩔 수 없네. 이러다가 피곤에 지친 정씨가 얼핏 조는 사이에 대관령 산신령이

"네가 딸을 데려 가려거던 그림 그리는 화공을 불러다가 네 딸의 모습을 그려 국사서낭신 앞에 붙여 놓아야 데려갈 수 있을 것이다."

하니 그 말대로 했어. 강릉에 내려와 화공을 데려다 딸의 화상을 그려 서낭당에 붙이니 그제서야 시체가 움직이더래. 그래서 딸의 시체를 가져다가 장례를 치루었대.

그런데 그 처녀가 호랑이에게 잡혀가던 날이 음력으로 사월 보름날이야. 그래 강릉 단오제는 5월 5일이지만 4월 15일날 대관령에 와

서 여서낭신을 모셔다가 강릉 여서낭당에서 제를 지내고 단오날에는 단오장에 옮겨가지.

대관령에서 이 신을 모셔갈 때는 신나무[神木]를 쓰지, 신나무라는 게 딴 게 아니고 단풍나무야. 신이 내려와 나무에 몸을 의지하는 게 신나무이거던. 무당이 굿을 하면 신나무가 움직이지. 단풍나무가 신과 통하면 벌벌 떤단 말이야. 그러면 그 나무를 잘라서 가져와 여서낭에 모셨다가 단오장으로 옮기거던.

조사일자 : 1996. 11. 15.
제보자 : 정대학 (78세, 남, 금학동 노인회관)

42. 경포호와 적곡합

그 옛날에는 경포에 호수가 없었대. 경포의 복판은 마을이었고 그 마을에는 나이 많은 아버지, 어머니 그리고 딸이 살고 있었대. 고래등같은 집을 짓고 아주 부자로 살았는데 어느날 중이 그 집에 시주를 받으러 왔더래.

"나는 아무 절에 있는 중인데 시주를 좀 하시오."
이러니까 그 집 주인이 마침 똥을 치고 있다가
"우리는 줄 게 아무것도 없으니 이거라도 가져가시오."
하며 뒷간에 가서 똥을 한 바가지를 퍼서 중이 짊어진 바리때에 쏟아 넣으니 중이 두 손을 합장하며
"고맙습니다. 나무관세음보살."
그러면서 돌아가더래. 그런데 딸이 보니 아버지가 시주를 받으러 온 중한테 시주는 안하고 똥을 퍼주니 민망하기 짝이 없거던. 그러니 딸이 중한테

"대사님. 제가 대신 시주를 드릴 테니 부디 아버님의 죄를 용서해 주십시오."

사과를 하니 그 말을 들은 중이 딸한테 당부를 하더래.

"그렇다면 제 말을 꼭 들으시오."

"무슨 말씀이오?"

"집 생각이나 부모 생각은 조금도 하지 말고 즉시 이곳을 떠나야만 합니다."

이렇게 알려주면서 뒤도 돌아보지 않고 가더래.

딸이 생각하니 큰일이 났거던. 그래 스님을 따라 가는데 갑자기 뒤에서 뇌성벽력이 치면서 비가 쏟아지니

'스님의 말이 정말이구나.'

하면서 생각해보니 집이구 재물이구 그런 건 생각나지 않고 부모 생각이 나거던. 그래 뒤를 돌아다보니 집이 벌써 물에 잠겼더래. 그러면서 딸의 몸이 굳어져 바위가 되었대.

그 뒤로 이 호수에는 조개가 많이 생겼어. 그런데 그 부자의 곳간 속에 쌓여 있던 곡식이 조개로 변했다 해서 "적곡조개(積穀蛤)"라고 부르게 되었는데 풍년에는 조금 잡히고 흉년에는 많이 잡힌대. 그리

고 조개를 잡다가 보면 간혹 그 부잣집의 깨진 기왓장을 건지기도 한대.

경포대가 지금은 좁아졌지만 그때는 주위가 80리나 되었대.

조사일자 : 1996. 11. 15.
제보자 : 정대학 (78세, 남, 금학동 노인회관)

43. 호랑이 잡은 덕구

옛날에 이씨라는 사람이 명주사 뒤에서 호랑이를 잡았대요. 이씨는 원래 창을 쓰는 재주가 있어 가끔 창으로 짐승을 잡아오곤 했는데 어느날 마을 뒷산에 올라가 뒤를 보다가 바로 눈 앞에 누런 게 있기에 무심코 창으로 찔렀더니 그게 호랑이었더래요. 처음엔 하찮은 짐승인 줄 알고 창으로 찔렀다가 그게 호랑이인 줄 알고는 얼마나 다급했던지 호랑이의 등에 올라 타 가지고는 엉겁결에 그만 호랑이를 잡았답니다.

또 덕구라는 사람도 운 좋게 호랑이를 잡은 일이 있는데 이를 보고 사람들이

덕구야 덕구야 날 살려라
명주사 중놈아 나팔 불어라
너는 산림의 종이요
나는 인간의 종이라

이런 노래를 지어 부르게 되었대요.

그런데 덕구가 호랑이를 잡자 의기양양해서 원님한테 호피를 바치러 갔다가 도리어 볼기만 실컷 맞았대요. 괜히 위험한 짓을 했다고.

조사일자 : 1995. 4. 21.
제보자 : 박용술 (86세, 남, 남항진동 5반 1리)

44. 짝바위 전설

짝바위는 강릉시 노암동에 있는 독갑재를 넘으면 문정암이 자리잡은 마을에 있다. 그런데 이 바위를 그렇게 부르는 것은 바위 두 개가 비슷한 모양을 하고 서 있기 때문이다.

그런데 이 바위는 오누이간의 애절한 사연을 지니고 있어 오누이바위라고도 하고 먼 곳에서 바라보면 코끼리 모양으로도 보이고, 버선과 비슷하기도 해서 버선바위라고도 부른다.

오래 전의 일이라 한다. 이곳에 살고 있던 사람의 부인이 아들을 낳은 뒤 죽었다. 그러

자 새로 부인을 얻었는데 그 부인에게는 이미 딸린 딸이 있었다. 그런데 아들과 데리고 들어온 딸은 서로 각별히 친했다. 점점 자라면서 이 배다른 오뉘는 서로 사랑하게 되었다. 오빠는 걷잡을 수 없은 연정을 느끼게 되었고 그러다가 어느날 넘어서는 안 될 일을 범하고야 말았다.

그런 일이 있은 뒤 딸의 몸에 이상이 생겼다. 배가 점점 불러오자 누이는 부끄러워 고민을 하다가 뒷산에 올라가 자살을 하였다. 이 사실을 알게 된 오빠가 죄책감을 이기지 못해 뒤따라 그 옆에서 죽어버렸다.

이 두 오뉘는 죽어서 바위가 되었다. 그런데 이 바위 두 개가 나란히 엎드려 간절히 사죄하는 모양을 하고 있기에 이 바위를 짝바위라 부르게 되었다고 한다.

그리고 이 짝바위에 대해서는 이와 다른 이야기도 있다.

이곳에 살던 어느 부부가 아들과 딸을 낳고 죽자 집안이 어려워 한 때 어린 오뉘가 뿔뿔이 헤어졌다고 한다. 각각 다른 곳에서 성장한 오뉘는 다시 이곳에 오게 되었는데 서로 남매인 줄 모르고 사랑에 빠지게 되었다. 이를 눈치 챈 주변 사람들은 그들이 친 오뉘간임을 알려주었지만 이미 깊이 사랑에 빠져 쉽게 헤어나지 못하자 하느님이 이를 괘씸하게 여겨 서로 일정한 거리를 두고 평생토록 접근치 못하도록 벌을 내려 바위가 되게 하였다고도 한다.

조사일자 : 1991. 5. 4.
제보자 : 박우순 (72세, 여, 노암동)

45. 용미암의 용

강릉시 노암동과 유산동 사이에는 속칭 독갑재라는 산마루가 있는데 독갑재에서 길을 따라 내려오면 편편한 들판이 있다. 들판은 모두 논인데 논 옆으로 큰 바위가 있다. 이 바위가 용미암이다.

옛날 용씨 성을 가진 용부사가 강릉부사로 새로 부임해 왔는데 용부사가 부임해오자 가뭄이 몇 달이나 계속되었다. 그러자 새 부사가 덕이 없고 액운마저 지니고 왔다고 백성들의 원성이 날로 높아가니 용부사는 마음이 실로 괴로웠다.

하루는 용부사가 동헌(東軒) 마루에 앉아 하늘을 쳐다보며 수심에 잠겨 있는데 남쪽 하늘에 먹구름이 크게 일며 당장에 큰 비가 내릴 것만 같아 가슴을 설레었다. 그런데 별안간 독갑재에서 서기가 일더니 구름이 금새 사라졌는데 이와 같은 일이 연 사흘동안 계속되었다. 그러자 이를 괴상하게 여긴 용부사는 통인을 데리고 서기가 일던 독갑재로 갔다.

독갑재 아래 벌판에 이르니 논 가운데 큰 바위가 있고 바위 틈 사이에 묘가 있었다. 이상하게 여긴 용부사가 그 묘의 내력을 물으니 한 백성의 대답이 이러했다.

그 바위는 농부들이 들에서 일을 하다가 앉아 쉬는 곳이었다. 그런데 지난 봄에 마을 사람들이 모를 심다가 점심때가 되자 이 바위 위에서 점심을 먹고 있는데 지나던 걸인이 왔기에 밥을 나누어 주고 자기들은 각기 들판으로 일을 하러 갔다가 저녁무렵에 일을 마치고 돌아와 보니 그 걸인이 수건으로 목이 졸려 죽어 있었다. 당황한 농부들은 묻을 곳도 마땅치 않고 해서 바위 한복판 깊숙히 파인

곳에 시체를 덮고 남은 모춤으로 대강 덮어 묘를 만들었다는 것이었다.

이 말을 들은 부사는 사람들에게 바위틈의 묘를 파니 목은 사람이고 아래는 용모양을 한 괴물이 나오기에 산 위에 옮겨 잘 묻어주었더니 그 후부터는 가뭄이 드는 일이 없이 농사가 잘 되었다고 한다.

조사일자 : 1988. 6. 7.
제보자 : 박정자 (65세, 여, 내곡동)

46. 호랑이 덕에 얻는 복

옛날 어느 집에 아이가 있었는데 어머니는 일찍 돌아가셨고 이제 아버지도 돌아가시게 되자 운명 직전에 그 아들을 보고

"얘야. 내가 이제 몇 시간 못 산다. 그동안 벌어놓은 재산도 없고 다만 고무락(다락)에 말이야. 거기에 올라가면 선조대부터 내려오는

꽹과리, 퉁소, 징, 장구, 북 그런 게 있으니 나를 묻은 뒤에 그걸 가지고설랑 동쪽을 향해서 한없이 가거라. 그러면 무슨 있이 생길 거다."

이런 말을 한 뒤 돌아가셨단 말이야. 식구라고는 부자(父子)밖에 없는데 아버지가 죽으니 유언대로 아버지의 장례를 치룬 뒤 고무락에 올라가보니 언제부터 내려온 것인지 쾌쾌 묵은 북, 꽹과리 그런 것들이 있거던. 그걸 꺼내 탁탁 털어서 북, 장구, 꽹과리 등을 짊어지고 아버지 유언대로 동쪽으로 동쪽으로 걸어갔대. 한없이 걷다보니 어느덧 해가 일락서산(日落西山)하는데 인가가 없으니 어디서 자느냐 말이야.

그래 잘 곳이 있는지 주변을 살펴보니까 소나무가 이렇게 자라서 그 가지가 우산처럼 좌악 퍼져 있거던. 땅 위에서 자려 하니 짐승이 덤빌까 겁이 나서 에라, 모르겠다 하고 그 소나무 위로 올라갔단 말이야. 소나무 위의 가지가 우산처럼 평평하니까 가져온 것들을 가지에 걸어놓고 소나무 가지 위에서 북을 베고 자는데, 아, 그때가 보름쯤이니까 쟁반같은 달이 떠오르더래. 주변이 아주 적막하니 잠이 오지 않아 이런 공상 저런 공상을 하고 있는데 어디서 난데없이 10여마리나 되는 호랑이 떼가 온단 말이야. 그놈의 호랑이 떼가 서로 빙빙 돌면서 춤을 추다가 대장 호랑이가 소나무 위를 올려다보니 소나무가지에 누워있는 사람의 그림자가 달빛에 보이거던. 그런데 호랑이가 나무위로 오를 수가 있나? 그러니까 큰 장수 호랑이가 떡 엎드리니 그 위에 다른 호랑이가 올라와 엎드리고 또 다른 호랑이가 그 위에 엎드리고, 그렇게 호랑이가 쌓이니 얼마 안 있으면 호랑이한테 잡혀 죽겠단 말이야. 그러니 이 아이가

'아이고, 이제 이리 죽으나 저리 죽으나 죽기는 이판사판이다. 아

버지가 돌아가시면서 이걸 짊어지고 가라고 했으니 죽더라도 이거나 한번 두드려보고 죽겠다.'

이렇게 생각했지. 호랑이가 계속 쌓여 이제 한 두 마리만 올라오면 꼼짝없이 잡힐 판이란 말이야. 그래 꽹과리, 징을 힘껏 두들겼어. 아버지가 시킨 대로 냅다 울렸더니 이게 어찌 된 일인가? 맨 밑에 있던 호랑이가 무당을 잡아먹어 무당귀신이 붙어가지고 무당춤을 춘단 말이야. 이놈이 쑥 몸을 빼내어가지고 냅다 춤을 추니 그 위에 있던 놈들이 어찌 되겠어? 와르르 호랑이들이 쓰러지더니 요놈들도 거기에 맞춰 춤을 추더래.

그 사람은 북, 장고를 치느라고 팔이 아프지만 요놈들이 계속 춤을 추게 하려니 어쩌나? 계속 두들겼어. 호랑이 10여마리가 장수호랑이를 따라서 마구 춤을 추어대더래. 이놈의 호랑이가 해가 뜬 줄도 모르고 신이 들렸으니까 춤을 그치지 않았어.

그런데 등성이 너머에 김 진사란 사람이 살고 있었대. 그 김 진사네가 항상 그 소나무에 소를 맸대요. 김 진사가 소를 매려고 끌고 고개를 떡 넘어오는데 소가 먼저 호랑이를 보았단 말이야. 그러자 황소가 냅다 소리를 지르고 도망을 치는 바람에 호랑이들이 제 정신으로 돌아왔거던. 정신을 차려보니 해가 중천에 떴으니까 그만 호랑이도 내뺐단 말이야. 김 진사가 보니까 호랑이가 춤을 추다가 내빼는데 그 바람에 소를 놓쳤네. 그러니 이 아이는 살았을 게 아닌가? 이젠 살았으니 소나무에서 내려왔어. 내려와서 김 진사한테 가서

"영감님, 말씀 드릴 게 있습니다."

하고 말을 걸더래.

"왜 그러느냐?"

"영감님이 보셨다시피 제가 임금님 명령으로 삼수갑산에 가 호랑이 10여마리를 데려와 마지막으로 훈련을 시킨 뒤 궁중으로 데려갈려고 했는데 하필 이 때에 소를 끌고 와 10여마리의 호랑이를 모두 달아나게 했으니 어찌 호랑이를 다시 이곳에 모이게 하겠습니까? 그러니 대신 어른께서 임금님 앞에 가서 목숨을 바치셔야만 하겠습니다."

이렇게 따지니 영감이 참말 큰일 났잖아? 그러니 김 진사가 당황해서 이 아이를 달래서 죽음은 면해야겠으니까

"여보게, 죽을 땐 죽더래도 우선 내 집으로 가세."

그래 같이 그 집으로 갔어. 가보니 고래등같은 기와집이네.

김 진사한테는 무남독녀가 있었어. 그 딸이 혼기가 되었으니까 시집보내려고 남자를 고르고 있는 중이었어. 그런데 그 딸이 보니까 아버지가 밖에서 들어오는데 얼굴에 수심이 가득 찼거던. 새벽에 소를 끌고 나가는 것을 보았는데 금방 돌아와서 땅이 꺼지게 한숨만 푹푹 내쉰단 말이야.

"아버지, 왜 갑자기 무슨 걱정이 생겼길래 그러십니까?"

"아이고, 넌 알 바가 아니다."

대답하기조차 귀찮은 듯 이러네. 그래도 딸이 자꾸 그 연유를 말해 달라고 조르니까 사실대로 말했어. 그 말을 듣고 나서 딸이

"아버님, 인명은 재천이니 사람이 죽고 사는 것은 하늘에 달려있지 않습니까? 인간의 힘으로는 불가항력이니 어쩝니까? 우선 식사나 하세요."

하고 아침밥을 차려준 뒤 마당에 나가 빨래를 하더래. 괜히 빨 것 안 빨 것 할 것 없이 옷을 가져다가 물에 적셔 빨아가지고 빨랫줄에 척척 넌단 말이야. 척척 널면서 힐끔힐끔 사랑방을 엿보더래. 사랑

방 문이 열려 있으니 사랑방에서 마당이 잘 보이는데 그 아이가 사랑방에서 마당을 내다보니 아가씨가 빨래를 하는데 참 잘나 보이거던. 아주 미인이니까 그만 여자한테 반했네.

딸은 빨래를 다 넌 뒤 조반상을 차려가지고 직접 사랑방에 가져가 그 사람한테 주면서 애교를 부리더래. 그리고 식사를 마치니까

"우리 아버지는 이제 늙으셔서 힘이 없으니 호랑이 10여마리를 어찌 잡아올 수 있겠소? 그러니 임금님한테 목숨을 바쳐야 할 테니 잠시만 기다려 주시오. 옷이라도 챙겨 드려야 입고 가시지 않겠습니까?"

하더래. 이 아이가 생각해보니 제가 한 말은 거짓말인데 일이 이상하게 되었거던. 그러니까 아가씨를 보고

"사실은 그게 그런 게 아니라 내가 호랑이한테 잡히게 되었는데 진사 덕에 살게 된 것이오."

라고 실토를 했네. 그러면서 본의 아니게 거짓말을 해서 미안하게 됐노라고 고백을 했어.

딸이 이 말을 듣고 안방에 들어가 그대로 얘길 하니까 김 진사는 이런 처죽일 놈한테 속은 생각을 하니 분통이 끓어 올랐지. 하인을 시켜 요놈을 때려 죽일까 어쩔가 하고 있는데 딸이

"아버님, 저는 저 총각한테 시집을 가겠어요. 저는 죽어도 딴 데로 시집을 안 가고 저 총각한테만 갈 테니 저 사람을 너그러이 용서해 주시고 혼인을 허락을 해 주세오."

이렇게 매달리니 화난 심정으로 한다면야 이놈을 당장 죽이고 싶지만 딸이 죽자사자 매달리고 또 비록 자기가 속긴 했어도 감쪽같이 꾀를 내는 머리가 대견하기도 해서 결국 허락을 했대.

그러니 그 아이는 아버지가 동쪽으로 가서 장구, 징, 꽹과리를 치

라고 알려주어 그대로 해서 부자집 사위가 된 게야. 그런데 그 집은 재산이 많고 외딸이니 이 아이는 고스란히 재산을 물려 받아 잘 먹고 잘 살았대.

조사일자 : 1996. 11. 30.
제보자　: 김탁기 (67세, 남, 내곡동 노인회관)

47. 모기와 짚단

아주 오래 전의 이야기야.

어떤 사람이 아들만 내리 넷을 낳으니 딸을 하나 갖고 싶거던. 그래서 어머니는 딸을 낳게 해달라고 정성껏 산신 할머니에게 기도를 드렸더니 어느날 밤에 꿈을 꾸었는데 산신 할머니가 배를 가져와 먹으라고 하기에 그걸 먹으니까 갑자기 구렁이가 나타나 몸을 칭칭 감싸는 통에 놀라 깨었는데 그게 태몽꿈이었대. 그뒤 드디어 딸을 낳으니 부모와 아들들은 무척 좋아하며 어린 여자동생을 사랑하였대.

그런데 딸이 꽤 자랐을 무렵에 갑자기 마을에 괴상한 병이 돌기 시작하더래. 조금 전까지도 멀쩡하던 가축들이 갑자기 피가 말라 죽어버리더래.

어머니는 걱정이 되어 밤중에 가끔 나가서 자기집 가축을 살펴보곤 했는데 어느날 뒷간에 갔다 오는데 돼지 우리에서 이상한 소리가 들려오니까 살짝 가보니 딸이 돼지의 피를 빨아먹고 있더래. 그러자 너무나 놀란 어머니가 외마디 비명소리를 지르니 이 딸이 어

머니를 밀치고 달아났는데 비명소리를 듣고 아들들이 쫓아 나왔지만 벌써 숨을 거두면서

"네 여동생을 조심해라."

고 유언을 했지만 셋째 아들밖에 그 말을 제대로 듣지 못했대.

셋째는 자기가 말을 잘못 들었겠지 생각하면서도 몰래 여동생을 감시했는데 아버지, 할머니, 큰형, 둘째형이 차례로 죽더래요. 그러니 이번엔 자기 차례인 줄 깨닫고 꾀를 내었대. 그때는 도둑놈들이 강도처럼 날뛰던 어수선한 때이니까 여동생을 보고

"오늘밤에 도둑이 들 것 같으니 짚단 속에 들어가 숨어 있거라."

하니 여동생이 그 말이 사실인 줄로만 알고 들어갔다가 깜박 잠이 들었대. 그러니 셋째가 짚단에다 불을 질렀어.

그러자 짚단이 타면서 짚단 속에서 모기 한 마리가 나오더니 공중으로 날라가 버리더래.

이런 일이 있은 이후로 이 마을에 가축이나 사람이 죽는 괴상한 일이 없어지니 마을에는 다시 평화가 찾아왔대.

그 해 가을이 가고 겨울이 가고 다음해 여름이 되었어. 그런데 어디서 왔는지 모기들이 몰려와 사람들의 피를 마구 빨아먹거던. 그러니 모기를 쫓으려고 별 방법을 다 썼지만 소용이 없으니 짚단을 태웠단 말이야. 그러니까 모기가 달려들지 못하고 도망을 치더래. 그래 모기를 쫓을 때는 짚단을 태운단 말이야.

조사일자 : 1996. 11. 30.
제보자　: 김민경 (40세, 여, 내곡동)

48. 재산 불린 며느리

옛날에 어떤 사람이 살았는데 그 집은 아주 부자였지만 자손 복이 없어 외아들만 두었더래요. 그런데 이 사람이 며느리를 볼 때가 되었는데 어느 여자를 며느리로 얻어와야 효부 노릇을 할 지 알 도리가 없더래요. 그래 며느리를 고르는데 꾀를 썼대요.

그게 어떤 꾀냐 하면 며느리감을 미리 골라가지고는 집에 데려와 한 삼 일간 같이 살게 한 뒤에 살림을 따로 내준단 말이예요. 그런데 살림을 내보낼 때 숟가락 두 개, 밥그릇 두 개, 조그만 솥 하나, 벼 한 섬만 달랑 주면서

"금년 겨울은 이걸 먹고 살고 내년에는 어느 밭, 어느 논을 부쳐 먹어라."

이러더래요. 그때가 늦가을이었으니까 금방 겨울이 되니 어디 가서 벌어먹을 일감이 있나, 뭐가 있나? 부부가 벼 한 섬을 받아가지고 둘이서 겨울을 지내려 하니 눈앞이 아득하더래요. 매일 죽만 써 먹어도 양식이 모자라는 거야. 할 수 없이 시아버지한테 가서 양식이 떨어졌다 하면

"아니 네가 얼마나 살림을 못했기에 겨우 두 식구가 제 입에 풀칠도 못한단 말이냐? 이건 네가 살림을 못한 거니까 네 집으로 다시 가거라."

이러면서 친정으로 쫓아버리기를 벌써 서너 번이나 했대요.

이런 일이 몇 번이나 계속되니까 원근에 소문이 쫙 퍼질 게 아니겠소? 아무데 사는 아무 양반이 며느리한테 인색하게 굴어서 쫓아낸다고 널리 소문이 나니 아무도 딸을 며느리로 주려고 하지 않더

래요. 그 양반이 여러 군데 중매를 넣었지만 모두들

"에이, 그 집이 아무리 잘 살아도 딸을 주어봐야 금방 쫓겨날 텐데 무엇하러 딸을 줘?"

하면서 머리를 젓더래요. 그러니 이 양반이 자기보다 지체도 낮고 재산도 적은 사람에게 딸이 있으니까 그 집에 중매를 넣었더래요.

청혼을 받은 사람이 생각해보니 그 양반은 살림도 많고 지체도 좋고 신랑의 인물도 잘 생겼으니까 마음에 드는데 그 양반의 성질이 그러니 딸을 주겠다고 할 수도 없고 거절을 하자니 아깝고 하니

"딸의 의사를 들어보고 결정할 테니 기다려 주시오."

이렇게 중매쟁이를 돌려보내고 나서 딸을 불러서

"너도 그 집 소문을 들어 알고 있겠지만 네 생각은 어떠냐?"

하고 물으니

"아버님, 걱정마시오. 제가 생각한 게 있으니 그 집에 시집가도록 허락해 주십시오."

이리 말하더래요. 딸이 시집을 가겠다고 하니 아버지도 승낙을 해서 시집을 갔대요. 그런데 이번에도 혼인을 하니 이 양반이 그 전처럼 늦가을에 오두막집에 살림을 내면서 숟가락 두 개, 밥그릇 두 개, 솥 하나, 벼 한 섬을 주면서 겨울을 지내고 봄이 되면 어디에 있는 논, 밭을 부치라고 하거던요.

부부가 살림을 받아가지고 오두막집에 왔대요. 그날 밤을 지낸 뒤 이튿날 아침이 되니 여자가 남편을 부르더래요.

"여보."

"왜 그러오?"

"어디 가서 멍석을 빌려 오시오."

"갑자기 멍석을 왜 빌려오라는 게요?"

"저 벼를 말려야 방아를 찧어서 밥을 해 먹을 게 아니오?"

"아, 그게 무슨 소리요? 전번의 마누라들은 벼를 한 주먹씩만 말려서 방아를 찧어 죽을 만들어 먹어도 식량이 모자라서 쫓겨 갔는데 이걸 다 한꺼번에 말려서 방아를 찧어 놓으면 식량이 며칠이 안 되어 다 없어질 텐데 그 뒤엔 어찌 살려고 그러오?"

추수한 벼가 아직 추기가 있으니까 이걸 꼭꼭 담아두고 먹을 만큼씩만 꺼내서 말려가지고 찧어 쌀을 만들어 먹어야 오래 먹을 수 있지 한꺼번에 말려가지고 찧어 놓으면 금방 쌀을 다 먹게 되니 어쩌려고 그러느냐 이 말이래요.

"그까짓 죽이나 먹고 사는 것보다 하루만 살고 쫓겨가더라도 밥이나 실컷 먹어보고나서 쫓겨가겠으니 제발 빌려오시오."

아내가 자꾸 이러니까 멍석을 빌려왔대요. 아내는 멍석에 벼 한 섬을 다 쏟아 햇볕에 말려가지고 방아를 찧어 쌀을 만들어 며칠 먹을 것만 남겨놓고 쌀자루에 붓더니

"이걸 장에 지고 가서 다 파시오."

이러더래요. 남편이 생각하니 먹기도 모자란데 팔면 뭘 먹고 사나 걱정이 되거던요.

"아, 여보. 이걸 다 내다 팔아서 뭘 하려오?"

"이걸 다 팔아가지고 점심 요기만 하고 나머지 돈으로 목화송이를 사 오시오."

점점 알 수 없는 소리만 하니 기가 막혔지만 시키는 대로 장에 가서 팔아가지고 그 돈으로 목화송이를 사 가지고 왔대요.

아내는 밤낮으로 목화송이를 가지고 무명실을 만들더래요. 밥 숟갈만 놓으면 달라붙어서 그 일을 하니 며칠 만에 일이 다 끝났대요. 그러자 또 남편한테

"오늘은 장에 가서 이걸 팔아가지고 며칠간 먹을 식량만 사고 나머지는 또 목화송이를 사 오시오."

이러니 시키는 대로 실을 팔아 양식과 목화송이를 사오니 또 밤낮으로 일을 하더래요. 이렇게 겨울 내내 일을 하여 먹고 살다가 봄이 되니 남편한테 시아버지가 부쳐먹으라는 논과 밭에 가서 곡식을 심자고 하더래요. 아내가 하자는 대로 남편이 논, 밭을 가꾸니 농사가 아주 잘 되었더래요.

하루는 시아버지가 이놈들이 어찌 되었나 궁금하니까 그 논, 밭으로 찾아 왔더래요. 그런데 논, 밭 농사가 아주 잘 되었으니 참 희안해서 그 움막 집으로 찾아와서

"내가 양식을 조금밖에 안 주었는데 그걸로 어찌 살았으며, 농사는 어떻게 그리 잘 지었느냐?"

물으니 그간 먹고 산 이야기를 쫙 얘기를 하더래요. 그 말을 듣자 시아버지는

"이젠 됐다. 이 정도면 이젠 집에 들어와서 같이 살아도 재산을 불렸으면 불렸지 줄이지는 않겠다. 그러니 그만 집으로 들어가자."

그래 움막집에서 나와 집에 들어오니 곳간 열쇠며 논문서, 밭문서를 다 가져다가 며느리한테 주면서

"이젠 우리집 살림을 네가 맡아서 해라."

집안 살림을 모두 맡기더래요.

그 뒤 며느리는 이 집 살림을 해마다 불려서 몇 년 뒤에 시아버지가 모아 놓은 재산보다 더 많이 재산을 모았대요.

조사일자 : 1999. 10. 18.
제보자 : 김인재 (78세, 남, 월호평동)

49. 위촌리 바위 전설

위촌리란 이름은 옛날에 위촌(渭村)이란 호를 가진 사람이 나라에 큰 공을 세워서 이렇게 불렀다고도 하고 또 어떤 사람이 땅을 팠더니 소 뿔 같은 것이 나와서 소우(牛)자에 나올 출(出)자를 썼는데 이 말이 변해서 우추리라 했다는 말도 있어.

이 앞에 가면 바위가 그 이름이 좀 뭐한데 이런 걸 말해도 되나?

이 마을에 여자 ××처럼 생긴 ××바위가 있고 또 남자 △△처럼 생긴 △△바위도 있으니까 사람들이 이걸 구경한다고 온단 말이야.

[그게 어떻게 생겼어요?] 그게 그러니까 남자 △△처럼 생긴 바위는 고추처럼 툭 튀어 나왔고 여자 ××처럼 생긴 바위는 중간이 움푹 패어 있는데 사람들이 가서 ××바위를 툭툭 치면 ××바위의 패인데서 뜨물 같은 뿌연 물이 나온대. 이걸 본 여자들은 얼굴이 홍당무가 되어가지고 슬슬 자리를 피한대. 내가 이곳에 시집 올 때 숙모가

"야야, 우추리라는 곳은 말새가 많다더라. 그러니 시집살이할 때 조심해라."

이러길래 그게 뭔 소린가 했더니 바로 이 바위를 보고 한 소리였던 게야. △△바위를 건딜면 그 쪽에 사는 사람들이 과부가 바람을 피운다거나 머스마, 계집애들이 연애를 한다거나 그런 소문이 난대. 그래 여기 마을 어른이 동네가 챙피하니까

"저 바위 때문에 소문이 고약하게 나니까 저걸 캐어서 흙으로 묻어버려라."

져다가 버렸대. 그러자 그 해에 장마가 지더니 물이 산에서 엄청나게 쏟아져 흙이 다 쓸려가면서 ××바위가 땅위로 요래 고개를 쏙 내밀고 나타나더래. 그러니 그 어른이

"할 수 없다. 저걸 그냥 놔두되 절대로 가서 만지거나 장난치지 말아라."

이런 뒤로 아무도 그걸 보기만 하지 건드리지 않거던. 그걸 만지면 부정을 탄단 말이야. 저걸 만지면 남자는 장가를 못 가고 여자는 시집을 못 간대. 그러니 당신들도 가서 구경만 하지 절대로 건드리지 말아요.

조사일자 : 1997. 3. 30.
제보자 : 김옥례 (72세, 여, 성산면 위촌리)

50. 개좇바위

용바위를 오늘날엔 그렇게 부르지만 그전에는 개좇바위라고 했어.

묻

랑 들려

원래 개좆바우가

산병아리를 보며는 그 또 여자 그것이 또 있어. 자네들이 지금 거길 몰라서 그냥 무심코 지나서 그러는데 그건 엉덩이바위라고 여자 엉덩이처럼 생겼어. 그기 그래가지고 합해지거던. 그걸 뭐라 했는데 이제는 그냥 개좆바우라 부르거던. 그전에는 흙에 파 묻혀 있지 않고 그 끄트머리가 이렇게, ×대가리가 덜렁 들려 있었다고. 우리가 그 끝텡이에 올라서서 그걸 흔들면 뭐 색시들이 바람난다고 그래. 거기서 별 지랄을 다 했는데, 흔들어도 보고 별지랄을 다 했는데 인젠 그 복판에 꽉 파묻혀가지고 겨우 대가리가 요만큼밖에 안 보여. 그쪽으로 내려가다 잘 살펴봐야지 그냥 무심코 지나가면 모르지 뭐. 그게 거기에 서 있었지. 바위 한쪽이 요것만큼 이래 가지고 그냥 서 있었단 말이야. 그래 이제 끝텡이에 사람이 올라가서 이래 흔들면 그게 흔들렸단 말이야. 하하하.

[명칭이 좀 그래서 그 바위를 용바우라 바꾼 건가요?] 부르기가 그러니까 학교에서 용바우라 했고 사람들도 그렇게 불렀어. 그 아래로 내려가다 보며는 다리를 새로 놨지? 그 굽은 길로 딱 돌아가다 보며는 자세히 살펴봐야 알아. 산부레기가 쪼그마 해. 그 바우들이 쪼그맣게 세 개가 요렇게 있다고. 나도 그 뭐냐? 그 전에 젊었을 때는 여기서 나무장사를 하면서 먹고 살았다고. 나무를 한 짐 지고 나가서 팔아가지고 인제 거기서 보리쌀을 한 됫박씩 사서 먹고 살았다고.

그 뭐 우리가 젊어서 그기 뭐 알았나? 여름철인데 시장에 가서 나

무를 팔아 보리쌀 한 되를 떡 사 가지고 올라오는데 덥더라고. 거기에 소나무가 있었단 말이야. 그래 앉아 쉬었네. 이 바위에 올라가서 말이야. 그땐 이런 도로가 아니고 사람 하나 겨우 다닐 만한 도로였단 말이야. 그런데 나이 먹은 여자들이 오후에 낭그를 해 이고서 이제 팔러 나간다 말이야. 그러다가 우리가 앉아 쉬는 걸 보고

"아, 빌어먹을. 너희들은 앉아 쉬어도 하필이면 왜 그리 얄밉게 그런 곳에 앉아서 쉬나?"

이러더라고. 그러니 이상하단 말이야. 돌이니까 올라가서 쉬었는데 이게 뭔 소린가 하고 내가 동네에 와서 나이 먹은 사람들한테 물으니까

"헤헤, 그게 모양이 그렇게 생겼으니까 그렇다."

그래.

그 뒤에도 가끔 거기서 쉬면 또 그리 말하길래 또 돌아와서 그 얘길 하니까

"헤헤헤, 하이고."

자꾸 웃기만 하더라니까. 그제서야 어렴풋이 그 말 뜻을 알았지.

지금도 거기에 그게 있어. 지금 새 도로를 만들고 있는데 그게 파여 나가는가 걱정을 했더니 거기는 안 파여 나가게 되겠더라고. 돌이 나온 데서 그 부레기를 떠낸다고 해도 그 쪽은 안 파내어도 되겠더라고. 그래 내가 속으로 그 돌을 파내면 안 되는데 이리 생각했지.

조사일자 : 1996. 5. 12.
제보자 : 함경호 (71세, 남, 성산면 위촌리)
함영기 (65세, 남, 성산면 위촌리)

51. 대장골의 장수 바위

대장골로 들어가는 입구 냇가 기슭에 바위가 있는데 이 바위를 장군바위라 부른다.

옛날에 대장골에 힘센 장수가 있어 이 바위를 밟고 지나간 흔적이 지금도 남아 있는데 장수의 발자국과 짚고 지나간 지팡이 자국이 있으며 가즈런하게 자국이 난 엄지 발가락 형상이 지금도 선명하다. 지팡이를 짚었던 구멍에 비가 오면 빗물이 고이는데 사마귀가 있는 사람이 그 구멍에 절을 하고 고인 물을 찍어 바르면 금새 사마귀가 없어진다고 한다. 그런데 두 발자국 중 왼쪽 발자국은 선명하지만 오른쪽 발바닥은 희미하게 보이는데 사람들은 그 장수가 그 큰 몸무게를 지탱할 때 왼쪽 발에 힘을 주어서 왼쪽 발자국이 깊게 파였다고 한다.

이 대장골에 원래 신씨들이 살았는데 그 곳에 있는 고총(古塚)에서 밤마다 귀신이 울부짖는 소리, 장군들이 칼춤 추는 소리, 활 쏘는 소리가 들려오니까 불안해서 그 무덤을 파 없었더니 구멍에서 솥같은 무쇠가 나왔다고 한다. 그런데 무덤을 파낸 뒤 신씨 집안은 쫄딱 망했다고 한다.

그후에 창녕 조씨들이 들어와서 흩어진 석물을 정리하고 새로 무덤을 써 주었더니 자손이 번창하고 집안 일이 잘 되었으며 아이를 못 낳는 사람이 산에 가서 치성을 드리면 소원이 성취되었다고 한다.

그런데 조씨들이 자기들도 대장골 봉우리에 묘를 쓰려고 그 비석과 석물을 부시고 묘를 파헤치자 개들이 몹시 짖어대었는데 그 일이 있은 뒤 조씨 가문은 쇠퇴해 버렸다. 얼마 뒤에 다른 곳으로 나가 흩어져 살던 조씨들이 돌아와 그때 쓴 조상의 묘를 찾으려 했으나 묘는 형체조차 없어져 찾지 못했다.

대장골은 옥녀직금, 그러니까 선녀가 비단을 짜고 있는 형국이다. 그 옆에 말굴레를 벗어놓은 말굴재도 있고 어머니가 베를 짰다는 분태골도 있다.

또 옥녀직금터에는 옥천폭포가 있었다는 말도 있다. 송두 마을로 가는 고개에서 내려다 보면 유아가 누워있는 형상처럼 보인다.

한식날 벌초할 때면 벌초하러 온 사람들이 남의 무덤들까지 벌초를 해준다. 산의 형세 장군대좌형(將軍大座形)이어서 묘를 여기에 썼다고 한다. 대장골 골짜기에서는 사시사철 물이 졸졸 샘같이 흘러내린다.

이곳에서는 가뭄이 타지 않아 항상 농사가 잘 된다.

조사일자 : 1996. 6. 7.
제보자 : 최규준 (66세, 남, 성산면 위촌리)
최호집 (65세, 남, 성산면 위촌리)

52. 묘자리 이야기

옛날 허씨 집안에 남편은 일찍 죽고 부인과 아들, 딸 이렇게 사는데 집이 가난하니까 남의 집에 가서 일을 해주고 품삯을 받아서 간신히 연명을 하고 살았대. 그런데 가을철이 되니 새가 와서 곡식을 다 까먹는단 말이야.

이 허씨 집의 이웃 마을에 부자가 살고 있었는데 새들이 자꾸 날아와 곡식을 다 까먹으니까 허씨 부인한테 품삯을 주고 곡식을 지키라 했거던. 그런데 허씨 부인은 매일 이 집에 가서 새 쫓는 품을 팔다가 이 집주인이 죽으면 쓰려고 좋은 묘자리를 잡아 놓은 걸 알게 되었대. 그 터에다 묘를 쓰면 자손이 부자로 산다는 말을 들으니 덜컥 욕심이 생겼대. 자기가 죽어서 이 묘자리를 차지하면 자식, 손자는 배불리 먹고 살 테니 그 묘자리를 어떻게 차지할까 궁리를 하다가 어느 날 아들을 불러

"내가 죽거던 저 부잣집 주인한테 이리이리 해서 내 시체를 어디에 묻어라."

이리 당부하고 새를 보러 나가더래.

그런데 그날은 새 떼가 까맣게 몰려와 곡식을 다 까먹는데도 새를 쫓는 소리가 들리지 않더래. 부자가 부인이 새를 잘 보나 못 보나 살피러 나와보니 새가 곡식 위에 새까맣게 달라붙어 파먹는데도 부인은 졸고만 있거던. 새가 곡식을 다 파먹는데 여자가 새를 쫓지 않고 조는 척 하고 있는 줄 모르니까 부자는 그만 화가 치밀어서 고함을 치더래. 금방이라도 부인을 쥐어 팰 듯이 소리를 지르니 부인이 놀란 척 하며 낭떠러지 아래로 일부러 굴러떠러져 내렸어. 고함

소리에 겁을 먹은 것처럼 굴러내리다가 그만 죽어버렸어. 이렇게 죽으니 아들이 가만 있는가? 남의 집 일을 하다가 놀라서 굴러 떨어져 죽었으니 보상을 해야 한다 이게야.

부자가 생각하니 자기 집 일을 하다 야단을 너무 쳐서 죽었으니 이게 큰 일이거던. 그러니 이 사람한테

"이거 대단히 미안하게 되었네. 그런데 내가 어떻게 보상해 주면 좋겠는가?"

이렇게 사정을 하니까 아들이

"아무데 있는 산을 주시오. 우리는 땅이 없으니 거기에다 어머니 장례를 치루어야 하겠습니다."

이렇게 요구하니 꼼짝없이 묘자리를 빼앗겼지.

아들이 거기다 묘를 쓰자 과연 이 집은 재산이 불고 후손도 벼슬을 해서 잘 살았다고 해.

이렇게 우리나라에서는 묘를 잘 쓰려 하고 중국에서는 집터를 잘 잡으려 하는 풍습이 있었어.

조사일자 : 1997. 3. 30.
제보자 : 최종춘 (71세, 남, 성산면 위촌리)

53. 뒤바뀐 아내

예전에 어떤 부자가 외아들을 두었는데 어려서부터 병이 들어 앓았단 말이야. 그런데 이 아들이 병은 깊지만 나이가 차고 재산도 있으니 장가를 보내야겠거던. 그래 아들의 병을 감쪽같이 숨긴 채 처녀를 골라서 결혼 날짜를 받았어. 그런데 결혼할 날짜가 점점 다가

오니 걱정이 태산같더래. 일어서지도 못하는 아들을 신부집에 보내 식을 올릴 수도 없고 그렇다고 지금껏 숨겨온 아들의 병을 밝힐 수도 없으니 속으로 가슴만 태우고 있는데 마침 육신이 건장한 이웃 마을 총각이 돈을 빌리러 왔더래. 이 청년이 사정이 원체 급하니까 통사정을 하니

"돈을 빌려주는 것은 어렵지 않네. 달라는 대로 줄 테니까 그 대신 내 요구를 들어 주겠는가?"

이렇게 물으니 총각이 바싹 달려들더래.

"무슨 일이건 시키는 대로 하겠으니 말씀만 해 주십시오."

"사실은 우리 집에 외아들이 있는데 병이 오래 되어 일어서지도 못 하네. 그런데 혼인을 시켜야겠는데 일어서지도 못하니 대신 자네가 혼인식을 올릴 때 거짓으로 신랑 행세를 해 주게."

이 총각이 생각해보니 혼인식만 대신 해주면 그만이니 좋고말고지 뭐. 그래 진짜 신랑처럼 여자의 집에 가서 혼인을 치룬 뒤 신부집에서 신부를 데리고 신랑집에 와서는 신부를 놔두고 제 집으로 돌아갔대.

그런데 신부가 보니까 혼인식을 할 때 그 신랑이 아니고 병이 깊어 일어나지도 못 할 만큼 야윈 사람이 진짜 신랑이라 하거던. 그러니 자기와 혼인식을 한 신랑을 찾아야 한다고 뛰쳐나가서 제 집으로 돌아가는 그 총각을 만났어. 신부가 그 총각을 따라 그 집까지 찾아간 거야. 그 총각의 집까지 따라가보니 집안 형편은 어렵지만 총각은 참 똑똑하단 말이야. 그러니 신부는 자기와 혼인을 치룬 남자가 진짜 남편이지 병든 남자는 자기와 식을 올린 게 아니니까 남편이 아니라면서 그 총각을 남편으로 모시고 살겠다고 고집을 피우며 그 집에 눌러 앉더래.

그런데 그 가난한 집 총각의 여동생이 보니까 오빠의 처지가 참 묘하게 되었단 말이야. 그 여자는 오빠와 살겠다고 버티니 그 여자가 만약 돌아가지 않는다면 진짜 시아버지가 가만두겠느냐 이게야. 그러면 저 여자의 입장은 말할 것도 없고 오빠의 입장도 말이 아니라 이 말이야. 그러니 차라리 내가 그 여자의 시집에 대신 갈 수 밖에 없다고 작정하고 자진해서 부잣집에 찾아갔어. 병든 아들을 둔 부잣집에서는 이놈의 며느리가 도망쳤으니 챙피해서 끙끙 앓기만 하던 차에 대신 며느리로 들어오겠다 하니 좋고말고지 뭐. 그래 부잣집 며느리가 되어서 사는데 병이 나아야 애를 낳지. 그런데 병이 낫기는 커녕 점점 더 악화되니 이젠 시집에서도 지쳐서 아들을 포기하더래. 그런데 아내는 그 남편의 병이 점점 악화되니까 저러다 죽으면 자기도 죽어야겠다고 비상을 준비해 놓았대. 남편의 병세가 아주 위급해져 오늘 죽을 지 내일 죽을 지 모를 만큼 되니 그 여자는 이젠 남편의 숨이 떨어지는 순간에 자기도 비상을 먹고 같이 죽으려고 지키고 있다보니 문득 부모와 오빠 생각이 난단 말이야. 그래 마지막 인사를 드리려고 뒷동산에 올라가 자기 집 쪽을 향하여 마지막 하직 인사를 올렸대. 그리고 나서 돌아와 보니 자기가 마시려고 준비해 놓은 비상이 없단 말이야. 그래 여기저기 비상을 찾는데 남편이 가는다란 목소리로

"아까 머리맡에 있던 약을 좀 더 주오."

이러거던. 이 말을 듣고 보니 고통을 못견뎌 몸부림을 치다가 곁에 놓아 두었던 비상을 약인 줄 알고 남편이 먹은 거라. 그러니 곧 남편이 죽을 게 아닌가? 이 여자는 시어머니한테 자기가 먹고 죽으려고 놓아둔 비상을 남편이 마신 것 같다고 털어놓았대.

남편이 죽은 듯 누워 있으니 여자가 뒤따라가려고 했지만 남편이

비상을 다 먹어버렸으니 죽을 방법이 없는 거라. 이걸 어쩌면 좋을까 생각하다가

'내일 장에 가서 비상을 구해다가 남편의 숨이 떨어지면 나도 먹고 남편 뒤를 따라야지.'

이렇게 작정을 했대. 그런데 남편이 아직 숨이 떨어지지 않았는지 조금씩 꿈틀대더니 날이 새자 다 죽어가던 사람이 눈을 뜨면서 정신을 차리더래. 그래 미음을 주니 이걸 먹고 점점 얼굴에 화색이 돌면서 말도 하고 몸도 일으키더니 밥까지 달라 하더래. 그러면서 병세가 놀랄 만큼 회복이 되어 며칠이 지나자 남편 노릇까지 하려 들더래.

비상은 아주 위험한 독약이지만 아주 위험한 고비를 당했을 때 알맞게 쓰면 천하에 제일 가는 명약이라는 말이 있잖나? 그러니 그 비상 덕분에 다 죽은 목숨을 건진 게야.

이 여자는 다 죽어가는 남편을 살렸으니 이 부잣집에서 아주 좋은 업이 들어왔다고 시부모의 사랑을 듬뿍 받아가면서 잘 살았대.

조사일자 : 1997. 3. 30.
제보자 : 최종춘 (71세, 남, 성산면 위촌리)

54. 명당자리 훔쳐 쓴 묘자리

우리 동네에 산이 있는데 그 산에 묘가 하나 있어. 언제 묘를 썼는지는 모르지만 그 묘는 큼직하고 석물도 잘 해 놓았어. 그런데 누가 그랬는지 지금은 부서져 있어.

그런데 누구든 운수가 불길한 사람이 그 묘 앞에 술을 갖다놓고 정성껏 빌면 운수가 잘 풀린다고 해. 옛날에 애를 못 낳는 여자들이 있잖아? 그런 여자들이 와서 애를 낳게 해달라고 빌고 그랬지. 그러면 애를 낳으니 참 신기해. 그러니 명당자리야.

그 아래에 송씨가 와서 살았대. 그 송씨는 풍수지리를 잘 보았거던. 지리를 보니까 아주 좋은 터란 말이야. 그래서 자기가 죽으면 거기에 묻히어야겠다고 마음먹고 거기서 살았대.

그런데 최씨란 사람이 이웃에 사는데 아버지가 죽었거던. 갑자기 상고를 당해놓으니 어디다 묘를 잡아야 할지 물을 데가 있어야지. 그래 식구들이 모여 장지를 의논하다가

"저 건너편에 사는 송씨가 나이도 많고 안목도 있을 테니까 그 사람한테 가서 물어봅시다."

이리 의견을 모으고 상주 한 사람이 송씨한테 장지(葬地)를 물으러 건너갔대. 그 상주가 그 집에 가보니 방에서 송씨 내외가 서로 주고받는 소리가 들리더래. 그러니 문밖에서 몰래 엿들었거던. 그랬더니 부인이

"저 건너 최씨 집에 초상이 났다는데 우리도 죽게 되면 어디로 묻혀야 할지 걱정이오."

이러니 영감이 하는 말이

"그건 걱정할 게 없소. 우리 집 뒷 산 어느 지점이 묘터로서는 아주 좋으니 내가 먼저 죽거나 당신이 먼저 죽으면 거기에다 묻으라 하면 되오."

한단 말이야. 이 말을 듣자 그만 집으로 돌아와서 시침을 뚝 떼고 이튿날 그곳에다 장사를 지냈어.

그때는 네 산 내 산이 없었어. 묘는 아무나 먼저 쓰는 게 임자야.

그 뒤 송씨가 산에 가보니 그 자리에 이미 묘를 썼으니 그만 묘자리를 뺏겨버렸어.

그 터는 송씨가 먼저 잡아놓았던 터이긴 하지만 문서상으로 내세울 근거가 있어야 항의를 하지. 그래 꼼짝없이 당했지 뭐.

조사일자 : 1998. 7. 18.
제보자 : 최종준 (72세, 남, 성산면 위촌리)

55. 청렴한 맹사성

옛날 애기 하나 해줄까?

조선 왕조 세종 때 영의정, 지금으로 말하자면 국무총리쯤 될까? 그 분 이름이 뭐냐 하면 맹사성이라 사람이 있었거던. 그 분이 얼마나 청렴했던지 조선 왕조 500여년 동안에 청렴한 사람이 많지만 그 분이 제일 우두머리야.

그때도 매일 관청에 나가는 게 아니라 가끔 집에서 쉬는 날이 있었던 모양이야. 그래 집에서 쉬고 있는데 재상으로 있는 사람이 급히 상의할 일이 있어 맹사성 집으로 찾아왔는데 상의를 하다보니 시간이 많이 흘렀단 말이야. 마침 때가 되었으니 부인이 인제 점심을 내 왔거던. 그런데 손님이 왔으니까 자기 식구끼리만 먹을 때보다 더 잘 채려왔더래.

채려온 점심을 먹고 있는데 마침 비가 왔대. 그런데 정승의 집이 얼마나 좋은지 비가 막 새더래. [참 못 살았군요.] 비가 새거던. [웃음] 그러니 방안에서 비를 덜 맞으려고 비옷을 가져오라 해서 둘러쓰자고 하더래. 손님이 하도 보기가 민망하니까

"대감님, 집이 너무 낡아 이렇게 비까지 새니 이래가지고야 되겠습니까?"
하면서 위로를 하거던. 이러자 영의정이 뭐라고 하는고 하니
"여보게, 우리는 이런 집에서라도 살고 있지만 이런 집도 없는, 우리만도 못한 백성도 많지 않은가? 이만 해도 다행이야. 그러니 그런 소릴랑 하지 말게."
이러더래. 그러니 얼마나 청렴한 양반인가?
얼마 후에 인제 손님이 돌아갔단 말이야. 이집 살림살이가 곤궁하니까 평소에 그렇게 쌀밥을 먹지 못했거던. 손님이 간 뒤에 마누라를 불러
"우리 집에는 먹을 쌀이 없을 텐데 점심을 채려 올 때 어떻게 그처럼 좋은 쌀 밥을 내왔소?"
이렇게 물었단 말이야. 집에는 쌀도 없고, 쌀을 사 올 돈도 없는데 어떻게 된 거냐 이거야. 그러니 아내가 이리 말하더래.
"모처럼 당신이 거느리고 있는 사람이 왔는데 어찌 차마 우리가 먹는 그 험한 밥을 대접할 수 있겠소? 그래 이웃에 가서 쌀을 빌려와 밥을 지었소."
그러니 이 말을 들은 맹사성이
"글세, 그것도 좋은 생각이긴 하지만 자기 형편대로 정성껏 대접하면 되지 않겠소? 내 형편에 맞게 하면 되지 괜히 자기 분수에 맞지 않게 남한테서 빌려오게 되면 결국 남한테 신세를 지게 되니 그래서는 안되오."
이리 타이르더래. 이러니 얼마나 청렴한 분인가?

조사일자 : 1998. 7. 18.
제보자 : 최종준 (72세, 남, 성산면 위촌리)

56. 음행(淫行) 속인 가짜 풍수

옛날에 형하고 동생이 살았는데 동생은 농사를 짓고 형은 지관을 했대. 그런데 동생은 아무리 애써 농사를 지어도 형보다 훨씬 못 사니 불만이 컸대. 형은 저렇게 대접을 잘 받는데 자기는 대우는 커녕 푸대접만 받으니 화가 치밀어서 형의 집에 가서 패철을 훔쳐가지고 몸에 차고 다녔어.

자기가 진짜 땅을 잘 보는 지관처럼 패철을 차고 자꾸 가다가 날이 저무니까 어느 부자집 대문 앞에 가서

"하룻밤 묵어 갑시다."

이랬대. 그랬더니 안에서

'안으로 모셔라."

이렇게 허락하길래 들어갔더니 진짜 지관인 줄 알았던지 대접이 융숭하더래. 그러자 동생은 주인이 뭔 부탁을 할 모양인데 자기는 아무것도 모르니 속이 타더래. 속만 바싹바싹 태우다가 도저히 참을 수 없어

"실은 저는 아무것도 모릅니다. 형님이 지관인데 형님 패철을 훔쳐가지고 다니면 대접을 받을까 해서 거짓 지관행세를 한 겁니다."

이리 실토를 했대. 그런데 이렇게 실토를 하면 속은 줄 알고 구박하며 쫓아낼 줄 알았는데 주인은 전혀 그런 기색을 보이지 않고

"손님은 그런 건 걱정 말고 어서 저녁이나 드시고 내가 시키는 대로만 하시오."

이런단 말이야. 그래 그날 밤 거기서 자고 다음 날 아침 밥을 먹고 나니까 어디에 있는 사돈 집에 가서 이리이리 말을 해달라고 당부

를 하더래.

그래 시키는 대로 사돈 집에 가서 우연히 들린 척 하며 그 집 산소를 쭉 훑어본 뒤

"산소를 보니까 후손 중에 칠삭동이가 나오게 되었구먼."

이랬단 말이야. 그게 어찌 된 일이냐 하면 며느리가 친정에 가서 애를 낳았는데 혼인한 지 열 달이 못되고 7달 밖에 안 되었거던. 그러니 의심이 든단 말이야. 자기 핏줄이 아니지 않느냐 이런 생각이 들었거던.

그런데 실은 그 며느리가 시집 가기 전에 다른 남자의 애를 뱄는데 애를 밴 줄도 모르고 혼인을 했다가 7달만에 해산을 했으니 이제 그집 혈통이 아닌 게 들통이 나게 되었단 말이야. 그러니 딸의 집에서 이 사람을 시켜 산소탓으로 칠삭동이가 나온 것처럼 사돈을 속인 게야. 멀쩡한 산소를 가지고 칠삭동이를 낳을 팔자로 속였는데 이런 줄을 모르는 사돈은 무릎을 탁 치며

"아, 그래서 내 손자가 칠삭동이로 태어난 게로구나."

이리 속아가지고 얼른 가마를 준비시켜 친정으로 보내서 며느리와 아이를 데려왔더래. 그 사람은 하마터면 딸의 부정한 과거가 들통이 나서 톡톡히 챙피를 당하고 쫓겨날 운명을 구해주었으니 너무 고마워 재물을 많이 주어서 그 동생은 편하게 잘 살았대.

조사일자 : 1999. 5. 16.
제보자 : 조정사 (83세, 여, 성산면 위촌리 항상골)

57. 뱀을 도와 얻은 복

옛날에 세 사람이 산삼을 캐러 갔는데 한 사람만 산삼을 캐고 두 사람은 못 캤대. 그러데 두 사람이 산삼을 캔 사람을 움푹 파인 구덩이 속에 쳐밀어 넣고서는 그 산삼을 둘이서 나누어 갖고 내뺐더래.

산삼은 누구나 캐는 것이 아니고 산신이 도와야 캘 수 있대. 이 사람이 그 속에서 나오지 못하고 있다가 밤이 되었는데 뱀이 와서 이리 보더니

"왜 여기에 빠져 있느냐?"

고 물으니 그 사람이

"나는 산삼을 캐러 다니는 사람인데 나만 산삼을 캤더니 같이 왔던 친구들이 나를 여기에 밀어넣고 내가 캔 산삼을 가지고 도망을 갔다. 그래서 빠져 있는데 도저히 여기서 빠져 나갈 수가 없어 이렇게 갇혀 있다."

하고 쫙 얘기를 했대. 그랬더니 뱀이

"그러면 네가 이 구덩이 속에서 나갈 수 있게 해 줄 테니 그대신 내 소원을 들어달라."

고 하니 그러겠다고 약속을 했대. 그러니까 뱀이

"나는 명주 줄이 없어서 하늘에 오르지 못하니 명주 줄 두 꾸리를 갖다 달라."

이러면서 길을 만들어 주어서 올라왔대. 그래 집에 가서 명주 두 꾸리를 가져다 주었더니 그 구덩이 속에서 껍질을 벗은 뒤 명주 줄을 타고 하늘로 올라가면서 용이 되더래.

[그러면 그 사람 덕에 뱀이 용이 되었네요?] 그렇지.

[그래 그 사람은 어떻게 되었어요?] 용이 도와주니까 그 사람이 무슨 일을 하면 잘 되더래. 이걸 해도 잘 되고, 저걸 해도 잘 되고 하는 일마다 척척 잘 되었다는 게야.

조사일자 : 1999. 5. 16.
제보자 : 조정사 (83세, 여, 성산면 위촌리 항상골)

58. 할머니 잡아먹은 호랑이

옛날에는 산삼 껍질에 풀을 발라 빳빳하게 해서 옷감을 짜는 것을 베를 맨다고 하거던.

어떤 할머니가 베를 잘 매니까 이 집 저 집으로 다니면서 베를 매주었대. 그랬더니 그 집에서 딴딴하게 말라서 굳은 솥글겡이(누룽지)를 주길래 그걸 가져와서 밤에 자다가 하도 배가 고프니까 깨물어 먹으니 소리가 났거던.

그러자 손자가 자다가 이 소리를 듣고서

"할머니, 할머니, 뭐 먹는가?"

이래 물으니 할머니가

"응, 베 매준 집에서 솥글겡이 준 걸 먹었다."

이러니 손자가

"나도 좀 주게."

하니까

"아, 다 먹어서 없다."

이러니 그냥 잤지.

다음날에도 할머니가 그 집에 가서 베를 매주고 오려는데 또 그 솥글겡이를 주더래. 그래 그걸 손자한테 주려고 지니고 오는데 산 모퉁이를 돌아오니 호랑이가 척 나타나서

"네가 가지고 오는 걸 나한테 주지 않으면 널 잡어먹겠다."

이러니 그걸 주었대. 그래 호랑이가 이걸 다 먹었지.

할머니가 또 한 모퉁이를 지나오는데 그 호랑이가 먼저 와서 기다리고 있다가

"네가 가지고 가는 솥글겡이를 다 내놓아라."

이러는데 그걸 이미 다 주어버렸으니 남은 게 있나?

"아까 다 주어버렸으니 이젠 없다."

"그러면 팔이라도 내 놓아라."

호랑이가 이러니 할머니가 어쩔 수 없더래.

"팔을 떼 가려면 떼 가라."

그러자 호랑이가 덜컥 물고 흔드니 팔이 떨어졌지.

한 팔을 떼어주고 오는데 호랑이가 또 기다리고 있다가

"나머지 팔도 내 놓아라."

이런단 말이야.

"그럼 나는 팔이 없어 어떻게 사니?"

"팔이 없으면 내가 먹여줄 테니 걱정 말아라."

그래 남은 팔을 마저 떼어먹었대.

그리고 나서 오는데 또 나타나더니 또 다리를 떼어달라 하더라네. 그래 다리 한 쪽을 떼어먹고 다음엔 나머지 다리도 마저 떼어달라 하니

"그럼 나는 어떻게 가나?"

하니까

"걱정 마라. 내가 업어다 주겠다."

이래 다리까지 다 떼어 먹었다네.

손주가 집에서 아무리 기다려도 할머니가 오지 않더래. 그러다가 한 밤중이 되니 할머니가 밖에서 문을 열어 달라고 하거던. 손주가 문을 열어주려고 할머니 손을 만져보니 껄끔껄끔하단 말이야.

"할머니, 왜 손이 이리 껄끔껄끔 하나?"

그리 물으니 할머니가

"일을 하다보니 너무 저물었기에 풀을 바르던 손을 씻지 않았더니 이리 껄끔껄끔하다."

이러니 문을 열어 주었대.

그래 손자는 아랫방에서 자고 할머니는 윗방에서 자는데 윗방에서 우두둑우두둑 하는 소리가 나서 손자가 잠이 깨었단 말이야. 그건 호랑이가 할머니 몸뚱이를 좀 남겨가지고 와서 먹는 소리라.

"할머니, 뭘 먹는가?"

손자가 이렇게 물으니 할머니가

"베 매준 집에서 솥글겡이를 좀 주길래 그걸 먹는다."

이러더래.

"그럼 나도 좀 주게."

"아, 다 먹었다."

그래 잠을 자는데 얼마 있다가 호랑이가 손자를 잡아먹으려고 아랫방으로 넘어 오더래. 손자가 얼핏 잠이 들었다가, 그제야 윗방에서 자다가 아랫방으로 넘어 오는 게 할머니가 아니라 호랑이인 줄 눈치채고 뒷간에 갔다 오겠다고 속이고 이웃집으로 도망을 쳐버렸대.

그런데 다음날 할머니가 베를 매주던 집에서 할머니가 오기를 기다려도 오지 않으니 할머니를 데리러 찾아왔더래. 와보니 손자도 도망쳤으니 없고, 할머니도 호랑이한테 잡혀먹었으니 없고, 호랑이도 가버렸으니 없더래. 사람이 아무도 없는데 방안엔 피가 여기저기 묻어 있거던. 호랑이가 할머니 몸뚱이를 가져와 먹을 때 묻은 핏자욱이 묻어 있었던 게야.

그러니 베를 매주던 사람이 이웃집에 가보니 손주가 거기에 있길래

"할머니는 어딜 갔나? 그리고 너는 왜 이 집에 와 있나?"

하고 물으니

"지난 밤에 할머니를 잡아먹은 호랑이가 나까지 잡아먹으려 하기에 뒷간에 간다 하고 도망쳐 와 있소."

이리 말해서 호랑이가 할머니를 잡아 먹은 줄 알게 되었다고 해.

조사일자 : 1997. 6. 11.
제보자 : 최오자 (80세, 여, 성산면 위촌리)

59. 대공산성과 칼

여게 쭉 올라가면 대공산성이 있거던. 대공산성이라고 하기도 하고 대궁산성이라고도 하는데 그 산성의 유래는 잘 모르겠어. 큰 대(大)자, 구멍 공(孔)자로 보는 사람도 있고 활궁(弓)자로 보는 사람도 있지. 거기에 가보면 쇳물을 녹인 대장간 자리가 있고 우물 자리도 있고 동문, 서문이 있던 돌쩌구의 흔적도 있어.

이 성을 쌓은 시기는 신라때인지 고려때인지 분명치 않은데

"마의태자가 성을 쌓고 임시로 머물렀다."

라고 하는 사람도 있어. 그렇지만 이런 성을 쌓고 임시로 머물렀다는 것은 믿기 어렵단 말이야. 강릉이 바닷가에 있으니까 이곳으로 왜구가 자주 침범했단 말이야. 그러니 이를 막기 위해 금산에 비상성이 있어. 거기에 비상성을 쌓아놓고 여기를 최후의 보루로 삼았던 것 같아. 그러니까 적의 침략이 있으면 거기서 일단 방어를 하고 여기엔 비상 식량을 저축해 놓는다든지 해서 최후의 방어선으로 삼았던 것 같단 말이야.

언젠가 어떤 사람이 성 근처에서 장칼을 주은 일이 있는데 꿈에 선몽하기를

"그걸 도로 갖다 놓아라."

하기에 제 자리에 가져다 놓았다고 해.

그리고 만기라는 사람도 이 근처 생명골이라고 하는데 거기에 갔다가 녹슨 장도칼을 주어 가지고 왔더니 꿈에 장수가 나타나더니

"이 놈, 당장 그 자리에 갖다 놓지 못하겠느냐?"

하고 호통을 쳐서 다시 그 자리에 가져다 놓았다고 하는 말이 있어.

그리고 아주머니들이 그곳에 자주 나물을 캐러 갔는데 한번은 어느 아주머니가 칼을 주워가지고 왔더니 갑자기 식구가 앓아서 칼을 제 자리에 갖다 놓으니 나았다는 말도 있어요.

대공산성 밑에 장이 섰던 장터거리가 있고 마장은 옛날에 말을 맨 자리래. 성 뒤로는 깃대 바위가 있고 그 위로 올라가면 할머니가 애를 업고 있는 것 같이 생긴 할미바위와 갓처럼 된 갓바위가 있어.

조사일자 : 1995. 10. 27.
제보자 : 정종순 (55세, 여, 성산면 보광2리)
전인규 (70세, 남, 성산면 보광2리)
김남환 (78세, 남, 홍제동)

60. 김주원 묘 찾기와 걱정재

김주원의 묘는 옛날에 병란이 많았으니까 자손이 흩어져 묘를 돌보지 못 했기에 가시덤불이 우거져 한동안 찾지 못했지. 자주 묘에 가서 자손이 벌초를 하지 않으면 가시덤불이 우거지게 되어 그 속에 묻혀버린단 말이야.

그런데 김주원의 묘를 잃어버렸다가 찾게 된 데에는 내력이 있어.

묘가 여기 보광리에 있다는 것은 아니까 사람들이 여기로 찾으러 왔거던. 김상성이란 양반이 여기에 와서 찾아보았으나 처음엔 못 찾았단 말이야. 나무가 우거지고 사람이 거의 살지 않으니 누구한테 물어 볼 수도 없었지.

저쪽으로 가면 걱정재가 있어. 아무리 묘를 찾으려고 애써도 찾을 수 없으니 재에 주저 앉아 걱정을 했다고 해서 그 고개를 걱정재라고 했대.

한번은 그 사람이 그 고개에 주저 앉아서 묘를 어찌 찾을까 걱정을 하고 있는데 나뭇꾼이 지나가니 그 나뭇꾼한테 물었대.

"나무하러 다니면서 보통 묘보다 큰 묘를 못 보았느냐?"

그러니까 나뭇꾼 아이들은 무두가

"난 모르겠소."

이러거던. 그런데 한 아이가

"야야, 우리 그만 나무를 하러 가자. 어서 주원멧골로 가자."

이렇게 말을 하니 귀가 번쩍 뜨이었대. 주원멧골이라 하니 주(周)자 원(元)자 김주원이 맞는단 말이야. 김상성이

"애야, 그게 어디쯤 있느냐?"

하고 딱 달라붙으니

"당신도 가고 싶으면 우리를 따라 오시오."

하기에 그 나뭇꾼들을 따라가 보니 보통 묘보다 다른 묘가 있거던. 그래서 조상의 묘를 찾게 된 게야.

그리고 이보다 앞서 있었던 일인데 묘를 찾으러 헤매다가 지쳐서 재에 주저 앉아 얼핏 잠이 들었는데 꿈에 할아버지가 나타나서

"너는 조상의 묘를 찾으러 나와서 부지런히 찾지 않고 왜 잠만 자느냐?"

하고 걱정을 해서 걱정재라고 했다는 말도 있어.

조사일자 : 1995. 10. 27.
제보자 : 정종순 (55세, 남, 성산면 보광2리)
김재환 (78세, 남, 홍제동)

61. 보현사의 유래

보현사가 창건된 것은 지금부터 1,300년 전쯤 일이야.

보살은 문수보살하고 보현보살이 있어. 문수보살은 지혜를 상징하는 보살이고, 보현보살은 행(行)으로써 중생을 제도하는 보살인데 그 두 분의 보살을 이제 천축국, 지금은 인도이지만 거기에서 배를 타고 남항진이라는 곳, 지금 그 강릉 공항이 있는 쪽 남항진, 거게 배를 대고 그 옆에다가 한송사라고 쪼그만 절을 짓고 모셨는데, 거기에 두 분 보살이 같은 절에서 이렇게 거처하니까 별로 의미가 없거던.

"한 절에 굳이 두 보살을 모실 필요가 있느냐?"

스님들이 이렇게 상의한 끝에

"이절엔 보살님 한 분만 모시고 다른 보살님은 다른 절에 모시자."

하고 합의를 봤대. 그래 이제 두 분의 부처 중에서 보현보살을 옮기기로 하고 옮길 장소를 정하는데

"이 한송사에서 활을 쏴 가지고 활이 떨어지는 곳에다가 절을 짓고 모시도록 하자."

이렇게 결정을 봤대. 그런 뒤에 대관령을 향해서 활을 쐈더니 지금의 보현사 자리에 떨어졌다고 그래.

이렇게 되어 화살이 떨어진 곳에 절을 짓게 되었는데 처음에는 보현사라 부르지 않고 지장선원이라고 했대.

절에는 보살이 있는데 보살마다 각각 담당하는 역할이 다르대. 그런데, 지장보살이라는 분은 어떤 분이냐 하면 지옥에 있는 중생들을 모조리 제도하고 난 후에 자기가 성불하겠다, 부처님이 되겠다 이렇게 뜻을 세우신 분이야. 그래서 그 이름을 따서 지장선원이라고 했는데, 조선조시대까지 400여년 동안 지장선원이라고 부르다가 후대에 와서 보현도량이라 해서 보현사라 이렇게 이름을 지었어.

조사일자 : 1996. 5. 12.
제보자 : 도완스님 (출가한지 22년, 남, 성산면 보광리 보현사 주지)

62. 부처 옮겨 부른 재앙

중들 중에서도 간혹 엉뚱한 중이 있단 말이야.

어떤 중이 절에서 부처를 자기집 방에 옮겨놓고 시주를 받고 그랬대. 그런데 갑자기 그 옆집에서 이상하게 멀쩡하던 사람이 앓는 우환이 생기거던. 그래 그 사람이 점을 쳐보니까

'부처를 함부로 집에 옮겨와서 그렇다.'

이런 점괘가 나오더래. 그러니 그 사람이 이거 안 되겠다 생각하고 동네 사람들에게 "아무 중이 부처를 옮겨와서 우리 집이 우환이 생겼소."

이렇게 호소를 했어. 그러니 마을 사람들이 자기네들에게도 해가 미칠지 모르니 그 중한테 몰려 가서 그 부처를 제 자리에 옮겨 놓아야 한다고 설득을 했대. 그래 결국 그 중이 부처를 원래의 자리에 다시 옮겨다 놓았대.

[그럼 그 뒤로는 우환이 없어졌나요?]

그건 모르지. 우환이 없어졌는지 어쨌는지 알 수 있나?

조사일자 : 1996. 1. 10.
제보자 : 전인규 (71세, 남, 성산면 보광리)

63. 무월랑과 연화

신라때 고구려가 자꾸 침입을 하니까 자비왕이 15세 이상의 남자를 동원하여 성을 쌓으니 이것이 명주성이야. 그 후에 경덕왕이 이곳을 명주라 개명했고 도독(都督)을 두었거던. 그때 무월랑이라는 사람이 명주에 사신으로 왔는데 산책을 하다가 남대천에 사는 박씨의 딸 연화라는 처녀를 보고 서로 눈이 맞아 결혼하기로 약속을 했어. 그런데 기한이 다 끝나자 무월랑은 경주로 돌아가게 되었는데

떠날 때 "경주에 가서 부모님께 허락을 받은 뒤 정식으로 청혼을 하여 데려 가겠소." 하고 약속을 했대. 그때 왕족이 결혼을 하려면 부모는 물론이고 왕의 허락을 받아야 했거던.

그런데 경주에 돌아간 무월랑에게서는 오랜동안 연락이 오지 않더래.

한편 연화네 집에서는

"처녀가 혼인할 나이가 되었으니 시집을 보내야겠다."
이래 북쪽에 사는 남자와 정혼을 했어. 그러나 연화는 이미 무월랑과 약속을 했는데 다른 남자에게 시집을 가라고 하니 근심이 말할 수 없지. 혼인할 날짜가 점점 다가오니 마음이 불안하여 연못가에 가 무월랑에 대한 자기의 안타까운 심정을 쓴 글을 물속에 던졌대.

그 처녀가 이 연못에 와서 늘 고기들한테 먹을 것을 주곤 했으니까 그 처녀가 연못 근처에 오면 고기들이 모여들었거던. 그래 답답한 심정을 쓴 글을 물속에 던지면서

"나의 답답한 심정을 누가 알겠느냐? 너희가 나의 이러한 심정을 안다면 이 글을 무월랑한테 전해다와."
이랬대. 천에다 자기의 심정을 적어 뚤뚤 말아가지고 던지니 물고기가 그 글을 삼키더래. 그러더니 동해를 거쳐 경주까지 가서 경주에 북천이라고 있거던. 북천에 올라가 무월랑의 사제(私第)로 올라갔어. 그때 무월랑이 태종무열왕의 후예니까 성황리에 살았어. 그 집에는 연못이 있었는데 그 연못의 물이 북천으로 흐르니까 그 물고기가 이 연못까지 올라갔대.

그 연못에는 포어하는, 고기를 잡는 장소가 있어. 거기서 고기를 잡곤 했거던. 그때는 임금님한테 진상을 하는 고기는 아무데서나 잡지 않고 따로 지정된 곳에서만 잡아서 진상을 했던 모양이야.

어느날 임금에게 진상할 고기를 잡으러 포어장에 나가니까 잉어 한 마리가 갈대밭에 있네. 연못 귀퉁이에 갈대밭이 있었는데 갈대밭에 나와 거품을 내뿜고 있으니까 이 고기를 잡아서 살펴보니 좀 이상하거던. 배를 갈라보니 흰 천이 나오더래. 그래 천을 꺼내서 보니 무월랑한테 보내는 글이 적혀있단 말이야. 그러니 그 글을 가지고 무월랑한테 가서 전해주니까 무월랑이

"내가 명주에 가 있을 때 한 처녀와 혼인을 하기로 약속한 일이 있었는데 그동안 깜박 잊어먹고 있었군."

이러면서 편지를 들고 임금한테 가서 그 내용을 다 얘기하니 임금이

"그렇다면 빨리 가서 그 여자를 맞이해 오라."

하니 즉시 떠나서 밤낮으로 명주로 달려왔단 말이야.

명주에 와서 보니 그날이 그 처녀가 혼인하는 날이더래. 혼례를 치룰 시간이 되어 신랑이 신부집에 도착해서 막 들어가고 있을 때 무월랑이 도착했단 말이야. 이때 처녀의 집에는 예식을 치루니까 가족, 친척, 친지는 물론이고 관원도 와 있었대. 무월랑이 그 집 대문에 들어서니까 관원들이 그 전에 무월랑을 모신 일이 있지 않는가? 그러니 얼굴을 알아보고 무월랑이 왔다고 소리를 치니 거기에 왔던 사람들이 다 알게 되었지.

그런데 그때 연화는 무월랑과 장래를 약속한 것을 부모한테 말을 못 하고 속으로만 괴로워 했대. 그래 물고기한테 글을 써 던져 준 뒤 아프다고 칭병을 하며 치장도 않고 누워 있었대. 그래도 부모는 혼기가 늦어서는 안된다고 억지로 정혼을 한 뒤

"혼례식을 치루어야 하는데 그렇게 아프다고 누워만 있으면 어떻게 하느냐?"

야단도 치고 달래기도 했지만 연화는 꿈쩍도 않더래. 그래 예식 치룰 시간이 돌아오니 연화는 그 남자한테 시집을 갈 수 없으니 죽어버리려고 생각을 하고 있는데 무월랑이 왔다고 떠들석하니 벌떡 일어나 치장을 하고 나오더래. 그래 부모가 두 사람 사이에 있었던 사연을 다 듣고 나서 이미 문 밖에 와 대기하던 그 사람을 돌려보내고 연화와 무월랑을 혼인시켰대.

조사일자 : 1996. 5. 17.
제보자 : 김형기 (78세, 남, 성산면 금산2리)

64. 원수 갚은 혼백

옛날에 엽전이라고 있잖나? 구멍이 뚫어진 엽전이란 돈이 있었어. 어떤 사람이 만 냥이나 되는 엽전을 꿰어가지고 허리에 이래 질끈 매고 장사를 하러 떠났대. 그래 길을 가는데 도중에 갑자기 똥이 마렵더래. 똥을 누려고 살펴보니 길 아래는 콩밭이고 길 위는 잔디가 났거던. 그래 돈짤기를 풀어놓고 잔디 위에서 똥을 누고 있으니 쥐가 산에서 쪼르르 내려오더라네. 그러더니 주둥이로 돈짤기를 깔짝깔짝 건드리더래. 이 사람은 그대로 앉아서 저놈의 쥐가 어떻게 하나 보고 있었대. 그 쥐가 한동안 깔짝거리다가 그냥 가더래요.

그리고 얼마 있으니까 그 쥐가 다시 나오는데 이번에는 한 마리가 더 따라 나오더래. 그러니 모두 두 마리가 된 거지. 두 마리가 비호같이 돈짤기를 물고 산속으로 도망치더래. 그 사람이 쥐를 쫓아갔더니 그 쥐들이 어느 무덤에 난 구멍으로 돈을 물고 쏙 들어가더라네. 돈을 물고 구멍속으로 들어가 버렸으니 그걸 꺼낼 수가 있어야지. 그런데 남의 무덤을 함부로 팔 수 있나? 이러니 어쩔 수 없이 그냥 되돌아 왔대.

돈을 잃어버리고 맥없이 집으로 가다가 목로집에 들어갔대. 목로집이라고 막걸리를 파는 술집이 있거던. 이 사람이 쥐한테 돈을 빼앗겨 화가 나니까 홧김에 막걸리를 마시려고 잔을 들었대. 그 목로

집은 이쪽에도 문이 있고 저쪽에도 문이 있어 문이 많았거던. 막걸리 잔을 막 입에 대고 술을 마시려 하는데 저쪽 문에서 고양이 한 마리가 막 달려들어와 막걸리 잔을 탁 치니 술잔이 방바닥에 엎질러진 게야.

이 사람은 돈을 잃어버려 화가 잔뜩 났는데 난데없이 고양이가 나타나 술까지 못 먹게 훼방을 놓으니 벌컥 화가 나서 옆에 있던 칼을 들어 고양이가 달아난 쪽에 냅다 던져버렸대. 그러자 그 방에서

"아이쿠!"

하고 비명소리가 나더래. 그 사람이 그 방에 사람이 있는지 어찌 알았나? 전혀 모르고 그랬거던. 그러자 할망구가 나오더니

"우리 영감한테 무슨 원한이 있기에 칼을 던져 사람을 죽인단 말이오?"

악을 쓰며 난리를 치는 게야. 칼에 맞아 영감이 죽으니 할망구가 길길이 날뛰면서 통곡을 하는데 그 사람이 아무리 변명을 해도 그 말을 듣나?

그러다가 관가에 고발하니 잡혀가게 되었어. 그러니 이 사람이 관가에 가서 자초지종 얘기를 했지. 만 냥을 가지고 장사를 하려고 장에 가다가 뒤가 마려워 그걸 끌러놓고 뒤를 보는데 쥐가 그 돈짤기를 물고 무덤속 구멍으로 끌고 들어가기에 돈을 잃었다고. 그래 분통이 터져서 술을 먹으려 하는데 고양이가 술그릇을 밀쳤기에 화가 나서 그만 칼을 던졌던 것인데 거기에 사람이 있을 줄은 전혀 몰랐다고 그 경위를 설명했어. 관원이 그 말을 듣자 고개를 갸웃뚱 하며 하는 말이

"우리가 직접 가서 눈으로 보고 그 말이 사실인지 확인을 할 테니 같이 가자."

이래서 삽과 괭이를 가지고 그 무덤으로 갔대. 그 사람이 그 무덤에 가서

"바로 이 무덤이니 파보시오. 여기 구멍이 있지 않습니까? 그 구멍으로 쥐가 돈짤기를 물고 들어갔소."

그래 사람들이 달려들어 무덤을 파니 시체가 나오더래. 죽은 게 남잔데 얼굴이 조금도 변하지 않고 마치 자는듯 누워있는데 이 시체 배 위에다 돈짤기를 가져다 놓았더라네. 그러니 그 사람이

"이게 내 돈짤기래요. 보세요. 내 말이 거짓말인가?"

하며 돈짤기에서 돈을 꺼내어 세어보니 만 냥이 딱 맞다 이게야.

그런데 관원이 생각해보니 아무리 생각해봐도 좀 이상한 게라. 그래 그 무덤의 임자를 조사해보니 그 시체가 할망구의 전 남편이더라네. 할망구를 잡아다 문초를 해보니 그 남편이 살았을 때부터 지금 같이 사는 영감하고 눈이 맞았더래. 그러니 샛남편이었지. 본래의 남편은 몸이 허약해서 항상 앓았어. 남편이 병으로 골골대니까 샛남편과 통정을 했대. 시체를 꺼내 보니 배에 대못이 박혀 있더래. 남편이 앓으니까 두 연놈이 남편의 배에 대못을 박아서 죽여가지고 여기에다 묻었던 거야. 그런데 사람이 죽으면 혼이 있잖나? 남편이 하도 억울하니까 그 혼이 쥐가 되어 그걸 물어간 거야. 그 사람보고 자기 원수를 갚아달라고 쥐로 변하고 고양이로 변해서 술잔을 엎지른 거야.

고양이를 왜 영물이라고 안하나? 영물이니까 이 사람한테 원수를 갚아달라고 술잔을 탁 치고서 도망친 게야. 그래 그 영감이 칼에 맞아 죽게 만들었거던.

사람들은 그 할망구의 코를 꿰어가지고 여기저기 끌로 다닌 뒤 죽여버렸대. 여자가 간통을 하면 옛날에는 코를 꿰어 망신을 주고

그랬거던.

조사일자 : 1995. 11. 11.
제보자 : 최학자 (82세, 여, 성산면 구산리)

65. 맹인과 친구 마누라

옛날에 두 친구가 있었는데 아주 친했대. 두 사람은 다 장가를 갔는데 한 친구가 갑자기 맹인이 되었어.

두 친구는 너무 친한데다 장난이 심했대요. 그런데 맹인이 된 친구가 친구의 부인을 좋아했대. 그래 한번 안아보고 싶거던. 그러니 그 친구의 집에 가서

"애고, 아지매. 나랑 연애 좀 합시다."

이랬거던. 이렇게 싱거운 소리를 하니 그 친구 아내는 너무 어이가 없고 기가 막혔지. 그렇다고 남편과 막역한 사이니 화를 낼 수가 없어 그냥 피하고 이랬대.

하루는 맹인 친구가 또 와가지구 농을 걸고 추근거리며

"남편은 어디 갔소?"

물으니 그 부인이 요걸 한 번 골탕먹여야겠다 생각하고 속였대.

"우리 남편은요, 일이 생겨 멀리 사는 친척 집에 갔어요."

"그러면 언제쯤 돌아옵니까?"

"아마 한 열흘은 족히 걸려야 올 것 같소."

이 말을 들으니 얼마나 좋은가? 이놈이 더 짓궂게 추근거리며 연애 좀 하자고 자꾸 툭툭 건드리고 지랄을 하니

'아무래도 이 사람을 골탕을 좀 먹여야겠다.'
이렇게 속으로 다짐을 하고
"원하는 대로 따르겠소."
이리 응하는 척 하니 그 친구가 입이 쩍 벌어지며
"허허, 잘 생각했소."
하며 좋아서 어쩔 줄 모르더래. 이 때는 한낮인데 그 여자가
"벌써 저녁때가 됐으니 불이나 때고 방에 들어가겠소."
라며 능청을 떠니 그 친구는 마음이 성급해서 재촉하더래.
"아이고, 불을 안 때면 어떻소? 어서 방에 들어가서 재미를 좀 봅시다."

그 친구는 뻘건 대낮인데도 저녁때인 줄 알고 어서 들어가자고 성화를 대거던. 그러니 여자가
"알았소. 그러면 그냥 방에 들어갑시다."
하며 끌고 들어갔어. 방에 들어가서 자리를 펴는데 요를 쭉 깔고 어서 누우라고 하니
"어, 그래."
하며 이놈이 벌렁 눕더래. 여자가
"재미를 보려면 옷을 홀딱 벗어야 하지 않소?"
이러니 이놈이 좋아라고 옷을 다 벗은 뒤 ××만 살짝 감추고 이불 속으로 들어가며
"어서 이리 들어오시오."
재촉을 하더래. 그런데 여자는 남편하고 미리 그 친구를 골탕먹이려고 짰거던.
"잠깐만 참으시오. 속옷을 다 벗고 들어가겠소."

여자가 대답을 하면서 시간을 끌고 있는데 그 때 남편이 돌아와

서 문을 두드리며

"여보, 문 열어."

하니 여자가 크게 놀란 척하며

"아, 큰일이 났어요. 우리 남편이 왔어요. 열흘 있다가 온다고 했는데 갑자기 웬 일이람. 이거 어쩌면 좋아?"

하고 당황해서 쩔쩔매더래.

그런데 그 친구가 이불속에 들어가자 옷을 벗는 척 하면서 이 여자가 몰래 그 사람의 옷을 차곡차곡 싸가지고 요렇게 똘똘 뭉쳐 그 사람의 허리끈으로 꼭 묶어서 고다리까지 만들어 놓았거던. 그걸 집어 주면서 재촉을 하더래.

"이게 당신 옷이요. 이걸 들고 빨리 나가요. 남편이 알면 우린 다 죽어요."

"어디로 나간담."

"옆문을 열어 줄 테니 빨리 그리로 나가요."

"알았어요."

이 남자가 옷을 훌랑 벗었으니 ××가 늘어지고 △△이 덜렁덜렁한 채 옆문으로 나가는데 어서 가면 얼마나 좋아. 그런데 이놈이 그냥 가려 하다가 아무래도 아쉬워 죽겠는지

"여보게, 여보게."

부르면서 꾸물거리거던.

"왜, 그러시오?"

"입이라도 한번 맞춥시다."

이러면서 주책을 떨더래. 이 여자가 기가 막혀 면박을 주었어.

"이 양반이 정신이 있소 없소? 우리 남편한테 들키면 뼈도 못 추려요. 입을 맞출 시간이 어디 있어요? 정신 빠진 소리 그만하고 얼른

도망쳐요."

그 친구가 맥이 빠져 끈으로 묶어놓은 옷 뭉치를 들고서 제 집으로 도망을 가는데 친구가 뒤를 따라오는 것 같으니 마구 뛰더래. 그러면서

"마침 밤이니까 다행이다. 어두우니 누가 보지 않겠지. 어서 집에 가서 옷을 입어야 겠다."

하고 생각하며 뛰어가거던.

그러나 그건 밤이 아니라 대낮이니 동네 아이들이 모여서 놀다가 그 꼴을 보자

"저게 아무개 아버지가 아니냐? 아니 옷을 뭉쳐들고 어디로 가네. 저 ××를 좀 봐라. 아이고, 도망을 치는가 보다."(웃음)

하고 장님을 따라가면서 놀려대니

"옛기 이놈들, 이렇게 어두운 밤에 눈깔도 밝네."

이러면서 오히려 호통을 치더래요.

조사일자 : 1995. 11. 11.
제보자 : 박춘담 (77세, 여, 성산면 구산리)

66. 호랑이 잡은 아이

옛날에 산중에서 농사 짓고 살려면 젖먹이 어린 애는 젖을 먹여 재워놓고 밭매러 가고 안 그랬나?

어떤 사람이 어린 애를 집에 재워놓고 밭을 매러 나갔어. 그런데 그 아가 선잠을 깨서 막 울다가 점점 방에서 마루로 기어 나왔거던.

그때 아가 우는 소리를 듣고 산에서 눈큰놈(호랑이)이 내려왔네. 아가 울어대니 어떻게 해볼까 하고 왔어. 그러나 그 어린 애는 너무 어리니 뭘 아나? 호랭이가 저를 잡아먹으려는 줄을 모르거던. 호랭이가 앞에 와 앉으니 그 아가 울음을 뚝 그치고 그 놈 앞으로 기어가서 그 놈의 수염을 잡아뽑으려고 하니까 호랭이가 주춤주춤 뒤로 물러나더래. 어린애가 감히 제 수염을 뽑으려 덤벼드니 기가 막히거던. 이건 쥐가 고양이를 갖다놓고 놀리는 식이야.

호랭이가 아이를 얼르느라고 문척문척 하다가 옛날에 왜 마당에 우물이 있거던. 우물에서 물을 길어먹지 않나? 우물이 있었는데 아가 호랭이의 수염을 뽑으려 기어오니 이 놈이 문척문척 뒷걸음을 치다가 그만 우물속에 빠져버렸네. 그러니 애는 우물을 드려다보며

"애, 애"

하며 자꾸 소리를 지르네.

저녁때가 되어 날이 저무니 어머니가 저녁을 하러 집으로 돌아왔대. 집에 들어와 보니 아가 우물가에 있으니까 거기에 빠질까봐 정신없이 달려들어 아를 끌어안고

"배가 얼마나 고파서 여기까지 기어 나왔느냐?"

머리를 쓰다듬으니까 아가 자꾸만 우물을 가리키더라 이게야. 이상해서 우물 속을 드려다보니 호랭이가 우물 속에 옆으로 쳐박혀 나오지도 못하고 꽉 끼어있더래요. 그러니 어머니가 얼마나 놀랐겠나? 하마터면 아가 호랭이에게 잡혀먹혔을 게 아닌가? 그래 여자가 마을 사람들을 불러왔지. 옛날에는 왜 산에 가서 산돼지도 잡고 노루도 잡고 하는 도구가 있었어. 동네 사람들이 그런 도구들을 가지고 와보니 송아지만한 호랭이가 우물 속에 가로 걸려 눈만 껌벅거리며 있단 말이야. 그러니 사람들이 창으로 찌르고 패고 해서 그 호랭이

를 잡은 거여. 어린애가 명이 길어서 호랭이한테 먹히지 않고 도리어 호랭이를 잡은 거야. 그래서 호랭이 잡은 잔치를 크게 벌렸대.

조사일자 : 1995. 11. 11.
제보자 : 박춘담 (77세, 여, 성산면 구산리)

67. 가마골과 삼포암

삼포암이라는 명칭은 역사적으로 보아서는 그리 길지 않아요. 내가 알기로는 약 70여년 전에 여기에 스님 한 분이 와 계셨는데 그 분이 오기 전까지만 해도 이름이 없었대요. 그 스님은 다리가 좀 불편하였는데 그 분이 오셔서 절을 만드시고 이름을 삼포암이라고 지었다 해요. 왜 삼포암이라고 지었느냐 하면 그 근처에 폭포가 3개 있거던요. 세 폭포의 경치가 아주 좋아요. 그래 그렇게 지었는데 요즈음엔 관광지가 되어 사람들이 많이 와요.

평일날보다도 토요일, 일요일이 되면 수백 명씩 올 때도 있어요. 특히 여름 해수욕때면 이곳 계곡물이 대관령에서 내려오는 깨끗한 물이니까 바다에서 해수욕을 한 뒤 여기에 와서 목욕을 하고 가지요. 밤을 새우고 가는 사람들도 많아요.

그리고 이곳의 원래 이름은 가마골이라고 하고, 부곡이라고도 합니다. 부곡, 가마, 부(釜)자에 고을 곡(谷)자 부곡입니다. 왜 부곡이라 부르게 되었느냐 하면 이곳의 형국이 가마 형국이기 때문입니다.

여기는 명당터가 있습니다. 그래 정씨들 산소가 있어요. 산을 넘어가면 있거던요. 여기를 부곡이라 하지만 이곳 사람들은 아직도 가마골이라고 부르지요.

조사일자 : 1995. 11. 12.
제보자 : 김원표 (56세, 남, 성산면 어흘리 가마골)

68. 마귀할미 바위의 유래

저쪽으로 넘어가면 12괘니가 있는데 거기게 가보면 구멍이 두 개가 있어요. 윗 구멍은 좀 작고 아랫 구멍은 컸는데 그 구멍의 길이가 길니 그건 실은 동굴이죠. 여기에 대해선 이런 말이 전해요.

마귀할미가 거기까지 왔는데 바위가 낭떠러지여서 더 갈 수가 없으니 바위보고

"여기에다 다리를 좀 놓아다오. 다리가 있어야만 내가 건너갈 수가 있으니까 좀 놓아 다오."

하고 부탁을 했으나 바위가 말을 듣지 않았던가 봐요. 그러니 마귀할미가 화가 나서

"에이 이놈 자슥. 이 ○구멍이나 흔들어라."

하고 손가락으로 쿡쿡 찔러가지구 구멍이 그렇게 생겼다는 전설이 있어요. 그래서 그 바위가 마귀할미 바위지.

그리고 그 옆에는 소가 지르마를 걸고 있는 모양의 지르마 바위도 있고 바위가 붉다고 해서 붉은 바위도 있어요. 그 옆으로 국수서낭이 있는데 거기로 가는 길이 옛날에는 매우 좁았어요.

하루는 어떤 사람이 거기를 지나다가 닭이 우는 소리를 들었대요. 그러니 그곳이 명당이라 믿고 꼬챙이를 꽂아 놓았는데 뒤에 산소를

쓰려고 가보니 꼬챙이가 보이지 않더래요. 누군가가 그걸 없애버린 거죠. 아직까지도 그 명당을 찾지 못했다 해요.

조사일자 : 1995. 5. 17.
제보자 : 오동석 (86세, 남, 강동면 정동진리)

69. 여자에게 속은 호랑이

여기에 육발 호랑이가 있었는데 이놈이 사람으로 둔갑을 하여 길목을 지키고 있다가 사람이 지나가면 바둑을 두자고 해서 자기가 지면 살려두고 자기가 이기면 해꼬지를 했대요.

하루는 어떤 부인이 갑자기 친정아버지가 죽어서 친정으로 가야 했는데 밤재를 넘어가야 했거던. 밤재 아래까지 오니 사람들이

"혼자 거기를 지나가면 변을 당할 테니 가지 마시오."

이러면서 만류하더래요. 그렇지만 아버지의 초상을 당했으니 안 갈 수가 있나? 아무리 생각해도 빨리 넘어가야 되겠는데 큰일이거던. 그런데 마침 그 여자는 달거리를 하고 있었대요. 옛날에는 여자들이 치마 속에 고쟁이를 입었지. 그 고개를 넘을 때 호랑이가 무서우니까 치마 끝과 고쟁이를 잡아 올려서 얼굴에 뒤집어 쓰니 아래 속살이 그대로 드러났거던. 그러니 아랫도리를 내놓고 걸어가는데 호랑이가 위에서 내려다보니 참 희한하거던. 지금껏 이런 해괴한 꼴은 보지 못했으니 이상해서 묻더래.

"너는 도대체 무엇이냐?"

"나는 아무데 사는 짐승인데 밤재에 육발호랑이가 있다 하기에 잡

아먹으러 왔다."

부인이 이렇게 말하면서 계속하여 가니 호랑이는 싯뻘건 입에 시커먼 수염이 숭글숭글한 괴물이 다가오니까 이 짐승이 정말로 저를 잡아먹으러 온 괴물인 줄 알고 그만 혼줄이 나서 정신없이 달아났대요.

조사일자 : 1995. 5. 17.
제보자 : 오동석 (86세, 남, 강동면 정동진리)

70. 해랑당 신

해랑당은 해령산에 있는데 옛날에 이 산에 봉화대가 있어서 봉화산이라고도 했어.

해령사의 북동쪽 70~80m 지점에 해랑당이라는 정자가 있었는데 100여년 전에 목조로 재건하였지. 해마다 봄·가을에 제사를 지내는데 봄에는 정월 보름에, 가을에는 9월 9일에 지냈거던.

지금은 해랑신 위패와 김대부지신 위패를 같이 모시고 있는데 이 둘의 혼백을 결혼시켰어. 그런데 여기에는 전해 내려오는 전설이 있어.

지금으로부터 약 400여년 전에 강릉에 이 부사가 부임해 왔는데 하루는 부사가 이 곳이 경치가 좋으니까 관기를 데리고 유람 겸 지금으로 말하면 야유회지, 해령산으로 놀이를 왔어. 유람을 나왔다가 그네를 추천이라 하거던. 그네를 뛰는데 홍이 돋아서 놀이가 한참 무르익었을 무렵에 그만 그네 줄이 풀어졌는지 떨어졌는지 모르지만 그네줄이 끊어지면서 기생이 절벽 아래로, 바다로 떨어졌어. 그런데 아무리 시체를 찾으려 했으나 찾을 수가 없었어. 그래 그 마을 사람들에게 그 기생의 넋을 위로하기 위해 춘추로 제사를 지내주도록 당부했어.

그래서 마을 사람들이 제사를 지내게 되었는데 아무리 신이라 해도 짝이 있어야 한다면서 나무로 남근(男根)을 깎아서 새끼줄에 매달아 놓고 제사를 지냈더니 고기가 많이 잡혔어. 그런데 남근을 깎아 제사를 지내기 전에는 고기가 잘 잡히지 않고 여러가지 해난사고가 자꾸 일어나고 이랬는데 제사를 지낸 이후로는 옛날처럼 풍어를 이루고 어선들의 조난사고도 없었어.

그런데 남근을 깎아놓고 제사를 지내면 풍어가 된다고 알려지니 다른 곳에서 이곳까지 고기를 잡으러 온 어부들이 이곳에서 남근을 깎아놓고 음식을 채려 제사를 지내면 역시 풍어를 했지.

그런데 1930년경에 이 동네 구장 김천오의 부인이 갑자기 헛소리를 하며 미쳐가지고 해랑당을 오르내리며

"김대부지신한테 시집을 가게 해주오."

라며 예식을 올려달라고 하더래. 그래 멀쩡하던 사람이 미쳐가지고 아무리 약을 써도 낫지 않으니 마을 사람들이

"저 여자 말대로 한번 해봅시다."

하고 김대부지신의 위패를 깎아놓고 혼인을 시켜주니까 부인의 병이 말끔히 나았대. 그때부터 남근을 깎아 바치는 일은 없어지게 되었지.

그런데 어느날 딴 곳에서 이곳까지 고기를 잡으러 온 사람이 남근을 바치면 고기가 잘 잡힌다는 말만 듣고 자기도 그렇게 했대요. 그 부인이 김대부지신하고 결혼을 했기 때문에 남근은 이제 필요가

없는데도 이 사람이 그걸 모르고 남근을 깎고 잔뜩 음식을 장만해서 해랑지신한테 제사를 지냈다가 그만 바위 끝에서 실족해서 죽었대.

조사일자 : 1995. 5. 17.
제보자 : 오동석 (86세, 남, 강동면 정동진리)

71. 구리바위

요 너머로 가면 구리바위가 있는데 그렇게 부르는 데는 이유가 있어요.

한번은 홍씨가 달밤에 낚시하러 그 바위에 갔답니다. 그런데 그날따라 고기가 잘 잡히더래요. 그래 고기를 잡아 다래끼에 넣었더래요.

한참동안 잡히는 대로 집어넣기를 계속하다가 이젠 다래끼가 거의 찼겠다 싶어 낚시를 거두고 다래끼 속에 고기가 얼마나 있는지 들여다 보았더니 이게 어찌된 일인지 한 마리도 없더래요. 이상해서 손을 다래끼속에 집어넣었더니 뭐가 손을 무는 것 같아 얼른 손을 뺐는데 시커먼 게 올라오더래요. 보니까 큰 구리(구렁이)가 다래끼 속에서 나오더래요. 그러니 구리바위에 살던 구리가 다래끼 속에 들어가 홍씨가 잡은 고기를 다 잡아먹었던 게지요.

조사일자 : 1995. 1. 24.
제보자 : 이규억 (53세, 남, 강동면 안인진리)

72. 등명 낙가사

등명 낙가사는 고려시대에 등명사라 했는데 수다사라고 부르기도 했다.

그런데 이 절을 낙가사라 부르게 된 것은 땅속에 묻혀있던 기와쪽에서 낙가사란 글자가 발견되었기 때문이다.

절의 뒤에 있는 산은 걸 괘(掛) 자, 방목 방(榜)자를 쓰는 괘방산인데 여기서 등불을 켜고 공부하면서 기도하면 반드시 과거에 합격이 되어 이름이 방(榜)에 오르게 된다고 한다.

그리고 절의 위치는 정동진에 있는데 한양에서 볼 때 정(正)동쪽이 되기에 정동(正東)이라고 했으며 해가 제일 먼저 뜬다 하여 등명이라 했는데 음력 3월 15일과 9월 15일이 바로 해가 가장 정면에서 뜨는 날이다.

조선왕조 시대에 와서 척불승유의 정책에 따라 정동에 있는 절을 없애면 불교가 쇠하게 된다는 속설에 근거하여 이 절을 없애버렸다는 말이 있다. 그리고 어느 왕이 안질에 걸렸는데 이는 동해의 용왕이 노한 탓이라 하는 말을 듣고 왕이 신하를 보내 살펴보게 했더니 절에서 씻은 쌀뜨물이 뿌옇게 동해로 흘러드는 것을 보고 이것을 막으려고 절을 폐찰시켰다는 말도 있다.

이곳엔 탑이 세 군데에 있었다고 하는데 절 근처 약수터에 어청수탑이 있고 또 이 절로 들어오는 입구 길이 굽어진 언덕길에 현재 군인초소가 있는데, 이 초소가 생기기 전에 그 자리에 탑이 있었으며 6·25때 파손되자 남은 일부를 모아 만든 것이 그 옆에 있는 부도탑이다.

그리고 나머지 하나는 절 앞 바다속에 있는 것으로 믿고 있다. 이는 삼국유사 등 문헌에 기록되어 있는데 이를 확인하려고 86~87년에 강릉 MBS TV팀과 강릉 스쿠버다이빙 팀이 2차에 걸쳐 바닷속을 탐사했을 때 탑이 있었던 흔적은 발견했지만 온전한 탑은 찾지 못했다.

낙가사가 중건되기 전 원래의 절터는 약수터 근처였다. 약수터 뒤쪽에 대밭이 있는데 거기에 원래 절터 흔적이 남아있다.

큰 법당안에 오백나한을 모신 약사전이 있는데 오백나한의 전신은 원래 오백 명의 흉악한 산적이었으나 이 산적들이 부처님의 말씀을 듣고 자기들의 죄를 회개하여 불도에 입문하여 불법을 깨쳤다고 하며 매우 신통력이 지닌 경지에 이르렀다고 한다. 나한의 얼굴 형상이 좀 험악하게 보이는 것은 옛날에 산적이던 업이 있기에 그러하다.

저 밑에 5층 석탑이 있는데 일 년에 한두 번씩 방광을 한다. 부처님의 사리를 모신 탑에서는 빛을 발하는 것을 방광이라 한다. 인연이 있는 사람이라야 그 방광을 볼 수 있다. 언젠가 이 마을 사람이 사리를 훔쳐가다가 벌을 받은 일이 있는데 그후 탑 주변엔 철책을 세웠으므로 들어가지 못한다.

폐찰이 된 후에 절 밑으로 인가가 몇 채 생겼는데 인가에서 기르던 닭이나 개가 절의 울타리 안에 들어가기만 하면 다 죽어버린다고 한다.

오백나한을 모신 동기는 남북통일을 기원하기 위함이다. 이 뒤 약수터는 50년대에 평양에서 오신 경덕스님이 천 일간 기도를 마치고 관세음보살을 친견하자 약수물이 나왔다고 한다. 관세음보살은 중생이 위험에 처했을 때 고통을 벗어나게 하고 소원을 성취시켜 주는 부처이다.

이 절을 낙가사라 하는 것는 보타낙가사를 줄여서 부르는 명칭이며 관세음보살이 계시는 곳이다. 석가를 모시는 곳은 대웅전이고 아미타 부처를 모시는 곳은 극락보전이며 약사여래불을 모시는 곳을 약사전이라 한다.

삼성각은 산신, 칠성신, 독성(스승이 없이 혼자 불법을 깨우침)을 모시지만 여기에는 바닷가이기에 용왕신을 모시고 있다. 부도에는 부처나 스님의 사리나 유골을 모시며 사물은 범종(상계, 중계, 하계의 삼천하늘과 지옥의 중생에까지 소리가 퍼져 사후왕생을 발원함), 법고(소 가죽으로 만들어 그 소리로 축생을 제도함), 운판(하늘을 나르는 조류를 제도함), 목어(물고기를 제도함)를 말하며 법고는 이 근처에서는 오직 이곳에만 있다.

하루에 아침, 저녁으로 두 번씩 북을 치는 것은 축생을 제도하기 위함이다. 종은 지옥에 있는 중생을 제도하기 위함이며 바닷속에 있는 물고기를 제도하기 위해서 목어를 친다.

하늘에 있는 새들은 제도하기 위한 운판이 있다. 구름모양의 법기인데 육신을 떠나 갈 곳을 잃은 귀신에게 소리를 울려주어 고통받는 중생을 제도해주기 위해서 울려준다.

조사일자 : 1995. 4. 2.
제보자 : 진종스님 (32세, 남, 강동면 정동진리 낙가사)

73. 기생바위와 선비

학산리 왕고개에 석천서원이 있었는데 이 서원을 송계리(松溪里)로 이전할 때 송계리의 송(松)자와 율곡선생이 공부했던 황해도 해주의 석담(石潭)서원의 담(潭)자를 따서 송담서원(松潭書院)으로 이름을 바꾸었다고 한다.

그런데 송계리란 지명이 언별리로 바뀐 데는 사연이 있다. 고종 8년 신미년(1871)에 서원이 철폐될 때 이곳 서원에서 공부를 하던 30여명의 선비들이 비통한 심정으로 눈물을 흘리며 헤어졌다고 해서 착한 선비 언(彦)자, 이별할 별(別)자를 써어 언별리라 부르게 되었다는 것이다.

그리고 이 송담서원과 관련된 설화가 전해오는데 그 내용은 이러하다.

송담서원에서 학문을 닦던 30여명의 유생중 유달리 총명하고 용모가 출중한 선비가 있었다. 마침 송계리 이웃에 있는 단경골은 경치가 뛰어났기에 풍류를 즐기려는 선비들이 많이 찾아왔다. 단경골의 경치를 즐기려고 풍류객들이 도처에서 모여드니 주막집이 생기고 기생집이 여러 채가 생겼다. 그런데 이 기생들 중에는 아주 재색

이 뛰어난 기생이 있어 주위의 평판이 자못 높았다. 이러한 소문을 들은 선비는 그 기생을 그리워하게 되었고 그 기생 또한 선비를 연모하게 되었다.

그러던 중 서원이 철폐되어 선비들이 뿔뿔이 흩어지게 되자 그 선비도 고향으로 돌아갔다. 그러자 기생은 더욱 선비를 그리워하여 단풍바위에 올라가 선비가 간 곳을 바라보며 마음을 태우다가 그만 바위에서 떨어져 죽고 말았다. 그런데 선비도 매일 기생을 연모하는 정을 이기지 못하다가 어느날 다시 이곳으로 찾아와서 기생이 자기를 그리워하다가 병풍바위에서 떨어져 죽은 것을 알고 대성통곡했다고 한다.

조사일자 : 1999. 4. 5.
제보자 : 전일봉 (74세, 남, 강동면 언별리)

74. 국사 서낭신과 강릉 단오제

범일대사는 여기 학산에서 태어났거던.

여기에서 어느 처녀가 아침 일찍 석천우물에 쌀을 씻으려고 나왔대. 그런데 물을 먹고 싶으니 물 한 바가지를 떠서 마시는데 해가 솟아오르면서 물에 비치더래. 그러고 나서 14개월만에 아기를 낳았대. 그러니 남새스러워 하인을 시켜 저 위에 가면 학바위가 있어. 그 학바위 밑에 공간이 있는데 추운 겨울이라 날씨가 차거우니 솜이불로 싸서 거기다 아이를 버렸어.

그런데 처녀가 애를 낳기는 했지만 모성애가 있는지라 3일이 지난 후 가보니 학이 아이를 품고 있다가 날라가 버리더래. 그런데 애의 입에는 구슬이 물려 있고 몸이 통통하더래. 이러니 이 아이가 보통 아이가 아닌가 보다 싶어 데려와 키웠어.

그후에 이 아이는 불도를 열심히 닦다가 중국에 건너갔어. 그때는 중국을 대국이라 했지. 거기서 몇 년간 수도를 하면서 열심히 도를 닦았지. 그래가지고 우리나라에 와서 굴산사를 세웠어. 이 굴산사는 당시에 삼대 사찰에 들어갈 만큼 규모가 컸어.

나라에서는 이 사람이 그렇게 큰 절을 짓고 불교에도 아주 밝으니까 그 소문을 듣고 국사로 모시려 했어. 나라에서 지정하는 사람이라면 상당한 수준이 되어야 해. 그리고 또 어복(御卜)이라고 점을 잘 치는 사람, 나라의 운수를 잘 보는 사람을 나라에서 임명한단 말이야. 이런 사람들은 나라에서 먹여 살리거던. 그런데 나라에서 국사로 오라고 해도 범일은 자기는 굴산산에서 도를 펼치는 것이 소망이니 나갈 수 없다고 거절하고 가지 않았어.

사찰을 지은 사람은 평생 그 사찰에서 보낼 수 있단 말이야. 범일은 여기서 평생을 지내다가 죽었는데 그 넋이 대관령 서낭신이 되었단 말이야. 강릉에서 사월 보름날이 되면 대관령에 올라가 신이 내린 신목(神木)을 짊어지고 내려오거던. 그걸 할머니들은 국시 서낭신이라고 하지만 국사서낭이 맞는 말이야. 음력 사월 보름에 모시고 내려오면서 부르는 소리가 바로 영산홍이야.

"이히야, 에헤.

에헤야 에디야

얼싸 지화자 영산홍."

이런 신가를 부르면서 강릉 홍제동 여서낭당에 모셔두었다가 단오날이 되면 남대천에 모셔놓고 굿을 치는데 이때 농사가 잘 되게 하고, 풍어가 잘 되게 하고, 질병이 돌지 않게 해달라고 빈단 말이야. 이걸 단오굿을 친다고 하는데 5일동안 그네 뛰고 씨름하고 굿을 했어. 이때 남녀노소할 것 없이 자진해서 삼척, 평해, 울진에서도 오고 속초, 양양에서도 모여들어 단오장은 인산인해를 이루었어.

조사일자 : 1996. 5. 18.
제보자 : 동기달 (81세, 남, 구정면 학산리)

75. 우왕과 굴산사

고려 말기에 이성계가 위화도에서 회군을 한 뒤 나라를 세우자 우왕이 쫓겨 도망다니다가 결국 갈 곳이 없으니까 학산 왕고개로 피난을 왔어.

왜 굴산사로 왔느냐 하면 고려때는 불교가 국교니까 절을 많이 세우고 보호를 했는데 굴산사 절이 크고 유서도 깊으며 외진 지역에 있으니까 여기서 피신을 하려고 왔거던. 그런데 이걸 알고 이성계 군사가 우왕을 잡으려고 이 쪽으로 쫓아오니까 우왕이 또 다른

데로 쫓겨갔지. 그랬지만 결국 잡혀서 죽고 말았어.

저기 왕고개를 가보면 동백골이 있고 동문이 있고 서문이 있고 이렇게 둔지가 쭉 있어. 군사 몇 천 명이 설 만큼 넓은 자리가 거기에 있어.

그런데 굴산사는 고려에서 섬기던 절이니까 그 때에 불에 탔다고 본단 말이야.

조사일자 : 1991. 5. 4.
제보자 : 동기달 (67세, 남, 구정면 학산리)

76. 범일국사 탄생담

범일국사의 어머니는 성이 문씨라고도 하고 이씨라고도 하는데 이 마을에 살았대요.

어머니가 아직 처녀였을 때 일인데 석천 우물에 와서 바가지로 물을 뜨니까 해가 바가지의 물에 둥둥 뜨더래요. 처녀가 그 물을 마셨는데 그 후로 배가 점점 불러지더니 14달만에 옥동자를 낳았대요.

그러니 아버지가

"처녀가 애를 뱄으니 이건 집안 망신이 아니냐? 어서 저 애를 산에 갖다 버려라."

하니 처녀가 애를 뒷산 학바위 밑에다 버렸대요. 버릴 때 덤불이 있는 곳에 우걸이(보금자리)를 만들어 놓고 애를 그 가운데 눕혀 놓은 뒤 덤불로 덮어놓았어요.

그리고 집에 돌아왔는데 삼일 뒤에 애가 살았는지 죽었는지 궁금하니까 그 곳을 찾아갔거던. 그런데 거기서 학이 훽 날아가더래요. 어쩐 일인가 해서 덤불을 헤쳐보니 애가 멀쩡하게 살아있더래. 학은 덤불 근처를 빙빙 날고 있기에 참으로 신기해서 집으로 오는 척 내려오다가 수풀 속에 숨어서 살펴보니 학이 우걸이에 내려와 날개로 애를 품더래요.

집에 돌아온 처녀가 아버지한테 애가 아직 살아있으며 학이 날개로 감싸주더라고 본 대로 다 말하니까

"그렇다면 애를 낳은 게 네 탓이 아니다. 이건 천지음양의 조화로 애가 생겨난 것이 분명하니 그 애를 데려다 키우자."

그래 애를 다시 데려와 키웠어. 그런데 이 애가 8살이 될 때까지 잘 크기는 하는데 전혀 말을 하지 않더라네. 그러니 사람들이

'이 애가 벙어리인가 보다.'

이리 생각했더래.

그런데 하루는 아버지 어머니가 모두 밭에 일하러 나가고 집에는 처녀만 남아서 부엌에서 밥을 짓고 있는데 이 애가 마당에서 놀고 있다가 갑자기 부엌으로 오더니

"내 아버지는 누구요?"

묻더래요. 그렇지만 이 애한테 아버지가 누구라고 말할 수 있나?

그 뒤로 말 문이 터졌는지 아주 말도 잘 하고 머리도 무척 영리한 행동을 하더라는 게야. 그리고 경주에 가서 공부도 하고 중국에 가서 불도를 열심히 닦아가지고 돌아와 굴산사를 세우고 죽어서 대관령 서낭신이 되었대.

조사일자 : 1994. 5. 31.
제보자 : 정춘화 (80세, 남, 구정면 학산리)

77. 제비 마을의 재앙

구정면 제비리에 제비골이라는 마을이 있는데 이러한 이름이 붙게 된 것은 마을의 지형이 제비집처럼 생겼기 때문이다.

이 제비골 너머에 뱀골이 있다. 그런데 처음에 제비골에는 제비가 살지 못했다고 한다. 뱀골의 뱀이 영을 넘어와서 제비새끼를 다 잡아먹기 때문이었다.

예로부터 제비가 와서 살지 못하는 동네는 잘 살지 못한다는 말이 있으므로 제비골 사람들은 자기들이 잘 살기 위해서 뱀골의 뱀을 쫓아야만 했다. 그런데 대홍수가 났을 때 뒷산에서 할미 모양의 큰 바위가 굴러내려와 그 고개 중턱에 걸려 멈춰 앉은 뒤로는 뱀들의 통로를 막아주어 제비가 피해를 보지 않게 되니 마을이 부유해졌으므로 제비마을 사람들은 이 할미바위를 수호신으로 섬겼다.

그런데 제비골에는 제비 강(姜)씨가 많이 살았다. 그 중에서도 가장 부유하게 사는 강 영감은 남이 어려움을 당해도 절대로 인정을 베푸는 법이 없는 구두쇠였다.

어느 날 지나가던 스님이 강 영감에게 시주를 청했다. 그러자 쇠똥을 치고 있던 강 영감은 중의 바랑에 곡식 대신 쇠똥을 퍼 주었다. 그렇지만 스님은 전혀 언짢은 표정이 없이 그걸 받으며 중얼거렸다.

"저 앞에 있는 바위가 재앙이구나. 저 바위만 없으면 이 집은 아주 크게 일어날 텐데."

이 말을 듣자 강 영감은 더 자세한 사연을 물었지만 스님은 미소만 지으면서 아무 말도 하지 않고 떠나버렸다. 강 부자는 머슴을 데리고 마을 사람이 모르게 할미바위를 아래쪽 골짜기에 밀어 떨어뜨렸다.

그 뒤부터 강 영감집은 물론 마을에는 재앙이 닥치기 시작했다. 마을에 병자가 생기고 도둑이 들끓으며 화재가 나서 하루 아침에 거지가 되었다. 그리고 봄에 제비가 새끼를 치니 난데없이 구렁이가 몰려와 모조리 잡아먹었다. 이런 일이 꼬리를 물고 일어나자 마을 사람들은 할미바위 생각이 나 확인해 보니 저 아래 골짜기에 굴러 떨어져 있는 것을 발견하고 원래의 자리에 끌어 올려 놓은 뒤 바위를 떨어뜨린 게 누구의 소행인지 밝히려고 법석대었다.

그제서야 강 영감은 자기가 인색했기에 그 스님이 재앙을 받도록 속였던 것을 깨닫고 자기의 잘못을 스스로 밝히며 용서를 빌었다. 그리고 마을 사람들을 초대하여 큰 잔치를 열어 자기의 진심을 보여주니 그제야 마을 사람들은 강 영감을 용서하였다.

이후로 이 마을은 물론 강 영감의 집도 가세가 점점 번창하여 갔다.

조사일자 : 1993. 5. 28.
제보자 : 최선학 (61세, 남, 구정면 제비1리)

78. 반석 바위와 와룡암

요 앞에 가면 옛날엔 물이 흐르던 골짜기에 반석이 있어. 그 반석을 사람들은 연구암이라고도 부른단 말이야.

이 반석에 학자들이 모여서 학문도 닦고 글도 쓰고 그랬대. 그래서 그 반석을 연구암이라 부르게 된 게야.

한번은 어느 학자가 이 연구암에서 글을 쓰고 있다가 갑자기 붓에 먹물을 잔뜩 묻혀가지고 남쪽을 향하여 세 번을 뿌리더래. 이걸 본 사람들은 이 양반이 왜서 그러나 이상하게 생각을 했대.

그런데 얼마 후에 알게 된 일인데 그때 경주에서 큰 화재가 발생했었대. 불 길이 마구 번지고 있을 때 갑자기 시커먼 구름이 밀려오면서 비가 억수로 쏟아져 불에 꺼졌다는 거야. 그러니 그 학자가 붓에 먹물을 묻혀 뿌린 것이 검은 구름이 되어가지고 비를 내리게 했

던 거지.

그리고 이 아래에 소가 있는데 지금은 메워져서 가장 깊은 곳이 사람 키로 두어 길쯤 될까? 그런데 이 소 옆에 용이 승천한 바위가 있는데 움푹 패어 있어. 그리고 한쪽 편에 용의 머리같이 바위가 나와 있었는데 장마 때 물결에 쓸려 앞 부분이 떨어져 나갔어.

조사일자 : 1998. 5. 27.
제보자 : 김현식 (87세, 남, 성산면 구산리)
이규원 (72세, 남, 성산면 구산리)

79. 탑 쌓아 부자된 마을

조선왕조 초기쯤 되는데 어느날 이곳 왕산면 도마리에 도포를 입고 삿갓을 쓴 중이 찾아와서 아침을 달라고 하더래. 그런데 주인이 보니까 중이지만 보통 사람이 아닌 것 같으니까 진수성찬을 차려주었어. 그런데 그 중은 촌이니까 나물에 꽁보리밥이나 나올 줄 알았는데 이렇게 좋은 음식을 대접하니까 밥을 먹은 뒤 고마운 마음을 전하고 싶었대. 그 사람은 지세를 볼 줄 아는지라 이 집을 떠나면서 이웃 사람들을 불러놓고 하는 말이

"이렇게 후한 대접을 받았으니 이 마을 사람들이 잘 살 수 있는 방도를 가르쳐 주겠소. 지형으로 보아 이 왕산은 배의 꼬리 부분에 해당되는데 배의 뒤쪽에 무거운 짐을 실으면 배의 앞쪽이 들리는 형국이니까 배가 빨리 갈 수 있으니 이 마을 뒷쪽에다 돌각담을 쌓으면 이곳 사람들이 잘 살 수 있을 것이오."

이렇게 알려 주고는 서둘러 도포를 휘저으며 가버렸대. 마을 사람들은 의아했지만 어쨌든 마을이 잘 산다고 하니까 주민들이 저 성산에 가서 돌을 주워오고 금산에 가서 돌을 주워오고 여러 곳에 가서 돌을 주워와 돌각담을 쌓았대. 그래가지고 제단을 만들고 가을에 추수가 끝나면 햅쌀로 밥을 지어 열심히 빌었더니 그때부터 도마리 마을은 부자가 나고 벼슬을 하는 사람도 늘어나 왕산 마을은 부촌이 되더래요.

그 뒤로 이런 소문이 퍼지게 되니 성산 사람들이 시기를 해서 자기 마을에서도 돌을 쌓았대. 성산은 배의 앞대가리에 해당되는데 여기다 돌을 쌓으니 배의 앞이 무거워졌거던. 그러자 왕산쪽에서는 못쌓게 하여 시비가 일어나고 했대. 서로 이렇게 다투다가 성산쪽에서도 돌을 쌓으니 성산쪽과 균형이 잡혀 배가 평평해질 게 아닌가? 그러니 왕산은 다시 옛날처럼 가난해지게 되었대.

그래서인지 왕산 주민은 농토가 적어 대부분 소작을 하고 있고 지주는 대부분 성산이나 강릉 사람이야. 그러나 이제는 왕산 사람도 그전보다는 훨씬 많은 땅을 가지고 살고 있어.

조사일자 : 1996. 5. 20.
제보자 : 김남수 (55세, 남, 왕산면 도마리 탑동)

80. 육발 호랑이의 내기 두기

그전에 사람들이 낙풍에서 밤재를 넘어가자면 입구에 주막이 있지 않던가? 거기서 한 20~30명씩 모여가지고 넘어갔단 말이야. 저쪽에서 넘어올 때도 객주집에서 사람을 몇 십 명씩 모아가지고 넘어왔지, 혼자는 도무지 넘어오지 못했어. 왜서 그러느냐면 밤재에는 지금도 고누판이 남아 있어. 무덤 앞에 있는데 그 옆에는 상석이 있고 또 도랑이 있어요. 그전에는 사람이 그 골짜기를 거쳐야만 밤재로 넘어갔거던. 그런데 그 때 나타나던 호랑이가 육발 호랑이래요. 육발 호랑인데 그 놈이 산 위에서 요래 앉아서 내려다 보고 있다가 사람이 지나가면 사람으로 변해서 중이 돼가지고 사람을 붙잡고 바둑을 두자고 졸랐대. 고누라는 건 지금의 고누가 아니라 옛날에는 옹구고누란 말이야. 바위 위에다가 열십(十자)로 고누판을 그어놓고 옹구고누를 두자고 한단 말이야. 이렇게 해놓고선 (그림을 그리면서) 각각 말을 가지고 둔단 말이야. 이것은 거의 먼저 둔 사람이 이긴단 말이야. 하하. 말이 가는 길을 막으면 이기거던. 이 놈의 호랑이가 내기고누를 둘 때는 중이 되었다가 이겨가지고 사람을 잡아 먹을 때는 원래대로 변신하여 다시 호랑이가 되거던. 그래 사람이 많이 죽은 모양이야.

그런데 고려 때 일이야. 한번은 강감찬이 강릉에 도임해 왔는데 그 사람이 큰 인물이지만 체구는 작았대. 그 양반이 강릉에 도임해

오자 사람들이

"밤재에 육발 호랑이가 있는데 그 놈을 없애야 합니다."

이렇게 진정을 했던 모양이야.

"그냥 놓아두면 사람의 씨가 마르니까니 호랑이를 없애지 않으면 안됩니다."

라고 계속 진정을 하니 강감찬이가 그 내력을 자세히 듣고 나서 하루는 관리를 부르더니

"밤재에 가면 스님이 있을 테니 그 스님한테 이걸 갖다주어라."

하고 편지를 써주더래. 그런데 그 편지에는

<이 편지를 받는 즉시 그 곳에서 떠나거라. 만약 떠나지 않으면 내가 너희를 전멸시킬 것이다.>

이랬더래.

강감찬 같은 분은 큰 인물이 아니요? 그래 호랑이 보고 어디로 가라 했느냐 하면 백두산으로 가라고 했어. 그 이후로 육발 호랑이가 없어졌지. 그 전에 밤재를 넘으려면 그 길밖에 없었는데 나중에는 건너편 둔덕에 새로 길을 냈지.

조사일자 : 1995. 3. 17.
제보자 : 김내수 (76세, 남, 옥계면 금진리)

81. 도깨비 장난

우리 할아버지가 남양에서 살다가 여기로 이사를 왔거던. 그 때는 마을이라야 해당밭이나 종굴밭만 있을 뿐 집이 드믄드믄 했지. 마을

앞 바닷가에는 등대가 있었어. 그런데 그 날은 유독히 화광(火光)이 충천했대. 그 곳은 화재가 날 것도 없는데 불이 밝으니 할아버지가 이상해서 지팽이를 짚고서 불이 보이는 곳으로 가서 웬 불인가 하고 보았대. 할아버지는 원래 담력이 셌거던. 가서 보니 도깨비들이 노는데 한 번씩 돌 때마다 '쾌이 척척' 소리를 3번씩 하는데 참 볼 만 하더라는 게여. 그 이야기를 할아버님이 우리들한테 여러 번 말씀하시더라고.

그리고 이건 근래에 있었던 얘기야..

우리 옆집에 살던 양반이 그 때 많이 앓았어요. 그때 해가 서편에 있었으니까 3시가 좀 넘었을 거야. 해가 아직 쨍쨍 비치는데, 어디서 여우 소리가 나더라구. 그 양반 집 아래에 행상 틀집이 있었거던. 그 행상 틀집에서 이상한 소리가 나는데 참 굉장하게 나더라구. 혹 발자국 소리를 내면 눈치를 챌까 싶어 발자국 소리가 안나게 가만 가만 걸어서 문을 확 잡아 열었어. 낭그를 가지고 문 밑에다 끼우고 행상 틀집을 흔들었어. 꺼재기도 흔들고 몽둥이로 벽을 두드리고 엄포를 놓았지. 그러자 조용해지길래 집에 왔지. 그런데 얼마후에 저 양반이

"또 소리가 나오. 또 나오."

이래. 그래 밖에 나와서 가만히 들어보니 그 소리가 정말 났어. 여전히 요람을 흔드는 소리가 계속 났어요. 그래서 행상 틀집 문을 또 흔들었어. 흔드니까 그 소리가 그치길래 집으로 돌아왔거던. 그 때 웃집 식구들은 양양으로 돈벌이를 갔고 아주머니 혼자서 집을 지키고 있었어. 앓고 있는 그 아주머니를 안심시키려고 그 집에 갔더니

"선이 아버지요. 아무래도 도깨비들이 장난을 치는 것 같은데 어떻게 하면 좋겠우?"

하고 겁에 질려 떨기에

"아주머니 걱정마시우. 내가 가서 훼방을 놓고 왔습니다."

그랬는데 해가 지니까 소리가 점점 더한단 말이야. 그러니 그 아주머니가 더 무서워 했어.

"도깨비 장난치는 소리가 아까보다 더 나오."

"아니 저 소리는 철도길을 닦느라고 모인 사람이 내는 소리요. 거기서 떠드는 소리니 아무 걱정 마시요. 그 패들이 계속 떠드는 게요."

그렇게 훼방을 놓았으니 안 그러려니 했는데 내가 들을 때도 딸랑딸랑 하는 요령소리가 분명히 나더라고. 낮보다도 더 했어. 그래 그 날 밤에 세 번, 네 번 쫓아가서 흔들고 그렇게 훼방을 놓았는데도 계속 그랬어.

그런데 이튿날 날이 샐 무렵에 저 아래에서 소문이 들려오기를

"광목이네 어머니가 죽었대."

그러더라고. 귀신이 그 아주머니를 데려가느라고 그랬나 봐. 그 여자가 죽고나니까 그 소리가 그쳤지. 우리가 볼 때는 도깨비들이 그 날 그렇게 소란을 피워 그 양반이 죽은 게다 그거야. 그러니 우리가 먼저 그 양반이 죽을 것을 알았던 게지. 참 희한하더라고.

조사일자 : 1995. 3. 17.
제보자 : 김내수 (76세, 남, 옥계면 금진리)

82. 늑대와 여우의 피해

옛날에는 여름에 한참 더우면 이 바닷가에서 잡니다. 한번은 바닷

가에서 자고 있는데 어디에서 무엇이 와 하는 소리가 들려왔어요. 벌떡 일어나보니까 시커먼 짐승이 여기에 재워놓은 아이를 막 끌고 가는 거예요. 옛날에 연어 잡는 창이 있잖아요? 그것을 가지고 그 말만한 짐승을 쫓아가 아이를 빼앗아 왔습니다. 그만큼 늑대가 참 많았지요.

하루 저녁에는 우리 할아버지가 갑자기 왁 소리를 지른단 말이요. 그때 우리는 저쪽 집에 있었는데 소리가 나길래 쫓아 가보니 할아버지가 급해 놓으니까 베잠뱅이만 입고 나왔단 말이요. 우리가 놀라서

"왜 그래요?"

하니까

"이놈의 늑대가 송아지를 물고 갔다."

그래요. 늑대가 소 두 마리에 새끼 1마리가 있는 외양간에 들어갔던 거래요. 그래 우리 할아버지가 나뭇문을 갖다 막아놓고 정지로 들어가서 그 늑대를 후려쳤어요. 우리 할아버지가 기운이 셌거던. 늑대를 후려치니까 늑대가 사람까지 확 밀어뜨리고 도망을 쳤단 말예요. 그때는 그런 일을 많이 봤어요. 가끔 늑대가 와 가지고 가축을 물고 가곤 했어요. 그런 일이 상당히 많았어요.

그리고 우리 삼촌 한 분이 옥계에 계셨거던요. 그 양반이 그랬대요. 그 양반이 정동 1구에 있는데 이 쪽은 옥계 금진이거던요, 금진으로 오자면 산길로 와야 해요. 이 양반이 밤에 제사를 지낸 뒤 술까지 마시고 나섰거던요. 술을 잡수고 얼마큼 오다 보니까 이상한 기분이 들더래요. 한참 가다보니 자신도 모르는 사이에 가시밭 속으로 들어갔더래요. 그래가지고 밤새도록 헤매다가 겨우 나왔대요. 정

동으로 기어나왔거던요. 술이 취한 채 무엇에 홀려 가지고 밤새도록 돌아댕겼대요. 그러다보니 두루마기가 다 찢어졌더래요. 가시에 다 찢겼더래요. 그런 일을 겪고 나서 우리들한테

"너희들 술을 먹더라도 적당히 마시고 취하면 밤에는 절대로 댕기지 말아라. 내가 그 일을 당하고 나서 이렇게 머리가 희미해졌다."

이런 말을 자주 했어요.

조사일자 : 1995. 3. 17.
제보자 : 김내수 (76세, 남, 옥계면 금진리)

83. 말탄봉과 용마

말탄봉은 일정때 와서 기마봉이라고 불렀지.

말탄봉이라고 부르게 된 것은 용마가 나서 그렇게 부르게 된 게야. 용마가 나오면 장수가 나오게 된대. 그런데 왜놈들이 용마가 나온 줄 알고 굴르봉에 혈(穴)을 질러서 결국 장수가 나오지 못했어. 그러니 용마가 났지만 장수는 나오지 못 했어.

저쪽으로 산모퉁이를 넘어가면 금진 3리인데 거기에 가마소가 있거던. 장수가 나오지 않으니 용마가 거기에 가서 빠져 죽었대.

어떤 노인들의 말을 들으면 굴르봉에서 모래가 올라왔다고 해. 장수가 땅속에서 나오느라고 모래가 올라온 모양인데 그만 혈을 지르니 어찌 장수가 나올 수 있겠는가? 아마 혈을 지르지 않았다면 장수가 나왔을 게야.

작년에 가보니 혈을 지른 흔적이 지금도 남아 있더구만.

조사일자 : 1995. 3. 17.
제보자 : 김내수 (76세, 남, 옥계면 금진리)

84. 낙풍 마귀할멈 굴

옥계면사무소에서 약 2 km 떨어진 낙풍2리 샘골 뒷산 중턱에는 마귀할멈이 살았다고 한다.

전해 내려오는 이야기로는 낙풍리에 3대 독자인 총각이 60이 넘은 홀어머니를 모시고 살았는데 집이 너무 가난하여 40이 넘도록 장가를 들지 못했다. 노모는 끼니 걱정보다도 아들을 장가 보내는 것이 소원인지라 만나는 사람마다 아들이 장가를 들게 해달라고 조르며 걱정과 한숨으로 세월을 보냈다.

그러던 중 어느해 봄이 되자 아들은 전과 같이 아침 일찍 앞산에 있는 밭에 일하러 나갔다. 신세타령을 하면서 일을 하고 있는데 토끼 한 마리가 나타나더니 갑자기 온데간데 없이 없어졌다. 그러니 이상하게 생각하여 토끼가 사라진 곳에 가서 주변을 샅샅이 살폈지만 끝내 찾지 못하자 그만 주저앉아 숨을 돌리면서, 가랑잎을 뒤지다 보니 바위사이에 조그만 구멍이 보였다. 가랑잎을 헤치고 자세히 살펴보니 사람이 겨우 들어갈 만한 구멍이 있었다. 토끼를 놓쳐 기운이 빠진 총각은 배가 고파서 점심을 먹으려고 밥그릇을 열어보니 개미 한 마리가 그 속에 있었다.

총각은 개미에게

"개미야, 나를 장가 보내주면 매일같이 너한테 밥을 주마."

하면서 밥숟가락으로 밥알 몇 개와 개미를 떠서 옆에 있는 바위굴에 넣어주었다.

총각은 허기진 배를 채우고 나니 졸음이 와서 그 자리에 누워 잠을 푹 잤다. 그런데 잠을 자는 사이에 머리가 하얀 할머니가 나타나더니

"네 소원을 잘 들었다. 네가 그렇게도 장가가기를 원한다면 반년동안 나에게 밥을 가져오너라. 그러면 너의 소원을 들어주리라."

하기에 깜짝 놀라 잠을 깨어 보니 꿈이었다.

총각은 너무나 신기하여 다음날부터 매일 계속하여 굴속에 밥을 넣어주었다. 그런 가운데 여름이 가고 가을이 되었다.

총각이 어느날 뒷밭에 추수하러 갔다가 쉬면서 얼핏 잠이 들었을 때 꿈속에서

"나는 마귀할멈인데 너의 정성에 감동되었다. 며칠 후 찾아가는 사람이 있을 테니 그 사람의 청을 들어주어라. 그러면 너의 소원이 이루어질 것이다."

이렇게 알려주고 나서 사라졌다.

며칠 후 해가 서산에 걸린 저녁 무렵인데 늙은 할아버지 한 분이 찾아오셔서 하룻밤 묵어가길 청했다.

총각은 그 노인의 사정이 딱해서 허락하니 노인은

"내 딸이 위장병에 걸려 죽기 직전이네. 다른 약은 없고 석순 가루를 먹어야만 나을 수가 있다는데 그걸 구할 도리가 없으니 어쩌면 좋겠는가?"

하면서 한탄을 했다. 이 말을 들은 총각은 처녀의 병을 치료해 줄 것을 결심을 하고 이튿날 마귀할멈굴에 석순을 구하러 들어갔다. 들어가보니 굴속은 칠흙같이 어두워 어디선가 귀신이 나올 것만 같았다. 그러나 꿈속의 마귀할멈 말이 생각나서 계속 들어가니 눈앞에

하얀 것이 보였다. 그것을 잡아당겨 떼어가지고 밖으로 나와보니 고드름같이 흰 돌이었다.

총각은 그것을 노인에게 갖다 드리니 노인은 몹시 고마워 하면서 그걸 가지고 집으로 돌아갔다.

한 달 후 노인이 처녀를 데리고 와서 하는 말이

"총각 덕분에 내 딸의 병이 완쾌되었네. 그런데 은혜를 갚을 길이 없으니 내 딸아이를 아내로 맞아주게. 그래야 은혜의 백 분의 일이라도 갚을 수가 있지 않겠는가?"

하고 간곡히 청하기에 처녀를 아내로 맞이하기로 하였다.

결혼한 그들은 너무나 즐거워 세월 가는 줄을 몰랐다. 그리고 그동안 아들 둘을 낳았다. 그런데 갑자기 둘째 아이가 병이 들었다. 설상가상으로 큰 아이마저 또 병이 들자 백방으로 고치려 하였으나 효험이 없었다. 그런데 하루는 스님이 시주를 하러 왔다. 부인이 시주를 하니 스님은 합장하면서

"집안의 우환은 주인 어른께서 전생에 악업이 있기 때문이니 백일기도를 드리면 없어질 것이오."

라고 알려 주었다.

부인은 남편으로부터 옛날에 있었던 이야기를 듣고 마귀할멈 굴에 들어가 백일기도를 드리기 시작했다. 백일기도를 드리는 동안 시어머니가 계속 밥을 날라다 주었다. 99일째 되던 날 부인은 남편과 아이 생각에 도저히 참을 수 없어 집으로 돌아 오고 대신 시어머니가 굴속에 들어갔다. 그때 천둥과 번개가 치며 굴 옆에 있는 땅이 무너져 낭떠러지가 되었다. 그런데 그런 괴변이 일어나는 동안 집안에는 두 아이의 병이 깨끗이 나았다.

그런 일이 있은 후 굴 입구에서 겨울에는 따뜻한 물이 나오고 여

름에는 시원한 냉수가 나온다고 한다.

동네 사람들은 이것은 부인이 백일기도하는 동안 남편과 아들, 시어머니를 간절히 생각하였기에 하느님이 감동하여 생긴 일이라 했다.

후일 사람들은 이 굴을 마귀할멈 굴이라 부르기 시작했으며 용천수는 지금도 계속 솟아 낙풍 주민의 식수가 되고 있다.

조사일자 : 1995. 3. 17.
제보자 : 이용근 (52세, 남, 옥계면 낙풍2리)

85. 낙풍에 얽힌 얘기들

마귀할멈 이야기가 있지. 마귀할미가 굴에서 살았는데 밥을 하던 솥과 빨래를 하던 자국이 지금도 남아 있어. 굴 속에 들어가 보면 이건 솥이구 이건 밥상이구 이런 흔적이 있었는데 이젠 다 없어졌지. 그 굴이 임곡으로 통했다고 하지만 정말 거기로 통하는지는 모르겠어. 어려서 가보니 굴 속에 짐승의 뼈가 있었지. 그 굴이 이젠 다 메워졌어.

그리고 예전에 이 마을에 통물방아가 있었는데 물이 한참 모였다가 툭 떨어지고 또 모였다가 툭 떨어지고 했거던. 밤새도록 방아를 찧는데 너무 방아가 더디니 어떤 처녀가 방아를 찧으며 졸다가 그만 치어 죽었대.

그리고 물방아간 앞에 자리를 만드는 왕골을 심었는데 호랑이가 거기에 자주 나타나 작폐가 심하자 거기다 호랑이 덫을 놓아 호랑이를 잡았대.

또 육발 달린 호랑이가 있어 사람을 많이 해쳤대. 눈이 오게 되면 그 놈의 육발 호랑이가 굴에서 밖으로 나오면서 제가 나온 흔적을 없애려고 꼬리로 제 발자국을 지운대. 또 어떤 때는 짚신을 꺼꾸로 신고 나오니까 사람들은 누가 굴속으로 들어간 줄로 속았어.

요놈이 발가락이 여섯 개가 달렸는데 사람을 많이 해치니까 이 놈을 결국 사람들이 잡았지. 임곡 사람이 잡았는데 이 사람이 삼 년 밖에 못 살았대.

옥계 청남리에 사는 사람이 봄에 소로 논을 가는데 가마귀가 상투위에 앉더래. 그 날 밤에 마을 사람들이 지금으로 보면 어느집 사랑방에 모두 모여 자는데 그 사람이 맨 앞쪽에 잤는데도 호랑이가 그 사람만 물어갔대. 앞산 쪽으로 물고 가니까 동네 청년들이 솔괭이 불을 켜가지고 길을 밝히며 창을 들고 가보니 벌써 그 사람을 처치했더래.

또 북동에 학교가 있는데 거길 성매골이라 하거던. 5월 어느 날 밤에 부인들이 모여 솔괭이 불을 켜고 보리방아를 찧고 있는데 한 여자가 솔괭이 불을 들고 혼자 나가더래. 다른 사람들이 보니 호랑이가 그 여자의 뒤를 따라간단 말이야. 날이 새자 사람들이 가보니 호랑이가 그 여자의 머리만 바위에 올려 놓고 몸둥이는 다 먹어버렸더래.

옛날에 아이들이 많이 죽으니까 죽은 아이를 묻으면 여우란 놈이 와서 그걸 파먹지. 고쟁이(뒤웅박) 속에 먹을 걸 넣어놓고 구멍을 뚫어놓으면 그걸 먹으려고 여우의 머리가 그 속으로 쑥 들어간단 말이야. 한번 들어가면 좀처럼 머리가 빠져 나오지 못하거던. 눈앞이 안 보이니까 여우가 그만 마을로 내려온대. 이를 본 청년들이 여우가 둔갑했다고 하며 때려 잡는다는 것이 고만 고쟁이를 부셔 버리면 여우가 도망가 버리지.

옛날 강감찬 장군의 아버지가 여자 백 명을 건드리려 했는데 99명까지 건드렸을 때 이것을 안 여우가 여자로 둔갑해가지고 어찌해서 낳은 게 강감찬이라는 말도 있지.

옥계 장터에서 있었던 일이야. 사람들이 기분이 좋으면 장구채로 장구를 치는데 어떤 사람이 장구채를 옹구에다 대고 쳤단 말이야. 거기다 치면 소리가 잘 나니까 거기다 쳤대. 그래 장구을 치는데 어떤 초립동이가 한지 한 장을 사가지고 오더니 손톱으로 그걸 쭉 쨌단 말이야. 장구를 치던 사람이 그걸 보더니 그만 기가 죽어 도망을 쳤대. 요 위에 틀집이 있는데 그 틀집까지 도망쳐 와 숨었지만 그 초립동이가 뒤를 쫓아와 밖에서 대고챙이로 꾹 찌르니 그 사람이 그 꼬챙이에 찔려 죽어 버렸어. 자기가 기운이 제일 세다고 뽐내다 초립동이한테 당한 거지.

조사일자 : 1995. 4. 28.
제보자　 : 신만선 (67세, 남, 옥계면 낙풍 2리)

86. 쇠바위 전설

저기에 돌멩이가 오목한 곳이 있는데 거기를 마구할미 솥이라 하지. 그 옆에 굴이 있는데 입구 부분은 깊이가 키로 한 길이 넘으니 굴에 들어가기가 어렵다구. 거기에 들어가게 되면 그 안에 구들이 있고 머이 있구 한데 그 굴이 어디로 통하는가 하면 강동면 임곡으

로 나가게 돼 있어.

옛날에 아주 고대적 전설이야. 마구할미가 여기서 살았는데 여기에만 있지 않고 사방으로 댕겼다구. 그런데 힘이 장사였던 모양이야. 여기에 그전에 쇠바우가 있었는데 마구 할머니가 그 바위를 쑥 뺐단 말야. 힘이 장사니 빼가지고 북동으로 들어갔어. 거기에 다래재라고 하는 재가 있단 말이야. 그 바위를 다래재에 가져다 놓았단 말이야.

그 골로 들어가면 숲실이라는 임곡이 있고 또 거길 넘어가면 아우리재가 있어. 안고 갔다 해서 유래된 아우리재를 넘으면 강릉 운산이 나오지. 거기에 쇠바위를 세워 놓았는데 소의 앞쪽을 자기 마을쪽으로 세워놓았단 말이야. 쇠바위를 그쪽으로 세워 놓으니 흉년이 들어 농사가 안 된다 말이야. [그게 왜 그렇지요?] 소가 풀을 뜯어먹는데 소의 입쪽에 있는 풀은 소가 먹으니 다 없어져 흉년이 들지. 그러나 엉덩이쪽 마을은 소가 먹은 것을 다 배설을 하니까 땅이 비옥해져 비료를 주지 않아도 곡식이 쭉쭉 자라 부자가 된대. 그래 농사가 안되니까 그곳 사람들이 그 쇠바위를 돌려서 앞을 자기 마을 반대 쪽으로 향하게 옮겨 놓았대. 그러자 이 쪽이 농사가 안 되니 서로 싸움이 나서 고만 바위를 깨가지고 땅에 묻었대. 우리 아버지가 거기 살다 와서 그 내용을 나도 잘 안단 말이야. 이건 우리 아버지한테 들은 이야기야.

조사일자 : 1995. 4. 28.
제보자 : 이광덕 (89세, 남, 옥계면 현내 4리)

87. 호랑바위 전설

지금으로부터 백 이삼십 년 전 얘기야.

이곳 낙풍 마을에 해가 지면 호랑이가 나와 우는데 호랑이가 울면 문고리가 드르렁드르렁 흔들리니 사람들은 무서워서 밖에 나가 다니질 못했대.

이 마을의 인(寅)방에 바위가 있는데 그 바위가 벌어진 속을 보면 온통 붉거던. 그러니 인방은 호랑이를 뜻하니까 바위속이 붉은 것은 호랑이 입이 붉은 것과 같지.

어느 때 한 지관이 이 마을을 지나가다가 바위를 보고

"호랑이 때문에 이 마을이 못 사니까 나무를 해다가 그 바위 속에 불을 지르시오. 바위를 불로 달구어 가지고 그 바위의 아래 턱을 떼어내고 거기다가 행상틀(화채집)을 지어 놓으면 호랑이가 못 올 게요."

이렇게 알려 주었어. 마을 사람들이 그 지관의 말대로 바위 아래턱을 떼어내니 그 때부터 호랑이가 오지 않더래.

뒤에 젊은이들이 그 화채집을 그 옆으로 옮겨 짓는다구 하기에 재앙을 탄다고 못 옮기게 했지.

조사일자 : 1995. 4. 28.
제보자 : 이광덕 (89세, 남, 옥계면 현내리)

88. 송구봉의 출생담

굴에 연관된 이야기 중에 송구봉이라는 분의 얘기가 있어. 성은 송가이고 이름은 구봉인데. 그 사람은 훈장이지만 그 사람 아버지는 원래 장사하던 천한 사람이야.

송구봉의 아버지가 아들을 낳기 전에 있었던 일인데 그 사람 아버지가 해먹고 살 길이 없으니까 옛날에는 지게에다 생선을 짊어지고 다니면서 팔아 먹고 살았어.

어느해 가을철에 벼가 누렇게 익었을 때 논둑길을 지나가고 있는데 갑자기 비가 막내려서 갈 수가 없단 말이야. 그런데 마침 길가 산 밑에 굴이 있으니까 비를 피하려 굴에 들어갔대. 그런데 처녀 하나가 남의 집 종인데 새를 보다가 비를 피하려고 먼저 들어 와 있었어. 송구봉은 비를 피하려고 처녀가 있는지도 모르고 들어갔단 말이야. 아무도 없는 굴 속에서 여자 남자 단 둘이 만나니 말이지. 서로 뭐 어떻게 하다가 운우지정을 나눴단 말이야. 그러다가 비가 개어 헤어지게 되자 처녀가 묻더래.

"성이 무엇이오?"

"송가입니다."

"어디에 사오?"

"떠도는 사람이라 집이 없소."

그러면서 내뺐단 말이야.

그런 일이 있은 뒤 여자는 차츰 배가 부르더니 아이를 낳았대. 그런데 주인집 부부가 유행병에 걸려 갑자기 죽어버렸는데 가까운 친척이 없으니까 그 종 여자가 재산을 받아서 잘 살게 되었대. 그후 이 아이가 점점 자라니 아버지를 찾아줘야 되겠는데 방법이 있어야지. 그 여자는 아이 아버지를 찾으려고 석달 열흘이나 계속하여 잔치를 열었대. 그렇게 잔치를 여니 떠돌아다니는 사람들이 자꾸 모여들었지. 모여드는 사람에게 극진히 대접을 하면서

"옛날에 자기가 겪은 희한한 얘기를 해보시오."

이렇게 청하여 과객마다 과거지사를 들었지만 자기의 과거와 맞지 않거던. 자기 과거와 안 맞으면 돌려 보내고 이랬는데 마지막 날이 됐어. 어떤 사람이 지게를 짊어지고 왔거던.

"과거에 있었던 희한한 얘기를 해보시오."

"나는 할 얘기가 없소."

"과거에 겪은 얘기가 없는 사람이 어디 있소? 아무 얘기든지 좋으니 한번 해보시오."

그런데 잔치를 연 곳은 옛날의 그 굴 앞이었거던. 그러자 그 사람이 그 굴을 보더니 웃는단 말이야.

"왜 굴을 보고 웃소?"

물으니

"내가 옛날에 소나기를 피하러 굴에 들어 갔다가 웬 처녀와 인연을 맺은 일이 있어서 그러오."

하거던. 아, 맞단 말이야. 그래 그 애 아버지를 찾았거던. 그 아들이 바로 송구봉인데 나중에 유명한 훈장이 됐단 말이야. 그러니 원래부

터 삼노팔경에는 양반이 없어. 삼노가 누군가 하니 송구봉이 종으로 태어났고 정도전도 종으로 태어났고 서구청이도 종으로 태어났어. 그러니 양반이 따로 없어. 삼노팔경에는 양반이 없다 이거야.

조사일자 : 1997. 4. 28.
제보자 : 이광덕 (89세, 남, 옥계면 현내 4리)

89. 구원병 얻어 온 지혜

임진왜란 때 얘긴데 선조대왕때 임진왜란이 일어났거던. 그 때는 대국이 큰 집이고 조선이 작은 집이란 말야.

아주 옛날에 유현덕, 장비, 관운장이 의형제를 맺었어. 처음에 나이 많은 유현덕이 혼자 댕기다가 전쟁이 일어나니 나라를 평안히 하려고 사람을 구하려 했는데 못 구했단 말야. 그래 댕기다 보니 한 사람이 수레를 끌고 간단 말이야. 그래 불렀는데 그게 관운장이야. 나이를 물으니 자기보다 적고 재주를 봐도 저보다 못하단 말이야. 그러니

"니, 내 동생 해라."

이래서 두 사람이 형제가 되었거던.

또 한 군데를 가다 장비를 만나게 되었어. 그래 나이를 물으니 나이가 제일 적고 재주도 관운장보다 못하더래. 원래 유현덕이는 두 팔을 벌려도 몸이 안 들어 갈 만큼 기골이 장대했거던. 이 세 사람이 삼 형제를 맺었단 말이야.

"우리 세 사람이 힘을 합쳐 나라를 편안히 만들자."

이렇게 서로 약속하고 산에 가서 말 한 마리를 잡아 가지고 제사를 지내면서

"우리 세 사람은 생사를 같이 하여 죽을 때는 같이 죽고 살게 되면 같이 산다."

이런 다짐을 한 뒤 전쟁을 했다고. 그리고 유현덕, 조조, 손권의 세 나라가 서로 싸웠어. 그런데, 조조는 잡으면 또 생기고 또 생기고 해서 잡기가 어렵다네. 그리고 또 오왕 손권의 나라와 싸울 때 대사가 유현덕, 장비, 관운장 세 사람의 마누라들을 데리고 다녔던 모양이야. 그런데 유현덕이는 동생들과 한 군데서는 안 살았대. 서로 나누어서 살았던 모양이야. 한 군데서 살면 아무도 못 당하는데 갈라져 있어서 전쟁중에 쫓겨가지고 유현덕의 마누라는 물에 빠져 죽었다던가? 뭐. 그렇게 됐어. 그런 뒤에 유현덕은 대국천자가 되었고 장비는 죽어서 조선 국왕이 됐대. 그러니, 형제 나라가 됐단 말이야.

임진왜란이 일어나자 왕이 중국에 구원병을 보내달라고 하니 안 보내주거던. 그러니 관운장이 말이야 자기는 조선에 왔어도 장수밖에 못되어 속으로 아주 섭섭했는데 전쟁이 터져 위급한데도 구원병조차 안 보내주니 따지려고 유현덕 천자한테 갔단 말이야.

"형님은 대국의 천자가 되었지만 나는 죽어서 겨우 조선의 장수만 되었지 않소? 더구나 장비는 조선의 국왕이 되었으니 중국과는 형제 나라 아니오? 왜 큰 집이 작은 집을 돌보아주지 않고 모르는 척 하시오?"

하고 화를 내며 따졌대. 관운장이 타고 다니는 말은 적토마야. 붉은 말이야. 관운장이 적토마 위에서 청룡도를 들고 봉의 눈을 부릅뜨며 칼을 휘두르니 놀라 죽을 지경이란 말이야.

"동생, 알았으니 도와주겠네."

이래서 도와주게 되었대요.

그리고 또 청병하러 갈 때 마구할미와 관련된 이야기도 있어요. 이항복하고 김성일하고 둘이 중국에 청병을 하러 갔단 말이야. 사신으로 가서 장수들을 데리고 오려고 했는데 한참 전쟁중이니 낮엔 못 가고 밤에만 산으로 가자니 길이 험난하고 배는 고파 죽을 지경이었거던. 그런데 밤에 길을 가다보니 불이 반짝반짝 비치더래. 그래서 인가가 있는가보다 하고 그리로 가니 움막집이 조그만 게 있는데 그 집에서 불이 새어나오거던. 그 집에 들어가 보니 할미가 있단 말이야. 그래서

"배가 고파 죽을 지경이니 음식을 좀 주시오."

하니 음식을 주는데 잘 해 주더래. 그래 맛있게 먹고 나니

"당신들은 뭐하러 가는 사람이오?"

하고 묻거던. 그래서

"일본놈이 쳐들어왔는데 대적하려니까 우리 힘만으로 당할 수 없어서 대국으로 청병하러 갑니다. 나라를 좀 도와 달라고 요청하러 갑니다."

하니 그 할미가

"어떤 장수를 데려 오려고 하시오?"

하고 묻더래.

"장수라면 어떤 장수라도 상관없지 않겠소?"

그랬더니

"아니오. 보통 장수로는 안됩니다."

하면서 주머니를 가져오더니 초상화 두 장을 꺼내놓는데 이여송, 이여백 두 형제 얼굴이 그려져 있더래.

"이 장수들을 데리고 와야 조선이 이기지 다른 장수는 몇 십 명을

데려와도 소용이 없을 게요."

그러면서 초상화를 준단 말이야.

"어떤 방법을 쓰더라도 반드시 이 장수들을 데리고 오시오."

그러면서 돈 석 량을 주더래. 돈 석량을 받고 저녁을 잘 먹고 잤단 말이야. 그런데 아침에 일어나보니 할미도 없고 집도 없고 아무것도 없는 거야. 그러니 그게 신이었단 말이지.

초상화를 가지고 대국에 가서 구원병을 보내달라고 청했는데 못 해준다고 거절을 당했네. 그래도 자꾸 사정을 하니

"정 그렇다면 구원병을 보내주겠다."

하며 다른 장수를 주더래. 그러니 거절을 했지.

"이런 장수는 싫소. 그런 장수로는 안 됩니다."

"그럼 보내 줄 장수가 없다."

그러자 그 초상화를 꺼내놓고

"이 장수를 주시오."

하니

"이 두 장수들을 보내면 우리가 곤란하다. 사나운 북쪽 오랑캐를 막으려면 이 장수가 꼭 있어야 된다."

그래도 자꾸 사정을 하니 할 수 없이 그 두 장수를 내주었어. 이 장수들은 원래 조선 사람이었는데 선대에 중국에 들어가서 살았으니까 중국의 장수가 된 거야.

두 사람이 중국에서 구원병을 얻어가지고 압록강을 건너오게 되었는데 마침 밥을 먹을 시간이 되었더래. 그런데 장수들이

"점심을 지으려면 황해물을 떠서 밥을 해야 먹지 그렇지 않으면 먹지 않겠소."

하고 트집을 잡으니까 이항복이

"압록강에서 내려온 물이 황해수가 되니까 이 물이 결국은 황해물이나 마찬가지요."

하면서 압록강물을 떠다가 밥을 해 주니 또

"반찬은 용을 잡아 회를 쳐야 먹지 그렇지 않으면 안 먹겠소."

트집을 잡으니 이항복은 신통력을 지닌 사람이라 강가에 가서 하늘에 제사를 올리면서 신에게 빌었다 이기야.

"중국에서 겨우 장수를 얻어가지고 나오는데 황해물로 점심을 안 지으면 안 먹겠다 하고 용의 회가 아니면 밥을 안 먹겠다고 하니 용을 한 마리만 주시오."

하고 절을 하니 물 속에서 용이 막 튀어나오는 거야. 그래서 용을 잡아 회를 쳐서 주었대. 그러니까 또

"회를 집어 먹자면 소상반죽 대나무로 만든 젓가락이 아니면 안 먹겠소."

하거던. 중국에 소상강이 있어. 소상강 대로 젓가락을 만들어 주어야 먹겠다고 한단 말이야. 언제 거기에 가서 그걸 가져오겠는가? 그런데 마침 유성룡이 구원병이 온다는 말을 듣고 동생을 데리고 여기까지 영접을 나왔더래. 유성룡은 도통한 사람이라 눈을 뜨면 불이 번쩍 비쳐 웬만한 사람은 그 눈빛에 까물어졌대. 유성룡이 이 말을 듣고 자기 동생에게 말했대.

"너 대국에 갔다 오겠느냐?"

"가죠."

"그럼 가자."

"어떻게 가요?"

"지금 당장 큰 양푼에 물 한 통을 가득 떠와라."

그래서 한 그릇을 떠다 주니

"저기 가서 대 잎사귀를 뜯어 와라."
대 잎사귀를 뜯어오니 그것으로 배를 만들어 띄워 놓고
"자 그 위에 올라서자."
하더래. 그런데 어찌 그 위에 올라설 수 있겠는가? 그런데 유성룡이 주문을 외니까 갑자기 몸이 가벼워져 올라설 수가 있더래.

그래 소상강에 가서 배를 대고 대나무를 꺾어 젓가락을 만들었대. 구원병이 이 젓가락이 아니면 용의 고기 못 먹는다고만 하니 그 대 잎사귀를 타고 대를 꺾어 와 젓가락을 만들었지. 그러자 이 놈들이 혀를 내두르며
"조선에 이렇게 이인이 많으니 도와줄 수밖에 없구나."
하며 조선을 도와주게 되었대.
이 얘기는 임진록에도 나와 있어.

조사일자 : 1995. 4. 28.
제보자 : 이광덕 (89세, 남, 옥계면 현내 4리)

90. 처녀 원귀의 훼방

옥계면 밤골에는 혼인의 대사를 치루기 전에 죽은 남녀가 있었는데 이들 남녀의 혼백이 영계(靈界)로 떠나가지 못하고 몽달귀신과 처녀귀신이 되어 이곳을 떠돌아 다닌다는 전설이 있는 바 그 내용은 이러하다.

밤골에 사는 윤씨는 큰 마을을 떠돌아 다니며 금은(金銀)을 세공(細工)하는 장인(匠人)이었다.

윤씨에게 아들이 있었는데 장성하자 금진리 규수와 약혼을 했다. 그런데 혼인을 하루 앞둔 어느날 윤씨의 아들은 볼 일이 있어 바닷가 마을을 지나는데 한 처녀가 엄동의 추위인데도 해변 암석에서 미역을 따고 있었다. 총각은 처녀에게

"어디 사는 누구인지는 모르나 얼마나 춥습니까?"

고 말을 건냈다. 그러자 처녀는 반가운 빛을 보이며

"외람되지만 감히 드릴 말씀이 있으니 오늘밤 밤골에 있는 빈 집으로 꼭 오세요."

라고 청을 하는 것이었다.

그러나 총각은 그날 마침 볼일이 생겨서 처녀와 낮에 한 약속을 지킬 수 없었다. 볼일을 마치고 보니 이미 밤이 깊었는지라 아마 지금쯤 잠이 들었겠지 하고 가지 않았다.

그런데 이튿날 처녀는 밤골 빈 집에서 목이 매인 채 죽어 있었다. 그러자 처녀의 아버지는 딸이 처녀의 몸으로 죽었으니 후일 흉한 일이 있을까 하여 전해오는 방액법(防厄法)에 따라 시체를 엎어서 매장했다.

이런 일이 있은 후 총각은 금진리로 장가를 가게 되었다. 첫날밤 부부는 잠자리에 들었는데 비몽사몽간에 죽은 그 처녀가 살그머니 문을 열고 들어와서 부부사이에 누워서 동침을 방해하는 것이었다. 이런 일이 자주 일어나자 신부는 그만 두려움에 떨다가 정신병자가 되었다.

이렇게 되니 신랑집에서는 온갖 좋다는 약을 먹이기도 하고 유명하다는 점쟁이에게 비방을 물어 그대로 해 보았으니 효험이 없자 하는 수 없이 신부를 친정으로 보냈더니 곧 나아서 다시 시댁으로 돌아왔다. 그런데 시댁에 오자마자 또 전과 같이 병세가 재발하는

것이었다.

그러던 어느날 최씨 성을 가진 점술사가 찾아왔다. 자기에게 좋은 비방이 있다고 하며 5척 길이의 은행나무 한 개를 구해오라고 했다. 시키는 대로 구해 주었더니 그것으로 인형을 조각하고 신랑과 신부의 초례복을 준비하게 하였다.

그리고 나서 죽은 처녀의 집에 연락하여 무덤을 파 헤쳤다. 시체는 매장한 지 반 년이 넘었는 데도 꼭 산 사람과 같았다. 시신에 새 옷을 입힌 후 전안례를 올려준 다음 복자(점술가)가 시키는 대로 시체와 함께 그 날밤을 지내고 다시 매장할 때는 은행나무로 남자 형상을 조각한 인형과 함께 묻어주었다.

이렇게 한 뒤로 신부의 정신이 제대로 돌아왔고 시집 집안도 무사해졌다고 한다.

조사일자 : 1995. 4. 28.
제보자 : 심양섭 (69세, 남, 옥계면 현내리 밤골)

91. 지장 도깨비

어떤 할아버지가 밤에 호젓한 시골 길을 가다가 젊은 여자를 만났는데 그 여자는 어디가 아픈지 길에서 움직이지 못하더래. 그 할아버지가 이를 보자 불쌍해서

"어디가 아프냐? 내 등에 업혀라."

하고 그 여자를 억지로 업었단 말이야. 그래 업고서 가는데 그 여자는

"날 내려주오, 그만 내려주오."
하고 발버둥을 치더래. 자꾸 내려달라고 하니까 할아버지가
"아파서 움직이지도 못하면서 왜 자꾸 내려달라고 그러느냐?"
하며 그 여자의 몸을 자세히 살펴보았더니 그 여자는 무슨 보따리를 가슴에 꼭 움켜쥐고 놓지 않더래. 그래도 억지로 업고 오는데 자꾸만 내려 달라고 사정을 하는 거야. 그러나 그 할아버지는 여자가 아무리 사정을 해도 듣지 않고 그대로 업고 왔대.

얼마를 와서 여자를 내려놓고 그 보따리를 억지로 풀어보니 다 떨어진 지장 빗자루(디딜방아를 찧을 때 쓰는 빗자루)가 나오더래요. 그래 할아버지가 도끼로 그 빗자루를 찍었더니 피가 나오더래. 그게 왜 그런고 하니 사람들 말로는 부인들의 피(생리할 때 나오는 피)가 지장 빗자루에 묻으면 그게 도깨비가 된대요. 그러니 할아버지가 바로 그 지장 도깨비를 데리고 온 게야.

조사일자 : 1995. 10. 28.
제보자 : 황대원 (57세, 남, 옥계면 현래1리)
오영숙 (58세, 여, 옥계면 현래1리)

92. 도래는 맞는데 질이는 짧다

충청도 어디라고 하는데 충청도 그게
[위치는 어딘가요?] 위치는 모르겠고 충청도 사람이 그랬다고 하는데……
어떤 부부가 살고 있는데 밤에 같이 잘 때마다 여자가 남자에게서 만족을 못 느꼈대요.

어느때 볕이 쨍쨍한 7, 8월쯤 되었던 모양이라. 논에서 일을 하는데 7, 8월 볕이면 얼마나 더운가?

옛날엔 뭐 팬티가 있나 뭐가 있나? 그러니 중의(中衣)만 입었으니까 속곳이 없거던. 이것만 입고 일을 하는데 땡비(땡벌)가 남편의 옷속으로 들어온 거야. 그래가지고 그놈이 남편의 그것을 얼마나 쏘았는지 ××가 이만큼 크게 퉁퉁 부었거던.

그날 저녁이 되었어. 그런데 이놈의 여자가 말이야. 그게 하고 싶으니까 자꾸 덤빈단 말이야. 그러다가 가만히 보니 그게 아주 통통해졌거던. 그러니 도래가 아주 딱 맞는단 말이야. 그래 도래(둘레)가 커서 아주 좋은데 이왕이면 질이(길이)까지 컸으면 더욱 좋겠거던. 그러니 신기해서

"이게 우찌 된 일이우?"

하고 물으니 남편이

"땡비란 놈이 쏘아서 그렇소."

하며 사실대로 말했지.

"일을 하고 있는데 벌이 고만 옷속에 들어가 그렇게 만들어 놓았소."

이 말을 듣자 아내는 속으로 좋아서

'고마운 땡비로구나.'

하며 다음날 아침 일찍부터 쌀을 퍼다가 떡을 만들어 가지고 논뚝에 가 사방에 던지면서 뭐라 하느냐 하니

"들아가는 땡비야, 나가는 땡비야. 도래는 맞다마는 질이가 짧다. 이왕이면 질이도 키워 다오."

이러는 거야.

[그게 뭐예요?] 그게 무슨 소린고 하면 도래(둘레, 크기)는 맞으니

아주 좋은데 질이(길이)가 짜르니(짧으니) 이왕이면 질이도 길게 늘려달라는 얘기지. 그렇게 해달라고 빈 거야. (하하하~ 아이고 참)

조사일자 : 1995. 10. 28.
제보자 : 황대원 (57세, 남, 옥계면 현래1리)
오영숙 (58세, 여, 옥계면 현래1리)

93. 오라버니 한 때 말 한 때

어떤 부부가 살았는데 아들만 삼 형제를 낳고 딸이 없었어. 그런데 아들 삼 형제면 됐지, 딸이 없으니까 딸을 갖고 싶은 거야. 그러던 어느날 산에 가가지고 불공을 드렸지. 칠성단 앞에서 돌을 모아 놓고 불공을 드리기를

"딸을 하나만 점지해 주시오. 딸을 갖고 싶습니다. 여우같은 딸이라도 좋으니 제발 하나만 낳게 해주시오."

이랬거던. 딸이 정 팔자에 없으면 여우같은 딸이라도 좋으니 낳게 해달라 이거야. 그래 인제 딸 하나를 낳았네. 열 달이 되니까 딸을 하나 낳은 게 이제 저만큼 컸어요. 그래 그 딸이 열두 살쯤 됐어요. 그 집이 부자니 소도 있구 닭도 있구 집에서 기르는 가축들이 다 있단 말이야. 그런데 웬일인지 매일 밤 닭이 한 마리씩 없어진단 말이야. 그러니 아버지가 식구들한테

"왜 닭이 없어지느냐?"

물으니까 딸이

"도둑이 들었나 봐요."

이렇게 시침을 떼더래. 그런데 아무리 생각해봐도 이상하거던. 그러나 딸을 의심할 생각은 전혀 안 하고 딸의 말대로 도둑이 든 것 같다는 생각을 하였대.

닭과 개가 다 죽자 이번에는 소가 한 마리씩 죽는 거야. 그래 막내 오빠가 가만히 생각해보니 참 알 수 없다 이거야. 그래서 도대체 뭐이가 그러는가 하고 숨어서 보고 있으니 여동생이 자기 방에서 나오더라 이거야. 나오더니 꼬리가 달린 여우가 되어가지고 소 외양간으로 가더니 소의 생 간을 먹고는 나머지는 팽개쳐 버리더래. 딸이 닭도 다 먹고 개도 다 먹고 소까지 다 잡아먹고 나니 이번엔 오빠가 없어진단 말이야.

그런데 삼 형제 중 여동생이 여우인 걸 눈치 챈 오빠는 막내 오빠였는데 계속 집에 있다가는 여우한테 잡아먹힐 것 같으니까 도망을 쳤어. 여동생이 여우가 맞는데 짐승이건 사람이건 마구 잡아 먹으면서도 멀쩡하게 사람처럼 행세하니

'야, 이러다가는 나도 죽겠구나, 나라도 살아야겠다.'

이리 생각하고는 도망을 친 거야. 여동생이 여우라는 것을 사실대로 얘기해 봐야 누가 믿어주나? 그러니 우선 살려면 도망할 수밖에 없었던 거지.

집을 나간 오빠는 그 길로 산에 가서 공부를 한 거야. 그러다가 몇 년 후에 집이 궁금하니까 가보고 싶거던. 집으로 떠나려는데 산신령이 나타나더니 여우한테 해를 당하게 되면 쓰라고 병 세 개를 주더래. 파란 병 하나, 노란 병 하나, 빨간 병 하나, 이렇게 병 세 개를 주며 위급할 때 순서대로 던지라고 알려주거던. 그걸 가지고 말을 타고 집에 돌아왔어. 와보니 여동생이 그대로 산단 말이야. 그리고 아주 반갑다고 진수성찬을 차려서 오빠를 대접하더래. 그런데 음

식을 먹으면서 생각해보니까 안되겠더래. 집에 와보니 가축 한 마리 없고 어머니 아버지도 돌아가셨으니 제사를 지내자마자 그 길로 도망을 쳤어. 여동생이 필경 부모까지 해쳤나보다고 생각을 하니 소름이 끼치거던.

오빠가 말을 타고 정신없이 도망을 치자 이놈의 여동생이 제 본색이 발각된 줄 알고 쫓아오면서 하는 말이

"오라버니 한 때 말 한 때, 오라버니 한 때 말 한 때."

이러더래. 이게 무슨 소린가 하면

'오라버니를 잡아먹으면 한 때(끼니) 배를 채울 수 있고 말을 잡아 먹으면 또 한 때 배를 채울 수 있다.'

이기야.

그런데 그 여동생이 여우니 얼마나 빠르나? 그래 급하니까 파란병을 던졌어. 파란병을 던지니까 강이 생기고 거기에 물이 생겼어. 그런데 얼마 되지 않아 강물이 말라버렸네. 그러자 또 따라오니 다음엔 노란 병을 던졌어. 그러니까 비가 오는 거야. 그러다가 비가 멈추니까 또 따라오기에 이번엔 빨간 병을 던졌더니 불이 붙어 여우가 타죽고 오라버니는 살아난 거야. 그 여우가 바로 불여우야. 그래서

"오라버니 한 때 말 한 때."

이런 말이 생겨났지.

조사일자 : 1995. 10. 28.
제보자 : 황대원 (57세, 남, 옥계면 현래1리)
오영숙 (58세, 여, 옥계면 현래1리)

94. 시루로 덮는 호식장

호랑이 얘기가 있는데 이건 거의 40여년 전 일이야. 그때 우리는 살무덤에 살고 그 사람은 북동이라는 곳에 살았는데 경상도 안동으로 시집을 갔거던. 그 여자가 그리로 시집을 갔는데 언젠가 여기 친정집에 왔다고. 그게 2월달인데 시집에 와 가지고 병이 나서 앓고 있었지.

그런데 그 여자의 어머니가 무슨 일이 있어 가지고 친정에 갔어. 딸이 앓고 있지만 심하지는 않으니 괜찮겠거니 하고 그냥 갔거던. 그런데 갔다가 저녁에 와보니 앓고 있던 딸이 어디로 갔는지 없더래. 그래 어데 나가고 없으니 곧 오겠거니 했는데 그만 날이 새어도 안 오는 거야.

그래 이튿날 아침에 동네 사람들이 나서서 찾았지. 여기저기 찾는데 그 빵대이 거길 가다 보니 신을 벗어 놓았더래. 그래 또 올라가다 보니 산 중허리에 옷을 벗어 놓았더래. 그러니 동네 사람들이 이상해서 며칠간 주변을 샅샅이 뒤지다가 결국 찾았지. 핏대골 바위가 좀 높은가? 거기에 옷이 홀딱 벗겨진 채 죽어있더래. 거게 올라가 죽었는데, 옷이 벗겨진 채 죽었는데 몸은 다 먹히고 머리는 그대로 남아있더래. 그 죽은 걸 동네 사람들이 보고 기절을 했지.

그래 사람이 죽었으니 데리고 내려와야지. 그래 동네 사람들이 그걸 엮어가지고 돌아오는데 그게 얼마나 머나? 겨우겨우 들어가지구 사태바우에다가 갖다 놓고 염을 한 뒤 다시 죽었던 자리로 옮겨놓았대. 그래 장사를 지내는데 호랑이한테 죽은 사람을 장례 치룰 때는 죽은 자리에 갖다 놓아야 한 대.

[그럼 호랑이가 물어가 죽은 거군요?] 그렇지. 그래 사람들이
"시체를 죽은 자리에 갖다 놓고 장사를 지내야 한다."
하니까 그 시신의 머리를 또 메고 가는데 재가 얼마나 머나? 글로글로 해가지고 핏대골 제일 높은 봉에 갖다 놓고 장례를 치루었어. 거기에 지금도 그게 있는지 몰라.

범한테 죽은 사람은 떡시루, 옛날엔 떡을 찔 때 왜 구멍 뚫은 것 있잖아? 그걸 갖다가 시체 위에 엎어놓는데 그게 양밥이래. 다시 그런 일이 없게 하기 위해 시루를 엎어놓는 거야. 엎어놓고는 거기다 큰 꼬챙이를 갖다가 콱 박아놨대. 죽은 사람의 귀신이 요동 못하라고. 귀신이 요동하면 사람을 또 데리고 간단 말이야. 그래가 양밥으로 그래 놨대. 호환으로 간 사람의 귀신이 덮치면 또 사람이 죽거던. 호랑이가 와서 스스로 물고 가는 게 아니고 사람이 호랑이의 귀신이 씌워가지고 사람을 물어가는 거야. 그러니 귀신이 요동을 못하게 꼬챙이로 시루구멍으로 해서 죽은 사람을 꽂는 거지 뭐. 죽은 사람의 귀신을 꼼짝 못하게 처방하는 거야.

호랑이한테 죽으면 묘가 없어. 묘을 안 쓰고 호식장을 하거던.

조사일자 : 1995. 10. 28.
제보자 : 황대원 (57세, 남, 옥계면 현래1리)
오영숙 (58세, 여, 옥계면 현래1리)

95. 장모님 장모님 고루고루 색색

옛날에는 장가를 가면 그 왜 재양(再行)이라는 것 있잖아? 재앙을

간다고.

[재양이라고요?] 재양은 시집을 가면 신부쪽 어른들이 신랑집으로 같이 간단 말이야. 그때 따라 가는 것을 재양이라 해. 신부쪽 어른들이 신랑집에 따라 가서 신부한테 시부모를 잘 모시라 당부하고 사돈한테는 신부를 너그러이 보살펴달라고 부탁을 한단 말이야.

그리고 시집을 가게 되면 신랑집에서 자고 사흘만에 친정집에 오잖아? 이때 신랑을 다루기도 하는데 시방은 없어졌지만 그땐 있었어.

그래 신랑이 오니 장모가 식혜를 맛있게 담궈서 주니 새 신랑이 원래 식혜를 너무 좋아하니까 더 먹고 싶거던. 그런데 주지 않으니

'이걸 좀 더 먹어야겠는데.'

하는 생각에 잠이 와야지. 너무나 먹고 싶지만 자꾸 달라하기가 뭐해서 몰래 부엌에 나와보니 식혜단지가 쇠구미 머리에 있더래. 쇠구미 머리에 놓여 있으니까 이놈의 식혜를 실컷 좀 먹어야겠다고 마음먹고 손을 단지속에 이래 넣었네. 그런데 한 손바닥으로는 조금밖에 못 뜨겠거던. 두 손을 넣어가지고 손바닥에 떠서 먹으려 하니 손바닥이 식혜 단지 주둥이에 걸릴 게 아니야? 손을 빼려 했지만 손이 안 빠져나오는 거야. 안빠져 나오니까 자꾸만 이렇게 하다보니 그만 단지를 넘어뜨려 이게 깨졌어. 단지가 퍼석하고 깨지니 소리가 났지. 그 소리를 들은 장모가

"이놈의 고양이가 그릇을 다 깨네."

하며 고양이가 그러는 줄 알고 소리를 지르면서 부엌으로 나오더래. 그러니 신랑이 민망해서 구석에 얼른 숨었지. 밤이니까 어두워 잘 보이지 않으니 쇠구미 머리옆에 숨어버렸어. 장모가 나와보니 어두우니까 아무것도 보이지 않거던. 그러니

"이놈의 고양이가 벌써 도망갔네?"
하며 방으로 들어가려다가 마침 소피가 마려우니까 사위가 엎드려 숨어 있는 데다 오줌을 색색색 누니 이놈의 사위가 손을 씻으려고 손을 오줌에다 대고 손바닥에 고루고루 누라고
"장모님, 장모님. 고루고루 색색, 고루고루 색색."
그랬대. 하하하. 이젠 얘기 다 했어.

조사일자 : 1995. 10. 28.
제보자 : 오영숙 (58세, 여, 옥계면 현리)

96. 금진 개평의 물대기

이 금진에 개평이란 논이 있어요.

가평, 아니 개평이라고 그러지. 개평 들판이 있는데 이 유래가 어떻게 됐느냐 하면 처음에 논을 만들어 놓고 보니 물이 없었대요. 그러니 물을 대려고, 저 북동에서 물이 내려오게 하려고 도랑을 쳤어요. 도랑을 치느라고 며칠동안 일을 하다보니 일하는 사람들이 지치게 되었지. 그러니 쉬면서 술을 한 잔씩 나누어 먹고 낮잠을 잤어요. 자는데 개가 말이야, 개가 와서 꽁지로 자는 사람의 엉덩이를 치더래요.

그래 인제 자던 사람들이 깜짝 놀라 일어났어요. 개가 꽁지로 때려서 깨어났단 말야. 그래 벌떡 일어나 보니 개가 꽁지에서 물을 질질 흘리며 달아나거던. 그런데 그 물이 묻은 개가 어디로 가느냐 하면 저 낙풍 샘골이라는 데 거기로 들어간단 말이지. 그전에 물이 없

었는데 개가 그리로 가니까 물이 나오더래요. 그 샘에서 나오는 그 물을 옥계에 사는 사람들 전체가 먹었어요. 그 물을 먹고 그전에 앞 천석, 뒤 천석 옛날에 거기서 봇물을 만들어 가지고 썼어요. 그래서 금진 그 보이름이 개평이에요. 그런데 보의 도랑이 올라오다가, 그 낙골 황학골 중간쯤까지 올라오다가 말았어요. 거기까지밖에 안 갔거던. 그래 거기까지 말야, 개가 꽁지에 묻은 물을 뿌렸는데, 그래 물이 줄줄줄 내려왔어요. 그전에 우리가 어렸을 적에 봤는데 가물 때면 그 이웃 사람들이 거기에서 물을 대려고 했지만 못 대었어요.

저 금진 사람들이 여기서 지팡이를 짚고 밤낮으로 물을 지켰으니 어쩔 수 없잖소?. 그게 자기네 물이라고. 어, 그래서 이웃 사람들이 그렇게 드세어도 끝내 물을 못 댔어요. 그러다가 지키던 사람이 밤 늦게 자러 간 뒤에 몰래 와서 대고 그랬어요. 거기에 가보면 물이 아주 많이 나온다고. 옛날에 그 물이 흘러서 물레방아를 다섯 채나 돌렸어요. 지금도 옥계면 전체가 그 물을 먹어요.

조사일자 : 1997. 4. 13.
제보자 : 홍봉순 (82세, 남, 옥계면 현내리)

97. 도술로 들통난 아내의 위선

그거 말고 다른 희한한 얘길 하나 할까?

옛날에 어느 이인이 길을 가는데 무덤 앞에 젊은 여인이 앉아 부채질을 하고 있었단 말이야. 그러니 그 이인이 그냥 지나갈 수 있겠나? 젊은 여인이 부채질을 하니 왜 그러는지 궁금하거던. 옛날에 남녀칠세부동석이라고 말야. 일곱 살만 되면 같이 앉지도 못했어. 그 이인은 자기가 세상 일을 다 아는데 그 여인이 자기가 모르는 짓을 하고 있으니 꼭 알고 가야겠단 말이지. 보통 사람 같으면 그냥 지나 갔을 텐데 이 사람은 세상 일이라면 모르는 게 없는 양반이니 궁금할 게 아닌가?

그래 생각하니 그 여자가 부채질을 계속은 안 할 거란 말야. 여자가 쉬게 되면 물어 보려고 멀찌감치 앉아 지키고 있으니까 여인이 한참동안 부치다가 잠시 쉰단 말이야. 그래 그 이인이 가서

"미안한 얘깁니다만 난 그냥 지나 가려 했지만 궁금해서 못 가겠소. 이렇게 부채질을 하는 사연이 도대체 뭐요?"

하고 물었거던.

그러니 젊은 여인이

"이 무덤은 제 남편의 무덤이요. 그런데 죽을 때 뭐라 했는고 하니 '내 무덤에 뙤가 마르거든 개가를 하시오. 당신 마음대로 시집을 가시오.' 그런 유언을 하고 죽었어요. 그래서 어서 뙤가 마르라고 부채질을 한답니다."

이렇게 대답을 한단 말이야. 그 여인이 참, 꽃다운 나이인지라 시집가고 싶어 죽을 지경인데 금방 그 뙤가 마르냐 말야. 그래 커다란 부채를 가지고 부채질을 하고 있었단 말이야. 빨리 마르라고 부채질을 한 거지. 그런데 뙤가 금방 마르나? 안 마르니 애가 탄단 거야. 그 이인이 그 여인의 말을 듣자 참 딱해서 부적을 하나를 써 줬어요. 뙤가 빨리 마르도록 이인이 부적을 써주니, 이 여자가 그걸로 부치니까 금방 무덤의 뙤가 말라버렸네. 그리고 나서 이인이 인제 가려 하니 그 여인이 매달리면서 뭐라고 하는가 하니

"제가 은혜를 갚고 싶으니 거처를 알려주시오."

그렇지만 그 이인이 그런 걸 바랐겠나?

"난 그런 건 바라지 않소."

그러면서 가려고 하니 그 여인이

"난 집이 가난해서 아무것도 가진 게 없으니 무얼 드릴 건 없고 그럼 이 부채나 가져가시오."

한단 말이야.

뙤를 말리려고 부채를 만든 건데 인제 뙤가 말랐으니 소용이 없잖아? 그러니 이거나 가져가라 이게야. 그 이인이 가만히 생각해보니 따는 그렇겠거던. 그 부채는 날이 더우니까 쓸모가 있겠단 말야.

"정 그렇다면 그걸 이리 주시오."

부채를 받아 들고 부치며 갔대요. 그런데 아무리 생각해도 우습지. 여자가 그렇게 시집을 가고 싶어 안달이 날 수 있느냐 말이야.

그래 집에 갔는데 이 남자가 그때 장가를 간 남자였대요. 외딴 산골에 살고 있었어. 집에서 부인은 남편이 돌아올 때를 기다리고 있을 게 아냐? 그래 이제 들어왔는데 전엔 남편이 별로 웃는 일이 없었는데 그 날은 커다란 부채를 이리저리 부치면서 빙긋이 웃거던.

그래 부인은 남편이 웃는 걸 보니 얼마나 반가워? 부엌에서 빨리 밥상을 차렸지. 어서 밥상을 채려 가지고 방에 들어가서 남편이 웃는 이유를 물어보려고 말야. 부지런히 차리고 있는데 남편이 또 웃거던. 밥상을 차려다 남편 앞에다 갖다 놓으면서

"아휴! 난 당신이 웃는 걸 보니 참 보기 좋소. 그런데 어째서 웃습니까?"

그러니

"아! 별 것 아니오."

했지만 아내는 궁금하니까 자꾸캐어 묻거던. 그래 그 이인이 가만히

생각해보니 이건 얘기해 줘도 좋을 것 같더래. 아내도 여자니까 여자편을 들 거란 말야. 젊은 청춘이 다시 빨리 개가 할 수 있도록 그 소원을 풀어 줬으니 아내한테 칭찬을 들을 것 같았거던. 그래 사실대로 얘길 했단 말야. 그랬더니 웬걸 자기 처가 다 듣고 나더니

"그건 당신이 잘못했소."

이거야.

그 이인이 가만 생각해보니 갖잖다 이거야. 세상 어데 가도 자기가 잘못했다는 소리를 이제껏 못 들어봤거던. 그런데 좋은 일 해주었는데도 자기 마누라한테 여지없이 잘못했다고 공박을 당한 거야. 그러자 이 남자가 뭐라고 했느냐 하면

"그럼 당신은 내가 죽으면 개가를 안하겠소?"

이랬단 말이야. 그러니까 아내가 펄쩍 뛰지 뭐. 그게 뭔 소리냐고.

"어떻게 그런 말을 할 수 있소? 당신은 나를 그런 여자로 보았소?"

이렇게 펄펄 뛴단 말이야. 그러자 그만 이 이인이 속이 상해가지고 죽어버렸어요. 덜컥 죽고 나니 이 여자가 외딴 집에서 시체를 끌어안고 아무리 울어보았지만 누가 듣기나 하나? 우는 것도 누가 들어줘야 울 맛이 나지 아무도 안 보니 아무리 피눈물이 나온다 해도 무슨 소용이 있겠나?. 그리고 외딴 집에서 죽은 사람과 어두운 밤에 단 둘이만 있으니 무섭거던. 그래 윗방에 이불로 시체를 푹 싸아 놓고 병풍을 쳐 놓은 뒤 병풍 앞에서 한참동안 울고 있는데 어디서 말을 탄 사람이 와서

"아무 선생님 계십니까?"

이러면서 들어오거던. 울다가 보니 사람이 들어오더래. 아무도 없어 무섭던 참에 사람이 들어오니 여자가 반가워서 좇아나가 맞이해 들였네. 그 사람은 떡 들어오더니 땅을 치고 가슴을 치며

"내가 어떤 큰 뜻을 이루어 보려고 해서 왔는데 애석하게 되었구나. 하다하다 안 돼서 비결을 물으려고 왔는데 아! 이 양반이 돌아가셨으니 아이고 이걸 어찌해. 모든 일이 수포로 돌아갔네."

이러면서 울더래. 여자가 가슴을 치고 혼자 울다가 이 사람이 같이 울어주니 힘이 난단 말이야. 그래 한참동안 같이 울었대. 그러다가 그 사람이

"난 인제 가야 되겠소. 이렇게 여자 혼자 있는 집에서 계속 있을 수도 없고 벌써 밤이 깊었으니 이젠 그만 가야겠소."

이러니 여자가

"아무도 없는 집이니 같이 있어주시오. 같이 시체를 지키다가 내일 아침에 아랫 마을에 가서 아무개가 죽었다고 얘길 해줘야 될 게 아니오? 제발 가지 마시오."

이러면서 막 매달리거던. 그러니까 그 사람이

"정 그러면 그렇게 하겠소."

이게야. 그래 같이 앉아 있는데 처음에는 두 사람이 하나는 아랫목에 앉고 또 하나는 윗목에 앉고 시체는 윗방에 있었지. 초가삼간 좁은 오막살이였거던. 밤이 깊어가니 점점 무서워 여자가 윗목으로 점점 자리를 옮겨오더래. 그런데 여자가 어둔 밤이지만 이 사람을 얼핏 살펴보니 남편과 비슷하게 생겼단 말이야. 그래 그 두 사람이 시간이 지날수록 점점 몸이 달아가지고 새벽녘에 가서는 결국 한 몸이 돼버렸어. 겨우 하룻밤 사이에 시체도 안 치운 채 한 몸이 되어버렸으니 얼마나 기가 막힐 일인가? 그런데 아, 이 남자가 갑자기 죽겠다고 하네. 배위에서 죽겠다고 한단 말야. 그 남자 밑에 깔려있던 여자가 생각해보니 기가 막힐 노릇이거던. 자기 남편이 죽었지, 이 남자마저 죽으면 어떻게 하느냐 말야.

"어휴, 죽으면 안 되오. 당신을 살리려면 내가 어찌 해야 되겠소?"

"아, 내 병은 쉽게 약을 구할 수 없는 병이니까 이대로 죽을 수 밖에 없소."

"그러지 말고 무슨 약이면 살 수 있는지 얘기를 하시면 내가 어떻게 해서라도 구해 보겠소."

여자가 이렇게 사정을 하니

"사실 나는 어데 사는 큰 대가집 아들이오. 그런데 어렸을 때 어떤 점쟁이한테 사주팔자를 보았더니 만약 급병이 생기면 딱 약이 한 가지 있긴 한데 사람 해골 속을 빼먹어야 된다고 합디다."

이러단 말이야. 사람 해골 속을 먹어야 한다고. 이 여자는 그런 짓을 하다가 그랬으니 옷인들 입었겠나? 일이 하도 급하니 자기 남편 죽은 거 그 해골을 깨서 먹어야 되겠거던. 송장 두 개 생기는 것보다는 낫겠단 말야. 밖에 나가서 나무를 패던 도끼를 찾으니 어디다 두었는지 알 수 있어야지. 한참만에 그걸 찾아가지고 가져와 자기 남편 대가리 해골을 깨서 이 남자한테 먹이려구 자기 남편 시체가 있는 방에 들어가니까 그 여자 남편이 벌떡 일어나 앉아있네. 죽었던 남편이 떡 앉아 있다가

"여보, 지금 무얼 가져오시오?"

그러니 얼마나 놀랐겠는가? 손이 부들부들 떨려 도끼를 떨어뜨렸네.

"자, 그러지 말고 이리 오시오."

남편이 방으로 들어오라고 부르지만 남편한테 그 사람을 들켜서는 안 되니 급히 그 사람을 내보내야 되겠다 말이야. 이 일을 어떻게 하면 좋단 말인가? 게다가 그 사람을 살리려고 급해서 옷도 못 입었으니 알몸으로 이게 무슨 꼴인가. 남편이 불러도 들어가지 않고 그 사람이 있는 방에 가보니 그 사이에 그 사람이 없어졌네. 그런데 남

편이 좇아 나오며

"여보, 이리 와 앉아보소."

이렇게 자꾸 재촉을 하니 어쩔 수 있나? 그러니 가서 남편 앞에 앉았지. 그러자 남편이 빙긋이 웃으며

"여보. 이건 내가 장난을 친 거야."

이런단 말이야. 이 이인이 도술을 부린 게지.

"아, 난 말이지. 자네가 나한테 잘 했다고 칭찬을 해줄 줄 알았는데 오히려 호통을 치길래 자네 속마음을 떠보려고 그런 장난을 좀 했소."

이기야. 그러니 이 여자가 가만히 생각해보니 그런 죄를 짓고 어떻게 그 남편하고 더 살겠는가? 그러니 몰래 나가서 목을 매달아 죽었어요.

그런데 아무리 이인이라도 처가 목을 매 죽으러 나가는 것은 까맣게 몰랐다 이기야.

조사일자 : 1997. 4. 13.
제보자 : 홍봉순 (82세, 남, 옥계면 현내리)

98. 어머니 찾아 온 효자

그게 그러니까 고려 때 얘기야. 고려 고종 때 몽고 놈들이 우리나라를 침략했거던. 그때 몽고놈들이 들어와서 사람들을 죽이고 잡아가고 그랬는데 김천이란 사람이 산에 가서 나무를 해가지고 집에 돌아와 보니 어머니와 동생 동윤이를 잡아갔단 말이야.

그런데 소문을 들으니까 잡혀간 사람들을 거의 다 죽였다고 하니

어머니와 동생도 죽은 줄 알고 제사를 지냈대.

이래 14년이 흘렀는데 정선에 사는 김천의 친구가 장에 갔더니 어떤 사람이 김천을 찾으니까 이상해서 그 연유를 묻자

"내가 몽고에 갔을 때 명주에 사는 김천이라는 사람의 어머니라는 여자를 만났는데 그 노인이 자기 아들한테 편지를 꼭 좀 전해 달라고 당부하기에 그 편지를 전하려고 찾는 중이요."

이런단 말이야. 그 말을 들은 친구가 자기가 편지를 전해주겠다고 받아와서 김천한테 건네주며

"자네 어머니가 아마 살아 있는 모양이니 손을 써 보게."

이리 알려 주었거던. 그래 편지를 읽어보니

<나는 몽고에 잡혀와 아무데서 종살이를 하고 있다. 종살이가 얼마나 가혹한지 배가 고파도 먹지 못하고 몸이 추워도 입지 못하며 낮에는 밭을 매고 밤에는 방아를 찧느라고 온갖 고생을 다 겪고 있다. 내가 붙잡혀 올 때 아들은 나무하러 산에 가서 보지 못 하고 떠나왔는데 짐승에게 물려가지나 않았는지, 다른 놈들한테 잡혀가지나 않았는지, 살았는지 죽었는지조차 모르니 원통하기 그지 없다.>

라고 피맺힌 사연을 적어 놓았더래. 이 편지를 읽은 김천은 당장에라도 어머니를 구하고 싶었지만 노자도 없고 속량값도 없으니 매일 눈물만 쏟는 걸 본 이웃 사람들이 돈을 좀 모아주니 이 돈을 가지고 서울에 올라가 어머니를 찾으러 몽고로 가겠다고 임금의 허락을 받으려 하니 나라에서 허락을 하지 않아서 그냥 돌아왔대. 그런데 고종이 돌아가고 왕이 바뀌니 다시 서울에 올라가 계속 머물면서 허락을 받으려 하고 있던 중 하루는 우연히 안면이 있던 스님을 만났기에 자기의 사정을 이야기 했더니

"내 형님이 마침 며칠 후에 몽고에 가게 되었으니 그때 하인으로

따라 가시오."

해서 따라가기로 했단 말이야. 그러나 주변에서는

"어머니의 편지를 받은 지가 벌써 6년이 넘었으니 이때까지 살아 있을지도 모를 일이고 또 도중에 도적패라도 만나면 목숨을 기약할 수 없지 않겠나? 그러니 포기하는 게 좋겠네."

이렇게 만류했지만 어머니가 그렇게 고된 고생을 하신다는데 자식으로서 가만히 보고만 있을 수 없고 가다가 도적을 만나 목숨을 잃는다 해도 결코 물러설 수가 없다면서 따라 갔대.

몽고에 가보니 어디가 어딘지 알 수가 있나? 이 사람 저 사람한테 묻고 물어 결국 어머니가 종살이를 하는 집을 찾아갔대. 그 집에 찾아가서 어머니를 보니까 옷은 해질대로 해지고 머리는 상거지처럼 헝클어졌으며 얼굴과 몸에 때가 가득 쪄들어 온통 새까마니 처음에는 그 여자가 자기 어머니인 줄 몰랐대. 그래서 어디서 왔느냐고 물었더니

"저는 원래 고려국 명주사람인데 아무개한테 출가하여 아들 둘을 두었으며 큰 아들이 나무하러 나갔을 때 잡혀왔기에 지금은 죽었는지 살았는지 모르겠고 둘째 아들은 같이 잡혀 왔지만 다른 집에서 종노릇 하고 있소."

이런단 말이야. 그제서야 그 노파가 자기 어머니가 틀림없음을 알고 대성통곡을 한 뒤 겨우 속량값을 치루어 주고 나서야 어머니를 데려왔단 말이야.

이렇게 어머니를 먼저 데려온 후에 몇 년 지나 또 돈을 마련해가지고 다시 가서 동생을 찾아와 두 형제가 어머니를 모시고 효도를 다 하면서 살았다 해.

이 일이 알려지자 나라에서 큰 효자가 났다고 칭찬이 자자하였으

며 김척이 출생한 우계의 현내 3리에 효자비를 세웠어.

조사일자 : 1997. 6. 16.
제보자 : 최찬욱 (70세, 남, 옥계면 현내리)

99. 아이 잡아먹은 부모

너래 바위는 옥계면 북동리 발람 박씨터 위쪽에 있다.

조선조 말기인 고종 40년(1903)에 극심한 흉년이 들었는데 이를 사람들은 계묘맥황(癸卯麥荒)이라 했으니 이는 이 해가 계묘년이고 보리고개에 굶주림이 최고조에 이르렀기에 나온 말이다. 가을 벼농사가 심한 흉작이었는데 보리농사까지 온통 망쳐버렸으니 농사꾼들은 곡식 한 알 먹을 수 없어 구걸하러 다니는 사람들이 부쩍 늘었다.

북동리의 용소골은 옥계리에서 산계로 가는 중간지점에 있다. 옥계리에서 굶주리다 못해 구걸 길에 나선 거지 20여명이 용소골로 너머와서 이집저집 찾아다니며 동냥을 빌었지만 이곳 역시 별로 나은 형편은 못 되어서 도움을 받을 수가 없었다.

그런데 이 용소골에 제일 형편이 나은 부자가 한 사람 살고 있었는데 인정이 있는 사람이어서 큰 가마솥에 죽을 쑤어 거지들에게 한 그릇씩 나누어 주었다. 그러다가 어느 부부가 데리고 있는 아이가 매우 귀여워 보이니까 그 부모에게

"이 아이를 내게 주면 잘 키워 주겠소."

하며 청했다. 그러나 부부는 그 아이가 유일한 혈육이니까 절대로

넘겨줄 수 없노라고 거절했다.

이곳에서 더이상 구걸을 할 수 없게 되자 그들은 또 산계쪽으로 옮겨갔는데 그 부부는 오는 도중에 고암밭 부근에 거적을 치고 동냥을 하였다. 그러나 점점 구걸이 어려워지니 배가 고파 더 이상 견딜 수 없어 산계 쪽으로 내려갔다. 그러다가 발람 박씨 터 위쪽 노량골 근처의 널따란 바위에 쓰러지고 말았다.

시간이 얼마나 흘렀는지 어렴풋이 정신을 차려보니 옆에 웬 개가 누워있는 것이 아닌가? 부부는 허기진 배를 채우기 위해 정신없이 불을 피우고 그 개를 잡아 구워 먹었다. 얼마큼 배가 차니 정신이 들어 옆을 살펴보니 아이는 보이지 않고 옆에 시커멓게 탄 아이의 머리가 딩굴고 있는 게 아닌가? 비릿한 역겨움이 목구멍에 솟구치자 그만 간이 확 뒤집힌 남편은 그 바위 위에서 떨어져 죽고 아내는 산계 쪽으로 몇 걸음 내딛다가 쓰러져 죽었다.

이런 일이 있은 뒤부터 후세 사람들은 남편이 죽은 바위를 바깥 너래바위, 아내가 죽은 바위를 안 너래바위라고 부르게 되었다.

조사일자 : 1994. 6. 2.
제보자 : 김종관 (56세, 남, 옥계면 북동리)

100. 옥계의 지명 유래

옥계는 뒤에 나온 명칭이고 그전에 우계였어.

우계는 옛날에 현(縣)이었는데 우계현 현령은 우계 이씨였어. 그런데 그 현의 아전이 종과 관계를 가져 딸을 낳았는데 그 딸의 미모가 아주 뛰어났거던. 그런데 이 현령은 종의 딸이 예쁘니까 그 여자

를 취하려고 마음을 먹었단 말이야. 그래 은근히 종을 불러다가 자기의 뜻을 말하자

"현령님, 정 그러시다면 밖에 나가서 닭이 우는 소리를 하고 들어오시오."

한단 말이야. 그러니 현령이 밖에 나가서 닭 우는 소리를 내고 들어오니까 그 여자가 또

"또 한번 나가서 소 우는 소리를 하고 들어오시오."

이러더래. 현령이 나가서 소 우는 소리를 내고 들어오니까 그 사이에 종의 딸이 자결을 해버렸대. 종년의 신분으로 현령하고 차마 정분을 낼 수 없으니까 자결을 해버린 게야.

이곳은 원래 그런 일이 있어서 우계라 했는데 그 뒤에 구슬 옥(玉)자에 시내 계(溪)자로 바꾸었지.

조사일자 : 1997. 4. 5.
제보자 : 이강래 (71세, 남, 진부면 노인회관)

■두 창 구(杜 鋹 球)

全北 群山 出生
中央大 國文科 및 大學院 卒業
世宗大 大學院 卒業
文學博士
現 關東大學校 教授

〈著書〉
『國文學研究』, 『燕巖小說의 叙事構造研究』
『한국문학총설』(共著)

〈論文〉
「洪吉童傳構成考」, 「영동지방 설화고」
「<만파식적> 考」, 「영동지역 성황설화 연구」
「교산 허균의 五傳 연구」 외 다수

韓國 江陵地域의 說話

1999년 9월 15일 인쇄
1999년 9월 25일 발행

저 자 두 창 구
발행인 정 찬 용
편집인 한 봉 숙
발행처 국학자료원
서울특별시 성동구 행당동 정우 B/D 407호
전화 (02)2291-7948, (02)2293-7949, FAX (02)2291-1628
등록번호 제 2-412호 (87.12.31)

값 13,000원

저자와의 협의에 의해 인지 생략함